Johann J. Ignaz von Döllinger

Die Papst-Fabeln des Mittelalters

Ein Beitrag zur Kirchengeschichte

Johann J. Ignaz von Döllinger

Die Papst-Fabeln des Mittelalters
Ein Beitrag zur Kirchengeschichte

ISBN/EAN: 9783743340213

Hergestellt in Europa, USA, Kanada, Australien, Japan

Cover: Foto ©Andreas Hilbeck / pixelio.de

Manufactured and distributed by brebook publishing software
(www.brebook.com)

Johann J. Ignaz von Döllinger

Die Papst-Fabeln des Mittelalters

Die
Papst-Fabeln
des
Mittelalters.

Ein Beitrag zur Kirchengeschichte

von

Joh. Jos. Ign. v. Döllinger.

Zweite Auflage.

Mit Anmerkungen vermehrt herausgegeben

von

J. Friedrich.

Stuttgart 1890.
Verlag der J. G. Cotta'schen Buchhandlung
Nachfolger.

Vorwort zur ersten Auflage.

Die Schrift, die ich hiemit der Oeffentlichkeit übergebe,
ist eine Frucht der Studien und Vorarbeiten, die ich für ein
größeres, die Geschichte des Papstthumes zu umfassen be=
stimmtes, Werk gemacht habe. Es schien mir, daß die hier
vorgelegten Ergebnisse meiner Forschungen sich in so fern zu
einer Einheit zusammenschlössen, als alle diese Fabeln und
Erdichtungen, wie verschieden auch die Anlässe zu denselben
waren, und wie absichtlich oder unabsichtlich sie entstanden
sein mögen, doch einen großen, zuweilen einen entscheidenden
Einfluß auf die ganze Anschauungsweise des Mittelalters, auf
die damalige Geschichtschreibung und Poesie, auf Theologie
und Rechtslehre geübt haben. So dürfte denn die Hoffnung
wohl berechtigt sein, daß außer den Theologen und Kirchen=

historikern auch Freunde und Kenner der mittelalterlichen Geschichte und Literatur überhaupt der Schrift einige Bedeutung zuerkennen werden.

München, den 24. Mai 1863.

J. v. Döllinger.

Vorwort zur zweiten Auflage.

Indem Döllinger's „Papstfabeln" auf vielseitigen Wunsch hiemit in zweiter Auflage erscheinen, ist es nothwendig, über den dabei leitenden Gesichtspunkt eine kurze Bemerkung vorauszuschicken. Selbstverständlich mußte derselbe die Ehrerbietung gegen den Heimgegangenen sein, welche aber gebot, den Text seiner Arbeit, wenn möglich, unangetastet zu lassen. Es war das auch um so leichter durchzuführen, als die Döllinger'sche Forschung kaum irgendwo einer Ergänzung bedarf. Allein auch da, wo eine solche nothwendig erschien, betraf sie nur untergeordnete Punkte, wie neue Quellenuntersuchungen, den gegenwärtigen Stand einiger Controversen, Angaben über spätere Auffassung einzelner, nebenbei berührter Fragen, welche leicht in Anmerkungen (*) verwiesen werden konnten.

Ueber den Werth der „Papstfabeln" herrscht unter den Historikern nur Eine Stimme, und ist es daher unnöthig, hier ein Wort zu sagen. Ihr erneutes Erscheinen dürfte aber gerade für die (katholische) Kirchengeschichtforschung von Bedeutung sein, da sich in ihr eine rückläufige Bewegung geltend macht, welche sogar feststehende historische Erkenntnisse und Thatsachen zu leugnen oder zu beseitigen die Kühnheit hat. Nicht als ob die Bewegung, welche von keinen wissenschaftlichen Motiven geleitet ist, aufgehalten werden könnte; aber ihre Vertreter können an den „Papstfabeln" wenigstens erkennen, die einen, wohin sie gerathen, die anderen, wie entfernt sie von einer wissenschaftlichen Forschung überhaupt sind.

München, 18. Oktober 1890.

J. Friedrich.

Inhalt.

1. Die Päpstin Johanna.

Die Päpstin Johanna hat das Interesse, das sich an sie als Phänomen im Gebiete der historischen Kritik knüpft, noch nicht verloren. Die Literatur über sie zieht sich bis in die jüngste Zeit herein; noch in den Jahren 1843 und 1845 sind zwei Schriften über diese Materie von zwei niederländischen Gelehrten erschienen, die eine von Professor Kist, um die Existenz der Päpstin zu beweisen, die andere sehr ausführliche von Professor Wensing in Warmond, um die Schrift Kist's zu widerlegen. In Italien hat Bianchi-Giovini in demselben Jahre 1845 ein Buch darüber geschrieben, ohne von den beiden holländischen Schriften Kenntniß zu haben. In Deutschland wird, wenigstens unter den Geschichtskundigen, nicht leicht jemand sich beigehen lassen, die Existenz der Päpstin noch ernstlich zu behaupten; er müßte allen Regeln geschichtlicher Kritik Hohn sprechen. Aber mit der einfachen Verweisung der Sache in das Reich der Fabel ist noch nicht alles gethan. Das Räthsel bleibt noch immer ungelöst: wie ist diese seltsame Sage entstanden?

Nur das Unzureichende und Mißlungene der bisherigen Erklärungsversuche ist die Ursache, daß ein Mann, wie Luden, in seiner Geschichte des deutschen Volkes, VI, 513—517, alles aufbietet, um die Realität der bekannten Sage wenigstens wahrscheinlich zu machen. „Es ist nicht zu begreifen," meint er, „wie irgend jemand auf den Gedanken gekommen sein könne, eine solche tolle Lüge zu erfinden. Er müßte

doch entweder aus reinem Muthwillen, um das Papstthum zu
verhöhnen, seine Lüge ersonnen, oder er müßte irgend einen
Zweck mit derselben zu erreichen gesucht haben. Aber unter
dem halben Hundert von Schriftstellern, welche der Päpstin
Johanna und ihres Unfalls gedenken, ist auch nicht ein ein=
ziger, den man einen Feind des Papstthums nennen dürfte.
Sie sind Geistliche, Mönche, arglose Männer, und merken
diesen Vorgang in derselben trockenen Weise an, in welcher
sie andere Dinge anmerken, die ihnen sonderbar, wundervoll,
löblich, häßlich, überhaupt bemerkenswerth vorgekommen sind."

Auch ein Zweck, sagt Luden weiter, lasse sich nicht
denken, der irgend einem Menschen durch eine solche Lüge
hätte erreichbar scheinen können. Und zudem sei nicht zu
begreifen, wie man vom 11. Jahrhundert an fast 500 Jahre
lang allgemein an die Nachricht geglaubt haben könnte, ohne
irgend einen Zweifel, wenn sie falsch gewesen wäre.

Auffallend ist hier schon, daß Luden die Sage von der
Päpstin vom eilften Jahrhundert an allgemein geglaubt
werden läßt. Dies ist so wenig wahr, daß man vielmehr
sagen muß: erst mit der Mitte des 14. Jahrhunderts hat
sie allgemeinen Glauben gefunden. Noch viel weiter geht
indeß, und zwar erst im Jahre 1858, der Verfasser des
Artikels über die Päpstin in der von Dr. Höfer in Paris
herausgegebenen Nouvelle Biographie générale [1]): Cette
croyance a donc regné dans le monde chrétien depuis le
neuvième siècle jusqu' après la renaissance. Und endlich
hält Hase es wenigstens für denkbar, daß die Kirche, welche
Niegewesenes geschehen sein ließ, mit ihrer Geistermacht
auch das Geschehene vernichtete, so lange seine Kunde dem
noch schwankenden Papstthume bedenklich erschien [2]). Man hätte
sich also nach Hase und Kist die Sache so vorzustellen:

---

[1]) Tom. XXVI, p. 569.
[2]) Kirchengeschichte, 7. Aufl. S. 213. — * Auch 10. Aufl. S. 210
wiederholt.

Gleich nach dem Jahre 855 erging von Rom ein Edikt:
Niemand unterstehe sich, ein Wörtchen von der Päpstin
fallen zu lassen. Denn damals fühlte man sich in Rom
noch nicht fest. Um die Mitte des 13. Jahrhunderts aber
erging von derselben Stelle ein Gegenbefehl: Von jetzt an
darf von der Geschichte geredet werden, denn jetzt halten wir
uns für sicher, und können vertragen, daß die Erzählung in
den Geschichtsbüchern erscheint.

Nüchterner und unbefangener ist jedenfalls das Urtheil
von Kurtz [1]): „Der Sage — — muß zwar nach den vor=
liegenden Zeugnissen alle historische Geltung abgesprochen
werden; dennoch ist sie, auch abgesehen von der theils am Tage
liegenden, theils nur geargwöhnten Fälschung der Akten, als
ein noch immer ungelöstes und wahrscheinlich nie zu lösen=
des Räthsel der historischen Kritik zu bezeichnen." Daß das
Räthsel noch nicht gelöst sei, daß alle bisherigen Erklärungs=
versuche als mißlungen zu betrachten seien, ist richtig, daß
aber gleichwohl eine den Historiker befriedigende Lösung mög=
lich sei, soll im Nachfolgenden gezeigt werden.

Betrachten wir zuerst kurz die bisher aufgestellten Er=
klärungen: Baronius meint: Die Sage sei als Satyre
auf Johann VIII. zu fassen ob nimiam ejus animi facili-
tatem et mollitudinem, wie er sie besonders in der Sache
des Photius bewiesen habe. Andere, zuerst Aventin, dann
Heumann, Schröckh, zogen vor, die angebliche Satyre auf
das Weiberregiment in Rom, die Herrschaft der Theodora
und Marozia zur Zeit einiger, theilweise „Johannes" genann=

---

[1]) Handbuch der Kirchengeschichte, 1856. II. Bd. 1. Abth. S. 225.
— * Lehrbuch der Kirchengeschichte I, 251 (1874) erklärte K. trotz der
Döllingerschen Papstfabeln: „Die Entstehung ist freilich noch ein unge=
löstes Räthsel. Am wahrscheinlichsten deutet man sie als eine Satyre auf
das lüderliche Weiberregiment unter den ausschweifenden Päpsten." In
der Auflage von 1885, II, 45 sagt er indessen, daß die Entstehung und
allmälige Ausbildung der Sage sich wohl am einfachsten aus den von
D. angeführten Data erkläre, die er dann auch aufzählt.

ten, Päpste zu beziehen, dann würde sie aber in das 10. und nicht in die Mitte des 9. Jahrhunderts verlegt worden sein. Die Meinung, die der Jesuit Secchi in Rom geäußert hat, es sei eine von den Griechen, namentlich von Photius, aus= gegangene Verläumbung, ist gleichfalls unstatthaft. Der erste Grieche, der die Sache erwähnt, ist der Mönch Barlaam im 14. Jahrhundert. Auch die Behauptung von Pagi, welcher Eckhart beipflichtet, daß die Valdenser die Sage erfunden hätten, ist aus der Luft gegriffen. Die Sage ist augen= scheinlich in Rom selbst entstanden, und die ersten Verbreiter sind nicht Valdenser, sondern ihre entschiedensten Gegner, Dominikaner und Minoriten, gewesen.

Leo Allatius dachte an eine falsche Prophetin Thiota im 9. Jahrhundert, welche Anlaß zu der Sage gegeben habe. Auch die von Leibniß [1]) ersonnene Erklärung ist doch nur ein erzwungener Nothbehelf. Es könnte, meint er, wohl ein= mal ein fremder Bischof (pontifex = episcopus), der ein Weib gewesen, in einer Prozession zu Rom ein Kind geboren, und dadurch diese Sage veranlaßt haben.

Blasco und Henke meinten, die Sage von der Päpstin sei eine satyrische Allegorie auf die Entstehung und Ver= breitung der pseudo=isidorischen Dekretalen. Eine Deutung, die an sich schon dem Genius jener Jahrhunderte wider= spricht, wo man für satyrische Allegorien keinen Sinn hatte, aber auch noch dadurch sich widerlegt, daß die Sage von der Päpstin in einer Zeit entstand, in welcher niemand an der Aechtheit der pseudo=isidorischen Dekretalen zweifelte. Gleichwohl hat Gfrörer diese Deutung sich neuerdings an= geeignet und sie noch künstlicher ausgesponnen [2]). „Die Schneide der Fabel,“ sagt er, „besteht in den beiden Punk= ten, daß die Dirne aus Mainz stammte und daß sie, von

---

[1]) Flores sparsi in tumulum Papissae, ap. Scheid, biblioth. hist. Goetting. p. 367.
[2]) Kirchengeschichte III, III, 978.

Griechenland (Athen) kommend, den päpstlichen Stuhl ein=
genommen hat. In dem ersten erkenne ich eine verdammende
Hindeutung auf das Gesetzbuch des falschen Isidor, in dem
zweiten einen allegorischen Tadel des Bundes, den Leo IV.
mit den Byzantinern abschließen wollte. — — Man sagte:
in den letzten Zeiten Leo's IV. sei die päpstliche Gewalt von
Mainz und Griechenland aus mißbraucht, oder mit Anwen=
dung des Bildes, das die Italiener für solche Fälle stets im
Munde führen: sie sei damals zur Hure gemacht worden."
Bei dieser Erklärung, die wohl jedem Kenner des Mittel=
alters ein Lächeln abnöthigt, kommt noch die Seltsamkeit
hinzu, daß von der Absicht Leo's IV., sich tiefer, als recht,
mit den Byzantinern einzulassen, in den Quellen nichts zu
finden ist; sie ist nur eine Hypothese Gfrörer's, aber die von
ihm gedeutete Sage von der Päpstin dient ihm nun wieder
als Beweis für die Richtigkeit dieser Hypothese, sowie für
seine Annahme eines Mainzer Ursprungs der Dekretalen.

Kurz: alle bisher versuchten Erklärungen scheitern schon
an dem Umstande, daß die Sage in einer viel späteren Zeit
entstand, wo die Erinnerung an Ereignisse und Zustände des
9. und 10. Jahrhunderts längst erblaßt war, höchstens noch
bei einzelnen Gelehrten sich fand, und also nicht sagenbildend
wirken konnte. Ich glaube nämlich ohne Mühe den Beweis
führen zu können, daß die Sage von der Päpstin, wenn sie
auch schon etwas früher im Munde des Volkes umlief, doch
nicht vor der Mitte des 13. Jahrhunderts aufgezeichnet
worden ist. Der Beweis läßt sich allerdings erst in unserer
Zeit mit Sicherheit führen, denn erst seit 40 Jahren sind
alle mittelalterlichen Handschriftenvorräthe in ganz Europa
mit einer noch nie dagewesenen Sorgfalt durchforscht, ist
jeder Bibliothekswinkel durchsucht worden, und ist eine er=
staunliche Menge von bisher unbekannten historischen Denk=
mälern — wie viel neues findet sich nur in der Pertzschen
Sammlung — ans Licht gezogen worden; — gleichwohl ist
keine einzige Erwähnung der Sage von der Päpstin entdeckt

worden, die über das Ende oder höchstens die Mitte des
13. Jahrhunderts hinaufreichte. Wir wissen nun mit Be=
stimmtheit, daß in der gesammten sowohl abendländischen als
byzantinischen Literatur der vier Jahrhunderte von 850 bis
1250 jede, auch die leiseste Beziehung auf das Ereigniß mit
der Päpstin fehlt.

Lange Zeit wurde angenommen, die Sage finde sich
zwar bei keinem Zeugen des 9. und 10. Jahrhunderts, wohl
aber komme sie bereits im 11. und 12. Jahrhundert vor.
Marianus Scotus sollte zuerst der Päpstin gedacht haben,
und in der That nennt er sie in dem bei Pistorius gelieferten
Texte. Aber nun, da er in der großen Pertz'schen Samm=
lung von Waitz nach den ältesten Handschriften heraus=
gegeben worden [1]), hat sich ergeben, daß Marianus noch
nichts von der Päpstin wußte. Auch bei ihm ist, wie so oft
bei anderen, die kurze Erwähnung der Päpstin erst in später
Zeit eingeschaltet worden. In der Chronik Sigeberts von
Gemblours und den Zusätzen des Mönches von Orcamp
(Auctarium Ursicampinum) fehlt die Notiz über die Päpstin
in allen Handschriften. Sie ist erst von dem ersten Heraus=
geber im Jahre 1513 eingeschoben worden [2]). Auf das an=
gebliche Zeugniß Otto's von Freysingen hat sich jüngst wieder

---

[1]) Monumenta, VIII, 550.

[2]) In nullo quem noverimus Sigeberti codice occurrit locus
famosus de Johanna papissa, quem hoc loco editio princeps ex=
hibet, sagt der neueste Herausgeber, Bethmann, bei Pertz, VIII,
340. Vgl. die Anmerkung p. 470, wo Bethmann sich entscheidet: nemo
igitur restat (als Interpolator der Stelle) nisi primus editor. sive
is Antonius Rufus fuerit, sive Henricus Stephanus. Es ist unrichtig,
wenn Kurtz a. a. O. S. 228 in Bezug auf Siegbert und Marianus
sagt: „Da die ältesten Editoren schwerlich die betreffenden Stellen aus
eigenen Mitteln hinzugethan haben werden, so ist es wahrscheinlich, daß
sie in den vorliegenden Codices absichtlich ausgelassen worden sind."
Von absichtlicher Auslassung oder Tilgung zeigen sich keine Spuren,
wohl aber in vielen Handschriften von späterer Einschaltung oder An=
fügung am Rande. — * Auch diese Behauptung hat K. fallen lassen.

Kurz berufen[1]). In dem mit seinem Geschichtswerke ge=
druckten Papstverzeichnisse, das bis 1513 fortgeführt ist,
wird Papst Johann VII. im Jahre 705 als foemina be=
zeichnet, ohne ein erläuterndes Wort. Und in der Aus=
gabe des Pantheon bei Pistorius stehen in dem Papstver=
zeichnisse die Worte: „Die Päpstin Johanna wird nicht mit=
gezählt."

Indessen hat eine nähere Untersuchung der ältesten und
besten Handschriften von Gottfried's Pantheon und Otto's
Chronik ergeben, daß weder in Otto's Chronik ursprünglich
das Wort femina bei Johann VII. steht, noch im Pantheon
zwischen Leo IV. und Benedict III. die Glosse steht: Johanna Papissa non numeratur, die sich in den gedruckten
Ausgaben findet.

·In der Chronik Otto's ist der Zusatz zum Namen
Johann's VII. offenbar die That eines späteren Ab=
schreibers oder Lesers, der aufs Gerathewohl, weil man
nun einmal einen weiblichen Johannes unter den Päpsten
haben wollte, das Wort beischrieb; daß dieser Johannes
schon in das Jahr 705 falle, irrte ihn um so weniger,
als das Papstverzeichniß dieser Chronik keine Jahreszahlen
gibt[2]).

Der erste, der die Sage aufgenommen hat, ist der Ver=
fasser einer Chronik, auf welche sich Stephan de Bourbon

---

[1]) Kirchengeschichte II, 226.

[2]) In den guten Handschriften des Pantheon auf der hiesigen
Staatsbibliothek fehlt der die Päpstin Johanna betreffende Zusatz. Es
sind: Cod. lat. 43 (aus Hartmann Schedel's Sammlung) f. 118 b.
Cod. Windberg. 37 oder Cod. lat. 22237, f. 168 b. S. jetzt MG.
SS. XXII, 1—338. Desgleichen ist in den ältesten hiesigen Handschriften
der Chronik Otto's der Zusatz zum Namen Johann's VII. nicht zu finden,
nämlich: Cod. Weihensteph. 61, oder lat. 21561, der für gleichzeitig
gilt. Cod. Frising. 177 oder lat. 6517. Cod. Scheftlarn. lat. 17124,
wo das Papstverzeichniß schon mit Adrian IV. endigt, also auch gleich=
zeitig ist. S. jetzt MG. SS. XX, 83—493.

ohne alle nähere Angabe beruft[1]), Stephan nämlich, ein
französischer Dominikaner, geboren gegen Ende des 12. Jahr=
hunderts, gestorben im Jahre 1261, hat in seinem Werke
von den sieben Gaben des heiligen Geistes[2]), dessen Abfassung
gerade in die Mitte des 13. Jahrhunderts fällt, zum ersten=
male die Notiz über die Päpstin, die er in einer Chronik
gefunden zu haben behauptet. Da er alle Quellen, aus denen
er sein zu praktisch=homiletischen Zwecken bestimmtes Sammel=
werk zusammengetragen hat, genau angibt, so läßt sich, min=
destens mit großer Wahrscheinlichkeit, die Chronik bezeichnen,
die ihm die Notiz geliefert hat. Er nennt von Chronisten
Eusebius, Hieronymus, Beda, Odo, Hugo von S. Viktor,
den „römischen Kardinal" und Johann de Mailly, Domini=
kaner. Nur die zwei letzten können in Betracht kommen.
Der „römische Kardinal" (oder Kardinal Romanus? es hat
mehrere dieses Namens gegeben, aber keiner hat eine Chronik
geschrieben), ist vermuthlich nichts anderes, als der nicht sicher
bekannte Verfasser der historia miscella oder Fortsetzung des
Eutropius, den nachher auch der Dominikaner Tolomeo von
Lucca unter seinen Quellen als Paulus Diaconus Cardinalis
anführt[3]). So bleibt denn die verlorene oder noch nicht
gefundene Chronik des Dominikaners Jean de Mailly[4]), der
noch ein Zeitgenosse Stephans gewesen sein muß, die einzige
Quelle, welcher der letztere seine Erzählung von der Päpstin
verdankt. Jean de Mailly aber hat sie, das läßt sich

---

[1]) Dicitur in Chronicis. Da ist eine Chronik gemeint; chronica
im Plural wird häufig als Titel gebraucht. Außerdem würde Stephan
wohl variis oder pluribus beigesetzt haben.

[2]) Bisher ungedruckt findet es sich ganz oder theilweise in den
französischen Bibliotheken, ein Theil davon auch auf der Münchener Bib=
liothek. Echard hat zuerst in seinem Werke: Sancti Thomae Summa
suo auctori vindicata, Paris 1708, und dann in den Scriptores
Ordinis Praedicatorum, T. I. vieles daraus mitgetheilt.

[3]) Cf. Quetif et Echard Scriptores O. P. I, 544.

[4]) Vgl. über ihn die Histoire littéraire de la France. XVIII, 532.

ziemlich sicher annehmen, aus dem Volksmunde aufge=
nommen.

Wir können also als Thatsache festhalten: erst um das
Jahr 1240 oder 1250 ist die Sage von der Päpstin schrift=
lich verzeichnet worden, ist sie in Geschichtswerke übergegangen.
Doch vergingen noch einige Dezennien, ehe sie eigentlich in
Umlauf kam und wirkliche Verbreitung fand. Die Chronik
des Jean de Mailly scheint unbekannt geblieben zu sein*[1]),
da niemand außer dem Ordensgenossen Stephan ihrer er=
wähnt, und auch Stephan's großes Werk, so sehr es sich
durch die Menge der Beispiele besonders den Predigern
empfahl, ist nicht in viele Hände gekommen, wie schon die
Seltenheit der davon vorhandenen Handschriften zeigt. Daran
ist hauptsächlich das Speculum morale, das den Namen des
Vincenz von Beauvais trägt, schuld. Denn dieses Werk
eignete sich größtenteils die von Stephan erzählten Beispiele
und Fälle an, übertraf aber das Buch Stephan's durch Be=
quemlichkeit der Anordnung und Fülle des Stoffs, und ver=
drängte es so sehr, daß die Nachricht von der Päpstin in

---

*[1]) Weiland fand sie später in der Berner Bibliothek: Hdschr. 29
membr. fol. saec. XIII und besprach sie Archiv XII, 469—473. Das
letzte Jahr ist 1250 und viel später kann sie auch nicht verfaßt sein.
Nach W. lautet die Stelle über die Päpstin nach Victor III. am Ende
der die Jahre 1051—1100 umfassenden Seite: Fuit etiam his temporibus quidam papa vel potius papissa que non ponitur in cathalogo paparum sive pontificum Romanorum, quia femina erat et
simulans se esse virum. Probitate ingenii factus est notarius curie,
deinde cardinalis et tandem papa. Quadam die cum ascenderet
equum, peperit puerum, et statim Romana iustitia, ligatis pedibus
eius ad caudam equi, tractus est et a populo lapidatus per dimidiam liugam, et ubi obiit ibi sepultus fuit et ibi scriptum est:
Petre, pater patrum, papisse prodito partum. Sub ipso institutum
fuit ieiunium quatuor temporum et dicitur ieiunium papisse.' W.
hegt keinen Zweifel daran, daß Stephan de Bourbon die Fabel aus
J. de Mailly entnahm; ihm habe er auch die Jahreszahl c. a. D. 1100
verdankt.

der Gestalt, in der sie bei Stephan erscheint*[1]), sich sonst nirgends findet*[2]).

Als vornehmstes Werkzeug zur Verbreitung der Sage hat die Chronik des Martinus Polonus gedient. Dieses Buch, welches eine synchronistische Geschichte der Päpste und der Kaiser in der Form trockener, mechanisch und völlig kritiklos gesammelter biographischer Notizen gibt, hat einen ganz außerordentlichen Einfluß auf die Chronisten und Geschicht-

---

*[1]) Stephan de Bourbon (Echard, S. Thomae Summa suo auctori vindicata, 1708, p. 568) erzählt mit fortbildender Aenderung: Accidit autem mirabilis audacia imo insania c. a. D. M. C. ut dicitur in chronicis. Quaedam mulier literata et in arte nondi (sic, an notandi, an necromandi?) edocta assumpto virili habitu, et virum se fingens, venit Romam, et tam industria, quam literatura accepta facta est notarius curiae, post diabolo procurante cardinalis, post papa. Haec impraegnata, cum ascenderet peperit: quod cum novisset Romana justitia, ligatis pedibus ejus ad pedes equi distracta est extra urbem et ad dimidiam leucam a populo lapidata, et ubi fuit mortua, ibi fuit sepulta, et super lapidem super ea positum scriptus est versiculus: Parce, pater patrum, papissae prodere partum. Ecce ad quem detestabilem finem ducit tam temeraria praesumptio.

*[2]) Zunächst findet sich die Fabel aufgenommen in die Chronica minor auctore minorita Erphordiensi MG. SS. XXIV, 172—213, welche sehr weit verbreitet, aber früher nur in der Chronik des Braunschweiger Aegidienklosters und in einer großen Compilation bei Pistorius versteckt gewesen war (Wattenbach GQ. 5. A. II, 425). Nach dem neuen Herausgeber Holder-Egger erschien sie in einer editio I. a. 1261—62 und in einer ed. II. c. a. 1265—66. Die Fabel lautet hier (SS. XXIV, 184): Sergius papa, hostis Formosi 117, sedit brevi tempore (gemeint ist der Eindringling Sergius 897, dem Johannes IX. folgte). Fuit et alius pseudopapa, cuius nomen et anni ignorantur. Nam mulier erat, ut fatentur Romani, et elegantis formae, magne sciencie et in ypocrisi magne vite. Hec sub virili habitu latuit, quousque in papam eligitur. Et hec in papatu concepit, et cum esset gravida, demon in consistorio publice coram omnibus prodidit factum, clamans ad papam hunc versum: Papa, pater patrum, papisse pandito partum. Diese Version hat noch Sifrid. de Balnhusin MG. SS. XXV, 694.

schreiber seit dem Beginn des 14. Jahrhunderts, überhaupt auf die Denkweise des späteren Mittelalters geübt. Watten= bach's Aeußerung: es sei bald fast der ausschließliche Geschichts= lehrer für die katholische Welt geworden[1]), ist nicht über= trieben. Von keinem andern Geschichtsbuche existirt eine so unübersehbare Menge von Handschriften, wie von diesem; das zeigen alle Bände des Archivs für deutsche Geschichts= kunde. Und zwar wurde das Buch fast in allen Ländern gleich beliebt, wurde in alle Sprachen übersetzt, vielfach fort= gesetzt und noch mehr von späteren Chronisten abgeschrieben. Daß die Wirkung des ganz ungeschichtlichen, mit Fabeln an= gefüllten Buches eine überwiegend nachtheilige gewesen sei, daß, wie Wattenbach sagt, die sorgfältige, gründliche und kritische Erforschung der Geschichte des früheren Mittelalters, welche im 12. Jahrhundert so eifrig betrieben war, durch Martin's Chronik fast vollständig erstickt worden sei, das läßt sich nicht läugnen.

Schon die Stellung des Verfassers mußte seiner Ge= schichte der Päpste eine gewisse Autorität, wie sie keine andere ähnliche Schrift erlangte, erwerben. Aus Troppau gebürtig, Dominikanermönch, war er lange päpstlicher Kaplan und Pönitentiar, lebte als solcher natürlich am päpstlichen Hofe, folgte der damals häufig wandernden Kurie überall hin und starb als ernannter Erzbischof von Gnesen. Sein Buch galt daher gewissermaßen als die offizielle, von der Kurie selbst ausgegangene Papstgeschichte. Um so bereitwilliger und ver= trauensvoller nahm man denn auch die Geschichte der Päpstin auf, die man bei Martin fand. Die Gestalt, in der die Sage hier erscheint, ist die herrschende geworden*[2]); und die

---

[1]) Deutschlands Geschichtsquellen. S. 426. 5. Aufl. II, 427.
*[2]) MG. SS. XXII, 428: Post hunc Leonem Johannes Ang= licus nacione Maguntinus sedit annis 2, mensibus 7, diebus 4, et mortuus est Rome, et cessavit papatus mense 1. Hic, ut asseritur, femina fuit, et in puellari aetate Athenis ducta a quodam amasio

meisten haben sich begnügt, die Stelle aus seiner Chronik wörtlich zu kopiren. Gleichwohl hat Martin selbst, wie sich nachweisen läßt, von der Päpstin nichts gewußt, oder doch nichts gesagt. Erst einige Jahre nach seinem Tode hat man angefangen, die Sage in sein Buch einzuschieben*[1]). Richtig ist allerdings, daß Martinus selbst noch eine zweite spätere Ausgabe seines Werkes veranstaltet hat, die bis auf Niko= laus III. 1277 reicht, während die erste nur bis auf Kle= mens IV. (st. 1268) ging. Aber auch die zweite glich genau der ersten in der Einrichtung. Jedem Papste und auf der gegenüberstehenden Seite jedem Kaiser waren so viele Zeilen eingeräumt, als er Jahre regierte, und jede Seite hatte 50 Zeilen, umfaßte also ein halbes Jahrhundert. So konnten in den Exemplaren, welche die ursprüngliche Einrichtung des Verfassers beibehielten, Zusätze oder Einschaltungen nur da gemacht werden, wo die Notiz über einen Papst oder Kaiser die ihm infolge seiner Regierungszeit gewidmeten Zeilen nicht ausfüllte. Einen Papst aber einzuschalten hatte er sich selber

---

suo in habitu virili, sic in diversis scienciis profecit, ut nullus sibi par inveniretur, adeo ut post Rome trivium legens magnos magistros discipulos et auditores haberet. Et cum in Urbe vita et sciencia magne opinionis esset, in papam concorditer eligitur. Sed in papatu per suum familiarem impregnatur. Verum tempus partus ignorans, cum de s. Petro in Lateranum tenderet, angustiata inter Coliseum et s. Clementis ecclesiam peperit, et post mortua ibidem, ut dicitur, sepulta fuit. Et quia domnus papa eandem viam semper obliquat, creditur a plerisque, quod propter detestationem facti hoc faciat. Nec ponitur in cathalogo sanctorum pontificum propter mulieris sexus quantum ad hoc deformitatem.

*[1]) Hierüber ist durch die Untersuchungen Weiland's für die neue Ausgabe des Martinus von Troppau (MG. SS. 377—475 und Archiv XII, 1—17) eine andere Auffassung begründet worden. W. nimmt drei von Martinus selbst herrührende Redaktionen an und läßt ihn selbst die Fabel in die dritte Redaktion aufnehmen, also, da Martinus 1278 starb, schon vor 1278. Danach wäre die folgende Auseinandersetzung Döllinger's zu verbessern.

und allen Kopisten, die die Einrichtung des Buches beibe=
hielten, unmöglich gemacht durch seine detaillirte Chrono=
logie, wonach jede Zeile eine Jahreszahl hatte, und bei jedem
Papste und Kaiser die Dauer der Regierung genau ange=
geben war. Darum aber hätte auch die Päpstin, wenn sie
ursprünglich in seinem Buche gestanden wäre, nicht ausge=
merzt oder in den genau an die Einrichtung der Schrift sich
anschmiegenden Abschriften nicht ausgelassen werden können.

Die Päpstin findet sich also in den ältesten Handschriften
des Martinus nicht; sie fehlt namentlich in denen, welche
die genaue chronologische Ordnung des Verfassers beibehalten
haben. Auch die Meinung, daß Martin sie noch in der
letzten von ihm selbst veranstalteten Ausgabe seines Buches
eingeschaltet habe, ist unstatthaft; sie wird durch solche Hand=
schriften, welche bis auf Nikolaus III. reichen, und gleich=
wohl keine Spur von der Päpstin aufweisen, widerlegt.
Echard hat bereits mehrere solche Handschriften erwähnt[1]).
Von der schönen, in der hiesigen Staatsbibliothek befind=
lichen Aldersbacher Handschrift gilt dasselbe[2]). Wohl aber
finden sich Handschriften, in denen die Geschichte unten an
den Rand des Blattes geschrieben ist, oder als Glosse nebenan
steht[3]). Allmälig wird sie nun, und zwar sehr gewaltsam,
in den Text eingedrängt; dies geschieht entweder so, daß
Benedict III., der Nachfolger Leo's, herausgeworfen wird,
und sie an dessen Stelle tritt, wie in einem Hamburger bis
1312 reichenden Codex[4]), oder daß sie, meist von späterer
Hand, ohne Zahlbezeichnung, als Zusatz oder bloße Sage auf
den bei Leo IV. leer gelassenen Raum gesetzt ist; oder end=

---

[1]) S. darüber Quetif et Echard S. S. O. P. 1, 367. Lequien,
Or. Chr. III, 385.

[2]) Aldersp. 161. fol. Pergam. — * Gehört nach Weiland, Arch.
XII, 18 n. 3 der II. Redaktion an.

[3]) Im Archiv für ältere deutsche Geschichtskunde sind mehrere der=
selben angeführt. So VII, 657.

[4]) Arch. VI, 230.

lich so, daß, um nur die dritthalb Jahre für die Päpstin
zu gewinnen, die ganze chronologische Ordnung des Ver=
fassers verwirrt worden ist, indem man mehrere der Vor=
gänger Leo's, sogar bis zum Jahre 800 hinauf, auf frühere
Jahre gesetzt, oder auch einzelnen Päpsten weniger Jahre,
als ihnen zukommen, gegeben hat. Dieser Eifer, die Päpstin
so zu sagen um jeden Preis in dem Buche unterzubringen,
und selbst die willkürlichsten Aenderungen in der Zeitrech=
nung zu diesem Zwecke nicht zu scheuen, hat wirklich etwas
Auffallendes. Ja gerade, was dem Buche des Martinus noch
am ersten einigen Wert verlieh, die so sorgfältig durchge=
führten chronologischen Bestimmungen Zeile für Zeile, das
hat man in mehreren Handschriften geopfert[1], um nur die
Päpstin einschieben zu können, oder man hat nur Ein Jahr
bei jedem Papste am Rande oder im Texte beigesetzt, um
den Widerspruch, in dem die Päpstin mit den chronologischen
Angaben des Verfassers steht, zu verdecken.

Die Einrückung der Päpstin ist bereits in der Zeit von
1278 bis 1312 erfolgt; denn Tolomeo von Lucca, der sein
Geschichtswerk 1312 vollendet hatte, bemerkt[2]: Alle, die er
gelesen, ließen Benedict III. auf Leo IV. folgen; nur Mar=
tinus Polonus setze den Johannes Anglicus dazwischen.
Hiermit sind zwei Thatsachen konstatirt; erstens: der fleißige
Sammler Tolomeo kannte außer der Martinischen Chronik
keine Schrift, in welcher sich eine Erwähnung der Päpstin
gefunden hätte. Zweitens: die ihm bekannten Exemplare
des Martinus hatten sie bereits, und zwar im Kontexte;
wäre sie nur am Rande beigeschrieben gewesen, so hätte das
sicher den Verdacht Tolomeo's geschärft, und er hätte es er=
wähnt.

Ein anderes Hauptvehikel zur Verbreitung der Sage

---

[1] Nulla chronologia, sed adest fabula, sagt Echard von vielen
Handschriften des Martinus, die er gesehen. p. 369.

[2] Hist. eccl. 16, 8.

von der Päpstin war die Chronik Flores temporum, welche
unter den Namen: Martinus Minorita, Herrmannus
Januensis, Herrmannus Gigas sich in zahlreichen Handschriften findet, von Eccard und, in anderer Gestalt, von
Meuschen gedruckt ist, und von den späteren Chroniken nach
der des Martinus Polonus die am meisten verbreitete war.
Doch scheint sie, ungleich dem Martin Polonus, hauptsächlich nur in Deutschland gebraucht worden zu sein. Sie
reicht bis 1290, und ist in der Hauptsache nicht viel mehr
als eine Kompilation aus dem Martinus Polonus, wie der
Verfasser auch selbst gesteht. Nach Eccard's und anderer Annahme ist der Verfasser[1]) Martinus Minorita, der Fort-
setzer, bis 1349, Herrmannus Januensis oder Gigas[2]). Dagegen meint Pertz[3]): Was unter dem Namen des Martinus
Minorita gedruckt sei, das sei nur ein schlechter Auszug aus
dem Herrmannus Gigas, der, im Jahr 1336 gestorben, seine
Chronik bis 1290 führte. .

Das Verhältnis zwischen dem Minoriten Martinus und
dem Wilhelmiten Herrmann von Genua scheint indeß doch
dies zu sein, daß der letztere den Minoriten, ohne ihn zu
nennen, mit manchen Weglassungen und Zusätzen abgeschrieben hat[4]). Der Pönitentiarius Martin, also Martinus Polonus, wird als Hauptquelle angegeben. Aus ihm ist denn

---

[1]) Archiv der Gesellschaft für deutsche Geschichtskunde. VIII, 835.

[2]) Archiv I, 402 ff.

[3]) Archiv VII, 115.

[4]) Bruns, in Gablers Journal für theol. Lit. 1811, Bd. VI.
S. 88 ff. Bruns hatte eine Handschrift in Helmstädt, als ein Werk des
Hermannus Minorita bezeichnet, vor sich. Hier aber wird zum Schlusse
der Verf. richtig Hermannus ordinis S. Wilhelmi genannt. — * Holder-
Egger in seiner Ausgabe MG. SS. XXIV, 226—250 hat das Verhältniß der verschiedenen Namen zu den Flores untersucht. · Verfasser
derselben gegen Ende des 13. Jahrhunderts ist ein Minorit, dessen Name
unbekannt ist. In dem Prolog nennt er sich „aedituus vel sacrista"
seines Konvents; den Namen Martinus legte ihm Eccard bei. Hermannus
ist ein schwäbischer Minorit, der die Flores neu bearbeitete, vermehrte

auch ohne Zweifel die Geschichte der Päpstin, nur mit einem Zusatz erweitert, in die bedeutend spätere Chronik übergegangen, aber von dem Verfasser selbst aufgenommen, denn Handschriften, in denen sie fehlte, sind mir nicht bekannt.

Auch in einigen Handschriften des sogenannten Anastasius oder der ältesten Sammlung von Papstbiographien ist die Geschichte der Päpstin und zwar genau in derselben Gestalt, wie beim Martinus Polonus, eingeschoben worden. Hier läßt der Wortlaut des Textes nicht einmal die Möglichkeit zu, daß die Päpstin ursprünglich wirklich darin gestanden wäre; die Einschaltung konnte nur durch die gedankenloseste Willkür geschehen, oder so, wie es in den Heidelberger Handschriften sich zeigt, daß nämlich Benedict III. ausgestoßen und die Johanna dann an seine Stelle gesetzt wurde. In anderen Exemplaren ist sie von späterer Hand auf den Rand, zur Seite oder ganz unten beigeschrieben [1]).

Die natürlichste Annahme, der auch Gabler folgt, scheint nun die zu sein, daß die Päpstin aus dem Martinus Polonus in die wenigen und durchaus jüngeren Handschriften des Anastasius, welche sie haben, übergegangen sei. Gleichwohl drängt sich mir die Vermuthung auf, daß die Sage zuerst einem Exemplar der Sammlung von Papstbiographien, welche den Namen des Anastasius trägt, am Schlusse beigeschrieben worden sei. Es ist nämlich längst bemerkt worden [2]), daß die Biographie Benedict's III. in dieser Sammlung von einem anderen Verfasser herrührt, als die unmittelbar vorhergehenden, namentlich die ausführliche Biographie Leo's IV.

---

und bis 1349 fortsetzte; doch ist über ihn die Untersuchung nicht abgeschlossen. Jedenfalls ist die Bezeichnung ord. s. Wilhelmi Januensis falsch. Gygas hat nur die Meuschen'sche Ausgabe; Holder-Egger fand die Bezeichnung in keinem der von ihm notirten 30 Codices, nur ein Basler hat Heinricus Gygas.

[1]) Gablers kleinere theol. Schriften, Bd. I, S. 446.
[2]) Vgl. Bähr, Geschichte der Röm. Literatur im Karoling. Zeitalter. S. 269.

Ohne Zweifel gab es also Exemplare, welche mit Leo IV., dessen Biograph offenbar ein Zeitgenosse war, schlossen. Am Ende mochte denn die Notiz von der Päpstin später zugesetzt worden, und von da in die Handschriften des Martinus Polonus übergegangen sein. Man sieht dies aus den von Vignoli vor seiner Ausgabe verzeichneten Handschriften. Der Cod. Vatic. 3764 reicht bis zu Habrian II., der Cod. Vatic. 5869 nur bis Gregor II., der Cod. 629 bis Habrian I., andere bis Johann VIII. oder Nikolaus I. oder Leo III. u. s. f. Im Cod. 3762, der bis 1142 reicht, ist mit späterer und kleinerer Handschrift die Fabel von der Päpstin unten am Rande beigefügt.

Wäre diese Vermuthung, die sich freilich nicht leicht zur Gewißheit wird erheben lassen, richtig, dann wäre die Einschaltung der Päpstin zwischen Leo IV. und Benedikt III., die wenigstens in der damaligen Geschichte durchaus keinen Anknüpfungspunkt hat[1]), am einfachsten erklärt. Indes finde ich im Martinus selbst Gründe für die der Päpstin angewiesene Stelle, und zwar zwei Gründe: Erstens den ganz zufälligen, mechanischen, daß Martinus die acht Zeilen, die er dem acht Jahre währenden Pontifikat Leo's zu widmen hatte, nicht auszufüllen wußte, so daß also die ersten Zeilen der Seite, welche die zweite Hälfte des 9. Jahrhunderts enthielt, leer blieben. Hier konnte bemnach die Einschaltung mit aller Bequemlichkeit vorgenommen werden. Dann aber lag noch ein Grund in der Sage selbst. Das Unwahrscheinliche, daß gerade ein Weib es zur höchsten geistlichen Würde gebracht, und von allen zum Papste gewählt worden sein

---

[1]) Am 17. Juli 855 war Leo IV. gestorben; sofort wurde Benedikt gewählt, und nach kaiserlicher Bestätigung am 29. September dieses Jahres, gerade einen Tag nach dem Tode des Kaisers Lothar, geweiht. Bekanntlich bemerken die Zeitgenossen, wie Prudentius, Hincmar, daß Benedikt unmittelbar auf Leo gefolgt sei, und ein bereits am 7. Oktober 855 von Benedikt ausgestelltes Diplom (ap. Mansi Concill. XV, 113) ist vorhanden.

sollte, war nämlich in der Sage motivirt durch ihre große
wissenschaftliche Begabung; sie übertraf, hieß es, alle in Rom
an Gelehrsamkeit. Natürlich mußte für die Päpstin, sobald
ihr einmal ein bestimmter historischer Platz angewiesen werden
sollte — die Volkssage befaßte sich nicht mit Zeitbestim=
mungen — eine frühere Zeit, jedenfalls die Zeit vor Gre=
gorius VII. gewählt werden. Damit war man aber auf
eine Zeit angewiesen, in welcher nur ein einziges Beispiel
von einem um seiner hervorragenden Wissenschaft willen zum
Papste gewählten Manne bekannt war. Seit Gregor dem
Großen hatte eigentlich kein Papst sich wissenschaftlich aus=
gezeichnet. Martin Polonus nennt nämlich in den vier
Jahrhunderten von Johann VI. 701 bis auf Gregor VII.
gerade nur den einzigen Leo IV. als einen Mann, der
divinarum scripturarum extitit ferventissimus scrutator,
der schon in dem Kloster, in welches ihn seine Eltern der
Studien wegen gethan, durch seine Wissenschaft wie durch
sein Leben sich auszeichnete, und deshalb auch nach dem
Tode des Sergius einmütig von den Römern zum Papst
erwählt wurde. Damals also war es wissenschaftliche Bil=
dung, die die Stimmen der Römer lenkte, und da konnte
es geschehen, daß ein Weib, dessen Geschlecht man nicht
kannte, um seiner wissenschaftlichen Ueberlegenheit willen von
den Römern zum Papst erkoren wurde. Nun sagt der inter=
polirte Martinus von der Johanna ähnlich wie von Leo:
in diversis scientiis ita profecit, ut nullus sibi par inveniretur. Und: Cum in urbe vita et scientia magnae
opinionis esset, in papam concorditer eligitur. Der Päpstin
wurde also im Martinus, der von keinem anderen Papste
jener Jahrhunderte derartiges mehr berichtet [1]), ihre Stelle
gleich nach Leo, dem sie in diesem Punkte glich, angewiesen.
Und da alle sich an das Buch des Martinus hielten, so blieb
ihr diese Stelle.

---

[1]) Denn Gerbert (Sylvester II.) verdankte seine Erhebung nach
Martinus nicht seinem Wissen, sondern dem Satan.

In das Stadium der erſt noch in der Verbreitung
begriffenen und noch mehrfach bezweifelten Sage fallen die
Stellen darüber in Van Maerlant's hiſtoriſchem Spiegel
und Tolomeo von Lucca. Maerlant's holländiſch verſi=
fizirte Chronik iſt hauptſächlich aus Vincenz von Beauvais,
aber mit Hinzunahme anderer Quellen, geſchöpft. Maerlant
ſagt noch (um das Jahr 1283): „Nicht bin ich ſicher oder
klar, ob es Fabel iſt oder wahr; aber in der Päpſte Chronik
findet man es nicht gemeiniglich" [1]). So auch ein hand=
ſchriftliches bis Johann XXII. reichendes Papſtverzeichnis:
Et in paucis Chronicis invenitur [2]).

Einer der erſten, der die Päpſtin aus dem interpolirten
Martinus Polonus aufgenommen, iſt Geoffroi de Courlon,
Benediktiner der Abtei S. Pierre le vif zu Sens, deſſen
Chronik, eine ziemlich rohe Kompilation, bis 1295 reicht [3]).

Demnächſt iſt es der Dominikaner Bernard Guidonis,
in ſeinen ungedruckten Flores chronicorum ſowohl (im
Jahre 1311), als in ſeiner jetzt gedruckten Papſtgeſchichte [4]),
der den Johannes Teutonicus (alſo hier nicht Anglicus)
natione Maguntinus und die ganze Fabel, treu ſeiner Au=
torität, dem Polonus folgend, eingerückt.

Gleichzeitig trug ein anderer Dominikaner, Leo von
Orvieto, zur Verbreitung der Fabel bei, indem er ſie in
ſeine bis auf Klemens V. reichende Geſchichte der Päpſte
und Kaiſer aufnahm. Auch bei ihm iſt Martinus Polonus
die Quelle, der er hier, wie in ſeinem ganzen Buche, folgte [5]).

---

[1]) Spiegel Historical, uitgeg. door de Maatschappij der Nederl.
letterk. Leiden. 1857. III, 220.

[2]) Es ſteht hinter der Handſchrift der Otia imperialia von Ger=
vaſius in Leiden. Wenſing, de Pausin Johanna. p. 9.

[3]) Notices et extraits. II. 16. Auch er fügt bei: Unde dicitur
quod Romani in consuetudinem traxerunt probare sexus electi per
foramen cathedrae lapideae. S. Hist. lit. de France. XXI, 10.

[4]) Maii Spicil. Rom. VI, 202.

[5]) Im 3. Bande von Lami's Deliciae Eruditorum. Florent. 1737.
p. 143.

Nun folgen in der ersten Hälfte des 14. Jahrhunderts der Dominikaner Johann von Paris, Siffrid in Meißen [S. de Balnhusin], Occam der Minorit, der die Päpstin in seiner Polemik gegen Johann XXII. verwerthet, der Grieche Barlaam, der englische Benediktiner Ranulph Hibgen, der Augustiner Amalrich Augerii, Boccaccio, Petrarca [1]).

Eine Chronik der Päpste von Aimery du Peyrat, Abt von Moissac, verfaßt im Jahre 1399, hat den Johannes Anglicus in der Reihe der Päpste mit der Bemerkung: Einige sagen, daß dieser Papst ein Weib war [2]).

Ohne diesen Zusatz und mit der seltenen Angabe einer neunzehnjährigen Regierungsdauer, hat ihn der Dominikaner Jacopo de Acqui, der um das Jahr 1370 schrieb [3]).

Natürlich betrachtete man allgemein das Ereignis als ein für den römischen Stuhl, ja für die ganze Kirche höchst schimpfliches. Die Päpstin hatte $2\frac{1}{2}$ Jahre regiert, hatte eine Menge Funktionen vorgenommen, welche nun alle nichtig und kraftlos waren, und dazu noch die Schmach des Gebärens auf offener Straße. Man konnte sich kaum etwas Entehrenderes für den Stuhl des Apostels, ja für die ganze Christenheit denken. Welchen Hohn mußte diese Geschichte bei den Muhammedanern hervorrufen.

Mit der Ueberschrift: deceptio ecclesiae Romanae, führt Geoffroi de Courlon schon am Schlusse des 13. oder am Anfange des 14. Jahrhunderts die Geschichte ein. Trauernd sagt Maerlant:

Alse die paves Leo vas doot — —
Ghesciede der Kerken grote scame. —

---

[1]) Chronica delle vite de' Pontefici etc. Venetia 1507, f. lv. Giovanni d'Anglia heißt er hier, und die Zeit von zwei Jahren wird dadurch herausgebracht, daß Benedikt III. auf das Jahr 857 (statt 855) und Nikolaus I. auf 859 (statt 858) gesetzt wird.

[2]) Notices et extraits VI, 82.

[3]) Monum. hist. patriae, Scriptores, III, 1524.

Johanne la Papesse, sagt Jean le Maire im Jahre 1511,
fist un grand esclandre à la Papalité [1]). Die Päpste, sagen
alle, vermeiden seitdem die Straße, um die Stätte der Schande
nicht zu sehen.

Bedenkt man nun, daß nach der Erklärung des Domi=
nikaners Tolomeo von Lucca noch im Jahre 1312 die Ge=
schichte sich nirgends*[2]) fand, als in einigen Exemplaren des
Martinus Polonus, daß bereits unzählige Verzeichnisse der
Papstreihenfolge existirten, in denen allen man keiner Spur
der Päpstin begegnete, so ist der Eifer, der plötzlich am
Schlusse des 13. Jahrhunderts entstand, die Fabel als Ge=
schichte geltend zu machen und in die Handschriften einzu=
schwärzen, allerdings sehr auffallend. Die Verfasser der
Histoire lit. de France haben wohl Ursache zu sagen: Nous
ne saurions nos expliquer comment il se fait que ce soit
précisément dans les rangs de cette fidèle milice du saint-
siège que se rencontrent les propagateurs les plus naïfs,
et peut-être les inventeurs, d'une histoire si injurieuse à
la papauté [3]). Allerdings ist die Sache hauptsächlich von den
dem römischen Stuhle sonst so ergebenen Dominikanern und
Minoriten ausgegangen. Sie waren es ja, besonders die
ersteren, welche die Exemplare des Martinus Polonus zuerst
so vervielfältigten und dadurch die Fabel überall hin ver=
breiteten. Die Zeit, in der dies geschah, erklärt indes das
Räthsel. Es war die Zeit Bonifazius VIII., der den beiden
Orden nicht gewogen war, dessen ganze Richtung ihnen miß=
fiel. Man erkennt dies in den ungünstigen Urtheilen, welche
die Dominikanerhistoriker über ihn´ fällten, in der Stellung,
welche sie beim Ausbruche des Streites zwischen ihm und

[1]) In dem Traité de la différence des Schismes et des Conciles de l'Eglise. Part. III, f. 2.
*[2]) Ist zu beschränken, da Stephan von Bourbon und Chronica
minor Erphord. die Fabel kennen.
[3]) t. XXI. p. 10.

Philipp dem Schönen einnahmen. Man bemerkt, daß seit diesem Zeitpunkte, der überhaupt der des sinkenden päpst= lichen Ansehens ist, die Historiker der geistlichen Orden Aerger= nisse in der Geschichte der Päpste mit einer gewissen Vorliebe erwähnen und ausmalen.

Im 15. Jahrhundert taucht kaum mehr ein Zweifel auf. Gleich im Beginne dieses Jahrhunderts wird in der Kathe= drale zu Siena die Büste der Päpstin in der Reihe der übrigen Päpste angebracht, und niemand nimmt Anstoß daran. Die Kirche von Siena gab nachher dem römischen Stuhle drei Päpste: Pius II., Pius III., Marcellus II. Keiner dachte daran, das Aergernis beseitigen zu lassen. Erst 200 Jahre später wird auf dringendes Begehren des Papstes Klemens VIII. Johanna in den Papst Zacharias verwandelt[1]. Als Hus auf der Synode zu Constanz seine Lehre durch Berufung auf den Fall mit der Agnes, welche zur Päpstin Johanna geworden, bekräftigte[2], erfolgte von keiner Seite ein Widerspruch. Selbst der Kanzler Gerson bedient sich des Ereignisses mit dem weiblichen Papste als eines Beweises, daß die Kirche in Thatsachen irren könne[3]. Dagegen zeigt der Minorit Johann de Rocha in einer auf dem Konstanzer Konzil geschriebenen Abhandlung an dem Falle mit dem Johannes Maguntinus, wie gefährlich es sei, die Pflicht des kirchlichen

---

[1] Lequien, Oriens Christianus. III, 392.

[2] Er wollte nämlich darthun, daß die Kirche sich ganz wohl auch ohne Papst lange Zeit behelfen könne, da sie ja während der Regierung der Agnes, dritthalb Jahre, keinen wahren Papst gehabt habe. Lenfant, hist. du Concile de Constance. II, 334. Auch in seinem Werke de ecclesia kommt Hus gerne auf die Päpstin, die Agnes geheißen und Johannes Anglicus genannt worden, zurück. Sie ist ihm ein schlagender Beweis, daß die römische Kirche keineswegs unbefleckt geblieben sei: quomodo ergo illa Romana Ecclesia, illa Agnes, Johannes Papa cum collegio semper immaculata permansit, qui peperit?

[3] In der Rede, die er im Jahre 1403 vor Benedikt XIII. zu Tarascon hielt: Opera, ed. Dupin, II, 71.

Gehorsames von der persönlichen Beschaffenheit des Papstes abhängig zu machen [1]).

Heinrich Korner, Dominikaner zu Lübeck, von 1402 bis 1437, nahm nicht nur selber die Geschichte mit der Päpstin in ihrer gewöhnlichen Gestalt in seine Chronik auf, sondern meinte auch, sein von ihm vielfach abgeschriebener Vorgänger, der Dominikaner Heinrich von Herford, um 1350, habe die Sache absichtlich verschwiegen, damit nicht den Laien Aergerniß gegeben werde, wenn sie läsen, daß ein solcher Irrthum sich ereignet habe in der Kirche, die doch, wie die Geistlichen lehrten, vom heiligen Geiste geleitet werde [2]).

Die Sache wird nun allgemein als zweifelloses Ereignis vorausgesetzt, und die Theologen der Schule suchen sich mit demselben auseinanderzusetzen, ihr System von der Kirche und der Stellung des Papstes in der Kirche danach einzurichten. Aeneas Sylvius, später Papst Pius II., hatte den Taboriten noch erwidert: Die Geschichte sei doch nicht gewiß. Aber sein Zeitgenosse, der große Verteidiger der päpstlichen Allgewalt, Kardinal Torrecremata [3]), nimmt es als notorisch an, daß einmal ein Weib von allen Katholiken als Papst angesehen worden sei, und schließt nun daraus: da Gott dies zugelassen habe, ohne daß doch die ganze kirchliche Verfassung in Verwirrung gerathen sei, so könne es wohl auch geschehen, daß ein Irrgläubiger oder Ungläubiger als Papst anerkannt würde, und das würde im Vergleiche mit jener Thatsache eines weiblichen Papstes noch die geringere Schwierigkeit sein.

S. Antoninus, gleich Torrecremata der Mitte des 15. Jahrhunderts angehörig und gleich ihm Dominikaner,

---

[1]) In der Ausgabe der Werke Gerson's von Dupin. V, 456.

[2]) Ap. Eccard. II, 442.

[3]) Cum ergo constet quod aliquando mulier a cunctis Catholicis putabatur Papa, non est incredibile quod aliquando haereticus habeatur pro Papa, licet verus Papa non sit. Summa de ecclesia, ed. Venet. p. 394. — * Ebenso in seinem Tractatus notabilis de potastate papae et concilii generalis p. 14, von mir 1871 neu ediert.

eignet sich bezüglich des vermeintlichen Ereignisses die Worte
des Apostels von der Unerforschlichkeit der göttlichen Rath=
schlüsse an, und meint, die Kirche sei ja damals doch nicht
ohne Haupt, nämlich Christus, gewesen, aber die von der
Päpstin ordinirten Bischöfe und Priester hätten freilich von
neuem ordinirt werden müssen[1]).

Der Dominikanerorden, dessen Glieder am meisten
dazu gethan haben, die Fabel überallhin zu verbreiten, besaß
in seiner festen Organisation und seinen zahlreichen Biblio=
theken die Mittel, die Wahrheit zu entdecken. Der General
des Ordens hätte nur verfügen dürfen, daß doch einmal die
Exemplare des Martinus Polonus und die älteren Papst=
verzeichnisse, deren eine Menge in den Ordensklöstern vor=
handen waren, untersucht und verglichen werden sollten. Aber
man zog vor, das Unglaublichste, Monströseste zu glauben.
Keiner dieser Männer hatte wohl je gesehen oder gehört, daß
ein Weib Jahre lang unerkannt öffentlicher Lehrer, Priester,
Bischof gewesen, daß einmal eine Entbindung auf öffentlicher
Straße stattgefunden habe. Daß aber in Rom einmal diese
Dinge zusammengetroffen seien, um die päpstliche Würde zu
schänden, dies nahm man bereitwillig hin.

Martin le Franc, Probst zu Lausanne um 1450,
Sekretär der Päpste Felix V. und Nikolaus V., besang in
seinem großen französischen Gedichte, le Champion des dames,
die Päpstin ausführlich. Zuerst sein Erstaunen, daß so etwas
zugelassen worden sei.

> Comment endura Dieu, comment
> Que femme ribaulde et prestresse
> Eut l'Eglise en gouvernement?

Kein Wunder wäre es, wenn Gott herabgekommen wäre
zum Gerichte, daß ein Weib die Welt beherrschte. Dann
tritt aber der Vertheidiger auf und macht geltend:

---

[1]) Summa hist. lib. 16, p. 2, c. 1. § 7.

Or laissons les péchés, disans,
Qu'elle étoit clergesse lettrée,
Quand devant les plus souffisants
De Rome eut l'issue et l'entrée.
Encore te peut être montrée
Mainte Préface que dicta,
Bien et saintement accoustrée
Où en la foy point n'hésita [1]).

Sie hat also viele ganz orthodoxe Meß=Präfationen verfaßt.

Erst jetzt nach der Mitte des 15. Jahrhunderts bemäch=
tigten sich auch die Griechen der Sache. So erwünscht das
Ereignis einem Cerularius* [2]) und den gleichgesinnten byzan=
tinischen Gegnern des päpstlichen Stuhles gekommen wäre,
niemand hatte desselben noch erwähnt, bis Chalcoconbylas
in der Geschichte seiner Zeit [3]), indem er die Form der Papst=
wahl beschreibt, auch der angeblichen Geschlechtsprüfung ge=
denkt und dabei den Vorfall mit der Päpstin erzählt, der
sich, wie er bemerkt, nur eben bei den Occidentalen habe
zutragen können, weil diese sich den Bart nicht wachsen
ließen. Bei ihm kommt noch der drastische Zug hinzu, daß
das Kind gerade während des von der Päpstin gehaltenen
Hochamts zum Vorschein gekommen und von dem versam=
melten Volke gesehen worden sei [4]).

---

[1]) Ap. Oudin, Comm. de Scr. eccl. III, 2466.
*[2]) Um so mehr, als Leo IX. an Cerularius schrieb: Absit antem
ut velimus credere, quod publica fama non dubitat asserere Constantinopolitanae ecclesiae contigisse, ut eunuchos contra primum
s. Nicaeni concilii capitalum passim promovendo, feminam in sede
pontificum suorum sublimasset aliquando. C. Will, Acta et scripta
p. 78 nr. XXIII.
[3]) De reb. Turcicis, ed. Bekker, Bonn. 1843, p. 303.
[4]) Ὡς εἰς τὴν θυσίαν ἀφίκετο, γεννῆσαί τε τὸ παιδίον κατὰ τὴν
θυσίαν καὶ ὀφθῆναι ὑπὸ τοῦ λαοῦ. Der Geistliche, der das Geschlecht
des Neugewählten prüft, ruft laut: ἄρρην ἡμῖν ἐστιν ὁ θεσπότης. l. c.
p. 303. Baarlaam, welcher der Fabel schon im 14. Jahrhundert ge=
dacht hatte, lebte in Italien.

Im 15. und 16. Jahrhundert, ſagt der Römer Can=
cellieri[1]), zirkulirte die Novelle von der Päpſtin frei in
allen Chroniken, welche in Italien, und zwar unter den
Augen Roms verfaßt und abgeſchrieben wurden. So er=
ſcheint ſie gedruckt in der italieniſchen Papſtchronik des Rico=
baldo, die Filippo be Lignamine dem Papſt Sixtus IV. 1474
widmete. So auch in der Papſtgeſchichte des venetianiſchen
Prieſters Stella[2]). Lange, noch in den Jahren 1548 und
1550, ſtand ſie in den zahlreichen römiſchen Ausgaben der
Mirabilia urbis Romae, einer Art von Führer für Pilger
und Fremde[3]).

Felix Hemmerlin, Trithemius, Nauclerus, Albert Krantz,
Coccius Sabellicus, Raphael von Volterra, Joh. Fr. Pico
bi Mirandola, der Auguſtiner Foreſti von Bergamo, der
Kardinal Domenico Jacobazzi, Hadrian von Utrecht, nachher
Papſt Hadrian VI. — Deutſche, Franzoſen, Italiener, Spanier,
alle beriefen ſich auf die Geſchichte, flochten ſie in ihre theo=
logiſchen Erörterungen ein, oder freuten ſich, wie Heinrich
Kornelius Agrippa, daß die Behauptungen der Kanoniſten
von der Irrthumsloſigkeit der Kirche durch den Trug des
Papſtweibes ſo glänzend zu Schanden geworden, daß dieſe
Päpſtin in den drittehalb Jahren ihrer Regierung Prieſter
und Biſchöfe ordinirt, Sakramente geſpendet, die übrigen
päpſtlichen Verrichtungen vorgenommen habe, und alles dies
in der Kirche doch gültig geblieben ſei. Selbſt Johann
Biſchof von Chiemſee führt die Agnes mit ihrer
Kataſtrophe als Beweis an, daß die Päpſte mitunter vom

---

[1]) Storia de' solenni possessi. Rom 1802. p. 238.

[2]) Vita Paparum R. Basil. 1507. f. E. 2.

[3]) Andere alte Ausgaben dieſes römiſchen Fremdenführers haben
den Titel: Indulgentiae ecclesiarum urbis Romae. In allen findet
ſich das Abenteuer mit der Päpſtin, und faſt 80 Jahre lang dachte
niemand in Rom daran, aus einer Schrift, die immer neu gedruckt und
jedem Ankömmling in die Hände gegeben wurde, das Aergernis tilgen
zu laſſen.

bösen Geiste getrieben würden [1]). Platina, dem die Sache
doch verdächtig war, wollte sie gleichwohl in seiner Papst=
geschichte (um 1460) nicht übergehen, weil fast jedermann sie
behaupte [2]). Erst Aventin in Deutschland und Onufrio
Panvinio in Italien erschütterten den allgemeinen Wahn.
Aber noch im Jahre 1575 setzt der Minorit Rioche in
seiner Chronik den zweifelnden Aeußerungen von Platina
und Carranza die Versicherung der gesammten Kirche ent=
gegen [3]).

Gehen wir nun, um der Entstehung und Ausbildung
der Sage auf den Grund zu kommen, an die Zergliederung
derselben.

Anfänglich war die Päpstin namenlos. Die ersten Be=
richte, bei Stephan de Bourbon, und in der Compilatio
chronologica in der Sammlung des Pistorius [jetzt chron.
minor Erph.], wissen noch nichts von einer Johanna. In der
letzteren Quelle heißt es: Fuit et alius pseudopapa, cujus
nomen et anni ignorantur, nam mulier erat. Ihren
Mädchennamen entdeckte man erst spät, etwa Ende des
14. Jahrhunderts. Sie hieß Agnes, unter welchem Namen
sie besonders bei Hus eine sehr wichtige und brauchbare
Persönlichkeit war; oder Gilberta, wie andre wußten. Für
den Papst war bald ein Name gefunden; man nahm den
gewöhnlichsten, Johannes. Päpste dieses Namens hatte es
schon sieben vor 855 gegeben, und in der Zeit, in der die
Sage sich verbreitete, zählte man schon 21.

Aehnlich verhielt es sich mit der Zeit, in der sie gelebt
hatte. Die Volkssage befaßte sich natürlich mit dieser Frage
nicht. Aber der erste Zeuge, der sie erwähnt, gibt auch schon
eine Zeitbestimmung. Das Ereignis, sagt Stephan de Bour=

---

[1]) Onus ecclesiae. 1531. Cap. 19 § 4.
[2]) Ne obstinate nimium et pertinaciter omisisse videar, quod
fere omnes affirmant.
[3]) Chronique. Paris 1576. f. 230.

bon, trug sich um das Jahr 1100 zu* [1]). Er verseßte es
also merkwürdigerweise in dieselbe Zeit, in der zuerst der
Gebrauch der durchbrochenen Stühle bei der Inthronisation
des neuen Papstes erwähnt wird. Wie man ihr nachher
allgemein das Jahr 855 angewiesen hat, ist bereits erklärt
worden.

Stephan de Bourbon weiß noch nichts von England,
Mainz, Athen* [2]); das Weib ist noch keine große Gelehrte
und Profesforin, sondern nur eine geschickte Schreiberin oder
Konzipistin (artem notandi edocta), sie wird daher Notarius
der Kurie, dann Kardinal und Papst. Ein Jahrhundert
später, bei Amalricus Augerii [3]), ist das alles nun schon
phantastisch erweitert und ausgemalt. Zu Athen ist sie durch
sorgfältiges Studium sehr subtil geworden; da hört sie von
dem Zustand und dem Rufe der Stadt Rom, geht dahin,
wird, nicht Notarius, wie Stephan sagt, sondern Professor [4]),
zieht viele und große Schüler, führt dabei ein höchst ehrbares
Leben, wird allgemein ihres Lebens wie ihrer Gelehrsamkeit
wegen gefeiert, und so einstimmig zum Papst gewählt. Sie
verharrt nun noch einige Zeit in ihrer ehrbaren und frommen
Lebensweise, allein später wird sie durch allzu gute Nahrung

---

*[1]) Er hat die Zeit jedoch nur aus der zufälligen Stellung der
Fabel bei Jean de Mailly abgeleitet, wie Weiland zeigte, oben S. 8
N. 3. Ich glaube deshalb und überhaupt nicht, daß die durchbrochenen
Stühle schon jetzt irgend einen Einfluß auf die Entstehung oder Fort-
bildung der Fabel ausübten.

*[2]) Auch Jean de Mailly und chron. minor Erph. wissen noch
nichts davon; indessen läßt doch schon Stephan von Bourbon das Weib
von auswärts nach Rom kommen, venit Romam.

[3]) Ap. Eccard. II, 1607.

[4]) Große Lesemeister, sagt Jakob von Königshofen, Chronik
S. 179, begehrten ihre Schüler zu finde, da sie alsus drüsor hielt die
obersten Schulen zu Rome. Der päpstliche Sekretär, Dietrich von Niem
(um 1413) weiß selbst die Schule anzugeben, in der sie gelehrt hatte;
es war die der Griechen, in der auch der hl. Augustin gelehrt hatte.

üppig, durch satanische Versuchung zu Falle gebracht und wird von einem Vertrauten schwanger.

Besonders auffallend ist die Verschiedenheit der Kata= strophe. Drei oder vier Versionen finden sich darüber. Nach der ersten bei Stephan von Bourbon scheint es, daß die Päpstin gleich nach ihrer Wahl, schon schwanger, bei dem Zuge, als sie zum Lateran=Palatium hinaufging [1]), gebar. Das römische Gericht läßt sie sofort mit den Füßen an die Füße eines Pferdes binden und sie zur Stadt hinausschleifen, worauf sie vom Volke gesteinigt wird. Mit diesen Angaben steht indeß Stephan ganz allein. Niemand ist ihm darin gefolgt. Die gewöhnliche Erzählung, wie sie aus dem inter= polirten Martinus Polonus in die späteren übergegangen ist, läßt sie nach einer ruhigen Regierung von mehr als zwei Jahren bei der Prozession auf der Straße gebären, sofort darüber sterben und gleich an derselben Stelle begraben werden. Ganz anders wieder Boccaccio, bei welchem alles ziemlich friedlich und ohne Todesfall abgeht, die entthronte Päpstin nur einige Thränen vergießt und sich dann in's Privatleben zurückzieht. Ex apice pontificatus dejecta se in misellam evasisse mulierculam querebatur. Und das zweite Mal: A patribus in tenebras exteriores abjecta cum fletu misella abiit [2]).

Ueberhaupt ist es merkwürdig, wie Boccaccio, dessen Geistesrichtung das Histörchen von der Päpstin besonders zu= sagen mußte, sich zu derselben verhielt. In seinem Zibaldone, den er um das Jahr 1350 schrieb, nahm er eine kurze Chronik

---

[1]) Cum ascenderet, nämlich palatium, wie es in der Beschreibung der Krönung Paschalis II. heißt: ascendensque palatium. Ap. Mu- rator. SS. Ital. III, I, 354. — * Stephans Vorlage hat: cum as- cenderet equum und läßt die papissa später gebären.

[2]) Wenn das Fragmentum hist. autoris incerti bei Urstis. P. II, p. 82 sagt: König Theodorich habe zu Rom mit Boethius und Sym= machus auch Johanna Papa getödtet, so ist das doch wohl nur ein Ko= pistenfehler für Johanne.

der Päpste auf, die er nach eigenem Geständnis ganz der
Chronica Martiniana entlehnte. Hier wird die Päpstin nicht
erwähnt, ohne Zweifel, weil er sie in seinem Kodex des
Martinus Polonus nicht fand. Dagegen hat er sie in zwei
spätern Schriften: de casibus virorum et feminarum illu-
strium, und: de mulieribus claris, eingerückt, und mit dem
Wohlgefallen, das vom Verfasser des Dekamerone zu erwarten war, ausgemalt [1]). Seine Erzählung weicht jedoch
von der gewöhnlichen Martinianischen wesentlich ab, und da
sie mit keiner sonst bekannten Version übereinstimmt, so
scheint Boccaccio sie unmittelbar aus dem Volksmunde,
in welchem sie sich natürlich verschiedenartig gestaltet hatte,
geschöpft zu haben. Die Dauer ihres Pontifikats weiß er
ganz genau: zwei Jahre, sieben Monate und einige Tage.
Ihren ursprünglichen Namen aber weiß er nicht: Quod
proprium fuerit nomen, vix cognitum est. Esto sunt, qui
dicant fuisse Gilibertam.

Die übrigen Zeugen des 14. Jahrhunderts sind, da sie
durchweg nur die interpolirte Stelle des Martinus Polonus,
oft kaum mit Aenderung einiger Worte, abschreiben, von
keiner Bedeutung. Dagegen hat das kürzlich herausgegebene
Eulogium historiarum eines Mönches von Malmesbury,
vom Jahre 1366, eine eigene, sonst nirgends vorkommende
Gestalt der Sage, obgleich der Verfasser sonst gerne aus
Martinus Polonus entlehnt. Das in Mainz geborene Mädchen wird von seinen Aeltern männlichen Lehrern zum Unter-
richt in den Wissenschaften übergeben, verliebt sich in einen
derselben, einen sehr gelehrten Mann, und geht mit ihm in
männlicher Kleidung nach Rom. Dort wird sie vom Papst
Leo, da sie alle an Wissenschaft überragt, zum Kardinal gemacht. Wie sie dann, Papst geworden, bei der Pro-

---

[1]) Genauer zu reden hat er die Sage zweimal in demselben Werke
erzählt, denn beide genannte Schriften bilden eigentlich nur Ein Werk.

zeffion eines Kindes geneft, wird fie einfach abgefeßt. Das
käme alfo der von Boccaccio gegebenen Darftellung am
nächften. Von der Reife nach Athen weiß diefer Bericht
nichts [1]).

Weiter ausgefponnen erfcheint die Kataftrophe in einer
handfchriftlichen Chronif der Aebte von Kempten; da heißt
es: „Zu diefem Papft Johannes, der ein Weib war, und
hintennach mit einem Kind ging, kam der böfe Geift und
fprach: O du Papft, der du follft fein ein Vater unter allen
andern Vätern hier, du wirft offenbaren in deiner Geburt,
daß du eine Päpftin bift, darum werde ich dich mit Seele
und mit Leib zu mir nehmen und zu meiner Gefell=
fchaft [2]).“

Doch wurde auch eine mildere, verföhnende Löfung ge=
fucht: es war ihr in einer Offenbarung oder durch einen
Engel die Wahl gelaffen worden, ob fie irdifche Schmach
erdulden oder ewiger Verdammnis verfallen wolle. Sie
hatte das erftere gewählt, und fo war die Entbindung und
der Tod auf offener Straße erfolgt [3]).

Auch fonft noch knüpften fich dann an die einmal
geglaubte Päpftin manche Fabeln. Sie follte, hieß es,
durch befondern Beiftand Satans es zur päpftlichen Würde
gebracht, und daher auch ein Buch über Nefromantie ge=
fchrieben haben [4]). Man hatte früher in den Miffalen eine
größere Zahl von Präfationen gehabt; die fpätere Vermin=
derung derfelben, deren Urheber und Urfachen man nicht

---

[1]) Eulogium. Chronicon ab orbe condito usque ad annum 1366;
edited by Frank Scott Haydon. Lond. 1858. T. I.

[2]) Ap. Wolf, Lection. Memorab., ed. 1671. p. 177.

[3]) So in der zu Rom im 15. und 16. Jahrhundert oft gedruckten
Schrift: Urbis Romae Mirabilia, dann bei Hemmerlin, opp. 1497,
f. 99 und in einer deutfchen Kölner=Chronif.

[4]) Tiraquell. de leg. matrim. ed. Basil. 1561, p. 298.

kannte, wurde demnach damit erklärt, daß es die Päpstin
gewesen sei, welche die ausgemerzten verfaßt habe [1]).

Wie ist nun der Ursprung der Sage überhaupt zu er=
klären?

Vier Dinge haben zur Erzeugung und Ausmalung der
Fabel zusammengewirkt: der Gebrauch durchbrochener Sessel
bei der Einsetzung eines neugewählten Papstes, ein Stein
mit einer Inschrift, den man für ein Grabdenkmal nahm,
eine an demselben Orte gefundene Statue mit Gewändern,
die man für weibliche *[2]) nahm, und die Sitte, bei Prozessionen
mit Vermeidung einer auf dem Wege befindlichen Straße
einen Umweg zu nehmen.

In einer Straße Roms finden sich also zwei Gegen=
stände, welche auf ganz natürliche Weise miteinander in Ver=
bindung gesetzt wurden: eine Statue mit der Figur eines
Kindes oder kleinen Knaben, und ein Denkstein mit einer
Inschrift. Dazu kam noch der Umstand, daß die Straße bei
feierlichen Aufzügen und Prozessionen umgangen wurde. Die
Statue soll eher männliche als weibliche Züge gehabt haben
(genaue Auskunft fehlt, da Sixtus V. sie wegschaffen ließ).
Die Figur trug einen Palmenzweig, und man glaubt, sie
habe einen Priester mit einem dienenden Knaben oder eine
heidnische Gottheit vorgestellt. Aber die weiten Gewänder

---

[1]) So in einer Oxforder Handschrift des Martinus Polonus: Hic
(Johannes Anglicus) primus post Ambrosium multas prefationes
missarum dicitur composuisse, quae modo omnes sunt interdictae.
Ap. Maresium, Johanna Papissa restit. p. 17. So auch der bereits
erwähnte Martin le Franc. — * Bei J. de Mailly führt sie das Qua=
temberfasten ein.

*[2]) Eine Version des Sifrid. de Balnhusin (MG. SS. XXV, 694)
hat: Adhuc ostenditur Rome in quadam platea civitatis symu-
lachrum ipsius sculptum cum pontificalibus indumentis in pariete
de marmore et infantis ymago similiter.

und die dazu gehörige Figur des Knaben erzeugten beim
Volke die Vorstellung: es sei eine Mutter mit ihrem Kinde.
So wurde denn die Statue mittels der Inschrift, und diese
durch die Statue erklärt; der durchbrochene Stuhl und das
Vermeiden der Straße dienten zur Bestätigung. Die Bild-
säule wird nicht erst, wie behauptet worden, von Dietrich
von Niem im 15. Jahrhundert erwähnt, sondern Maerlant
sagt bereits um 1283, also in der Zeit der ersten Verbreitung der Sage:

> En daer leget soe, als wyt lesen
> Noch also up den Steen ghehouwen,
> Dat men ane daer mag scouwen*[1]).

Die Sage sucht nun und findet bald weitere Anhalts-
punkte. Die räthselhafte Inschrift eines dort befindlichen
Denksteines, die bisher niemand zu deuten vermocht hatte,
wird den Römern auf einmal klar: sie bezieht sich auf die
Päpstin und die Entdeckungskatastrophe. — Der Stein war
gesetzt von einem jener Mithraspriester, welche den Titel:
Pater Patrum führten, wahrscheinlich zum Andenken eines
besonders feierlichen Opfers, wie denn der Mithrasdienst in
Rom seit dem 3. Jahrhundert n. Chr. vorzüglich beliebt und
verbreitet war, bis im Jahre 378 der Dienst verboten und
die Mithrasgrotte zerstört wurde.

Des Steines mit der Inschrift, der für den Grabstein
der Päpstin genommen wurde, gedenkt bereits die älteste
Nachricht bei Stephan de Bourbon*[2]). Die Inschrift soll
hienach gelautet haben: Parce Pater Patrum papissae
prodere partum.

---

*[1]) Cuius memoria in lapidibus sculpta usque hodie manet.
Vocatusque vicus ille Vicus Papissae. Haec leguntur alia manu
conscripta in schedula assuta in cod. 8 (des Martinus von Troppau).
MG. SS. XXII, 428.

*[2]) Auch seine Vorlage, die Chronik Jean de Maillys, hat sie etwas
differirend, oben S. 8, N. 3.

Das stand nun sicher nicht wörtlich so darauf. Aber Pap. oder Parc Pater Patrum und P. P. P. wird allerdings zu lesen gewesen sein. Das hieß: propria pecunia posuit.

Pater Patrum kommt als Titel eines Priesters der Mithrasmysterien häufig auf Monumenten vor [1]). Hier hieß der Mithraspriester wahrscheinlich Papirius; die nähere Bezeichnung seines Namens mag unleserlich gewesen sein [2]). Die Aufgabe war also nun, die drei P zu ergänzen. Las man:

Parce Pater Patrum papissae prodere partum [3]),
ober wie andere meinten:

Papa Pater Patrum papissae pandito partum,
ober nach einer andern Erklärung noch besser:

Papa Pater Patrum peperit papissa papellum,
so war das Räthsel der Inschrift gelöst, die Sage, die sich an die Stutue und den durchbrochenen Stuhl knüpfte, bestätigt, der Stein hatte sich als Grabstein der unglücklichen Päpstin ausgewiesen [4]).

Für eine Grabschrift war indeß der Vers, besonders in der ersten und zweiten Gestalt doch immer sehr seltsam; da mußte noch etwas dazwischen liegen, und so wurde denn die Sage bald erweitert. Man erzählte: Der Satan, der natürlich um das Geheimniß der Päpstin gewußt, habe ihr in öffentlichem Konsistorium die Worte des Verses zugerufen [5]).

---

[1]) Vgl. in Orelli, Inscriptionum latinar. ampl. coll. 1848. 1934. 2343. 2344. 2352.

[2]) Mehrere Inschriften mit der Abkürzung P. a P. siehe bei Orelli, II, 25.

[3]) So die älteste Deutung bei Stephan de Bourbon; siehe Echard, s. Thomae Summa suo auctori vindicata. p. 568.

[4]) Daher sagt der älteste Zeuge, Stephan de Bourbon, ausdrücklich: Ubi fuit mortua, ibi fuit sepulta, et super lapidem super ea positum scriptus est versiculus etc. ap. Echard l. c. p. 568.

[5]) So die Chronica S. Aegidii, ap. Leibnitz S. S. Brunsvic.

Das befriedigte noch nicht recht, und so hieß es denn endlich mit Umgestaltung und Erweiterung der angeblichen Grab= schrift: Die Päpstin habe einen Besessenen, bei welchem sie den Exorzismus anwandte, gefragt, wann der in ihm wohnende unreine Geist ihn verlassen werde, und dieser habe höhnisch geantwortet:

Papa Pater Patrum papissae pandito partum,
Et tibi tunc edam (oder dicam) de corpore quando recedam [1]).

Eine solche Umdeutung einer unverstandenen Inschrift mit daran geknüpfter Sage ist auch sonst vorgekommen. So berichten die Chroniken seit Beda: Man habe zu Rom eine Inschrift gefunden mit den sechs Buchstaben:

R. R. R.   F. F. F.

Das konnte allenfalls, nach den sonst vorkommenden Lapidar= abkürzungen, bedeuten:

Ruderibus rejectis Rufus Festus fieri fecit.

Daraus machte man aber die Weissagung einer alten Sibylle auf Roms Untergang und deutete:

Roma Ruet Romuli Ferro Flammaque Fameque.

Wenn die Inschrift auf dem Steine besonders die Geist= lichen und die Gebildeten unter den Laien beschäftigte und zu Erklärungen anregte, so wurde die Phantasie des Volkes hauptsächlich durch die an öffentlichem Orte befindlichen, stets allgemein sichtbaren Stühle erregt, auf welche jeder neuge= wählte Papst herkömmlicherweise sich setzte.

Seit Paschalis II. im Jahre 1099 wird der Gebrauch erwähnt, daß der neue Papst bei der feierlichen lateranischen Prozession sich auf zwei alten steinernen durchbrochenen Sesseln niederließ. Man nannte sie phorphyreticae,

---

III, 580. [MG. SS. XXIV. 184.] Das Chronicon des Engelhusius (bei Leibnitz, II, 1065) läßt, während die Entbindung bei der Prozession stattfindet, den Dämon in der Luft den Vers rufen.
[1]) So z. B. die Chronik des Hermannus Gygas, p. 94. [MG. SS. XXIV, 243.]

weil sie von einer hell röthlichen Steingattung waren. Sie
waren aus altrömischer Zeit, hatten ehemals, scheint es, in
einem der öffentlichen Bäder gestanden, und waren dann in
das Oratorium S. Sylvesters neben dem Lateran gekommen[1]).
Hier pflegte sich nun der Papst zuerst auf den rechts stehen=
den zu setzen, wobei ihm ein Gürtel mit sieben Schlüsseln
und sieben Siegeln angelegt wurde[2]). Zugleich ward ihm
ein Stab in die Hand gegeben, den er dann, auf den links
stehenden Stuhl sich setzend, wieder nebst den Schlüsseln dem
Prior von St. Laurenz einhändigte; dafür wurde ihm hier
ein anderer, dem jüdisch hohenpriesterlichen Ephod nachge=
bildeter Schmuck angelegt. Dieses Sitzen hatte die Bedeu=
tung des Besitzergreifens; Pandulf fährt nämlich fort: per
cetera Palatii loca solis Pontificibus destinata, jam dominus vel sedens vel transiens electionis modum implevit**[3]).

---

[1]) M o n t f a u c o n, diar. Ital. p. 137.

[2]) Sic eo (Paschali) diu renitente, heißt es bei dem römischen
Subdiakon P a n d u l f u s   P i s a n u s, a primistriniis et scribis regio-
nariis mutato nomine ter acclamatum est responsumque: Pascha-
lem Papam s. Petrus elegit. His aliisque laudibus solemniter
peractis, clamide coccinea induitur a Patribus et tyara capiti ejus
imposita, comitante turba cum cantico Lateranis vectus ante eam
porticum, quae est ab australi plaga ad basilicam Salvatoris, quam
Constantinianam dicunt, adducitur, equo descendit, locaturque in
sede, quae ibidem est, deinde in patriarchali, ascendensque palatium ad duas curules devenit. Hic baltheo succingitur, cum septem
ex eo pendentibus clavibus, septemque sigillis, ex quo sciat se
divinam septiformem Spiritus s. gratiam sanctarum ecclesiarum,
quibus Deo auctore praeest, regimini in claudendo aperiendoque
tanta ratione providere debere, quanta solemnitate id quod inten-
ditur, operatur. Et locatus est in utrisque curulibus, data sibi ferula
in manu, per cetera palatii loca solis Pontificibus Romanis destinata, jam dominus vel sedens vel transiens electionis modum
implevit. Ap. Muratori SS. Ital. III, 1, 354.

**[3]) Hundert Jahre später, 1191, lautet bei Cencius, später Ho=
norius III., die Beschreibung der Zeremonie ausführlicher und unserer
Fabel näherkommend, indem es endlich heißt: Qui quidem electus, in

Es war also ein ganz zufälliger Umstand, daß diese
steinernen Sitze durchbrochen waren. Man hatte sie gewählt
wegen der altrömischen Gestalt und der schönen Farbe des
Steins. Jedem Fremden, der nach Rom kam, mußte jedoch
die seltsame Figur derselben auffallen; daß sie ehemals zum
Gebrauch in einem Bade bestimmt gewesen, wußte niemand
mehr, und an einen solchen Gebrauch dachte man im Mittel=
alter gerade am wenigsten. Der neue Papst, erfuhr man,
setzt sich, und nur dies einemal in seinem Leben, auf diesen
Stuhl, und das ist die einzige Bestimmung, die der Stuhl
hat. Die symbolische Bedeutung der Sache und der damit
verbundenen Zeremonien war dem Volke fremd und unbe=
kannt. Es ersann sich seine eigene Erklärung, eine Er=
klärung, wie sie eben der Volkswitz zu geben pflegt. Der
Stuhl ist hohl und durchbrochen, hieß es, damit die Gewiß=
heit erlangt werde, daß der Papst auch ein Mann sei: die
weitere Frage, warum es denn dessen bedürfe, erzeugte die
Erklärung: es sei wirklich einmal ein Weib Papst geworden.
Sofort war nun der dichtenden Sage ein Feld eröffnet; die
Täuschung, die Katastrophe der Entdeckung, das alles wurde
nun im Munde des Volkes ausgemalt. Die Sage liebt die
grellsten Kontraste; also die höchste priesterliche Würde und
zugleich die schmachvollste Prostitution durch plötzliche Ge=
burtswehen während einer feierlichen Prozession, und sofort
Entbindung auf offener Straße. Damit hat nun die Päpstin
gleichsam ihre Aufgabe erfüllt. Die Sage räumt sie daher
gleich wieder aus dem Wege: sie stirbt auf der Stelle über
der Geburt, oder nach einer älteren Version: sie wird vom
empörten Volke gesteinigt.

---

illis duabus sedibus sic sedere debeat, ac si videatur inter duos
lectulos iacere, id est, ut accumbat inter Petri pr. App. primatum
et Pauli doctoris gentium praedicationem. In zona notatur con-
tinentia castitatis . . . Baron. ad a. 1191. § 4. Indessen ist gerade
diese Stelle ein späteres Einschiebsel, wie Cencii camerarii Cod. s.
Angeli bei Watterich, Pont. Rom. vitae I, 14 zeigt.

Zum erstenmal findet sich die Sage, daß der neuge=
wählte Papst auf einem der durchbrochenen Stühle nieder=
sitze, damit man sich von seiner Virilität überzeuge, in den
Visionen des Dominikaners Robert b'Usez, der schon
1296 in Metz starb [1]). Er sei, erzählt Robert, im Jahre
1291, als er in Orange geweilt, im Geiste nach Rom ver=
setzt worden, an den lateranischen Palast, vor den Porphyr=
sitz, ubi dicitur probari papa an sit homo [2]). Hierauf
erwähnt im Jahre 1405 Jacopo b'Agnolo bi Scar=
peria in einem Schreiben an den berühmten Griechen
Emanuel Chrysoloras, worin er die Inthronisation Gregors XII.
als Augenzeuge beschreibt, die Sache als eine unsinnige
Fabel des Volkes [3]). Es ist also nicht richtig, wie häufig
behauptet wurde, daß der Engländer William Brevin,
um 1470 [4]), zuerst der angeblichen Untersuchung über das
Geschlecht des neuen Papstes gedenke [5]).

---

[1]) Hist. litt. de France. XX, 501. — * Dann bei Geoffroi
be Courlon, oben S. 16 N. 1.

[2]) Liber trium virorum et trium spirit. virginum, ed. Lefebvre,
Paris. 1513. f. 25.

[3]) Juxta hoc (sacellum Sylvestri) geminae sunt fixae sedes
porphiretico incisae lapide, in quibus, quod perforatae sint, insanam
loquitur vulgus fabulam, quod Pontifex attrectetur, an vir sit.
ap. Cancellieri p. 37.

[4]) In einer Schrift de septem principalibus ecclesiis urbis
Romae.

[5]) Bei Hemmerlin (dialog. de nobil. et rusticis) geschieht die
Untersuchung sogar durch zwei Geistliche: et dum invenirentur illaesi
(testiculi), clamabant tangentes alta voce: testiculos habet. Et
reclamabant clerus et populus: Deo gratias. Nach Chalcocondylas
lautete der Ruf: „Unser Herr ist männlichen Geschlechts." — Wie man
bereitwillig glaubte, was das Volk sich erzählte, zeigt der Mailänder
Bernardino Corio, der die Krönung Alexanders VI. im Jahre 1492,
als damals in Rom anwesend, in seinem Geschichtswerke beschrieb. Da
heißt es: Finalmente essendo finite le solite solemnitati in Sancta
Sanctorum e dimesticamente toccatogli li testicoli, ritornò al
palacio. Patria Historia, P. VII, fol. Riv. Milano 1503. In den

Aus späterer Zeit verdient Erwähnung, daß der Schwede
Laur. Banck, der die Feierlichkeiten bei der Erhebung
Innocenz' X. ausführlich beschrieben, alles Ernstes versichert:
es verhalte sich wirklich so, die Untersuchung, ob der Papst
männlichen Geschlechtes sei, sei der Zweck der Zeremonie [1]).
Damals war aber der Gebrauch der beiden steinernen Sitze
nebst mehreren anderen Zeremonien längst, nämlich schon
seit dem Tode Leo's X., verschwunden; und Banck sagt auch
nicht [2]), daß er die Zeremonie selbst gesehen habe, sondern
nur, daß er den Stuhl öfter gesehen habe, und beruft sich
zum Belege, daß es, und zwar in der bezeichneten Absicht
geschehe, auf Schriftsteller des 15. und 16. Jahrhunderts.
Da hatte denn Cancellieri allerdings Ursache, sich über die
Unverschämtheit eines Mannes zu verwundern, der sonst als
Augenzeuge redet, und der nur einen unterrichteten Römer
hätte fragen dürfen, um zu erfahren, daß jene Gebräuche
seit länger als hundert Jahren abgekommen seien.

Doch das Stärkste ist, was Giampietro Valeriano
Bolzani, einer der literarischen Höflinge Leo's X., gethan.
Dieser, nach damaliger Unsitte mit Kirchenpfründen über-
häufte Mann [3]), entblödete sich nicht, in einer an den Kardinal Hippolyt bei Medici gerichteten, zu Rom mit päpst-
lichem Privilegium gedruckten Rede die Lüge von der Geschlechtsprüfung jedes neugewählten Papstes mit neuen fabelhaften Umständen auszumalen. Die Sache gehe, versichert
er, ganz öffentlich in der Emporkirche der Laterankirche vor
den Augen des versammelten Volkes vor sich, werde dann

späteren Ausgaben ist die Stelle ausgelassen. [ed. Vineg. 1554 f. 452
hat sie.] Corio sagt aber selbst, daß er nicht mit in der Kirche, wo das
geschehen sei, gewesen, sondern außen gestanden sei.

[1]) In dem Buche Roma triumphans. Franeker. 1645. Cancellieri
hat seinen langen Bericht ganz aufgenommen.

[2]) Cancellieri p. 236.

[3]) S. das lange Register seiner Kirchenpfründen bei Marini,
Archiatri Pontificj, I, 291.

noch zum Ueberfluße von einem Geistlichen ausgerufen, und
in das Protokoll eingetragen [1]). So wirkten freche Frivolität
der italienischen Literaten und stumpfe Sorglosigkeit der
kirchlichen Würdenträger zusammen, den Wahn, so nachtheilig
er dem sonst eifersüchtig bewachten Ansehen des päpstlichen
Stuhles war, recht bis in alle Massen des Volkes zu ver=
breiten. Zugleich aber gibt es auch kaum ein schlagenderes
Beispiel, welche unwiderstehliche Macht eine allgemein ver=
breitete Sage über die Menschen, selbst über geistig hervor=
ragende Menschen übe. Jeder konnte ohne Mühe von einem
Kardinal oder einem bei der Zeremonie beschäftigten Kleriker
erfahren, was dabei vorgehe. Aber man fragte nicht, oder
man wähnte, der Antwortende wolle die Sache nur nicht
eingestehen; man hörte ja überall, auf den Straßen, in den
Häusern von dieser Prüfung der Neugewählten als einer
notorischen Thatsache reden.

Hat nun die dem durchbrochenen Sitze gegebene Bedeu=
tung Einfluß geübt auf die Erklärung der Statue und der
Inschrift, oder haben umgekehrt diese beiden Gegenstände
die Veranlassung gegeben, daß die Sage von den mit dem
Stuhle verknüpften Zeremonien entstand? Das läßt sich
natürlich nicht mehr bestimmen. Wir sehen nur, daß die
Erklärung der drei Objekte so alt als die Sage von der
Päpstin selber ist.

Bald fand man eine weitere Bestätigung in einem an
sich unbedeutenden Umstande, für den sich eine ganz natür=
liche Erklärung darbot. Man bemerkte, daß die Päpste bei
Prozessionen zwischen Lateran und Vatikan eine auf dem
Wege befindliche Straße nicht betraten, sondern einen Um=
weg durch andere Straßen machten. Die Ursache war ein=

---

[1]) Resque ipsa sacri praeconis voce palam promulgata in
acta mox refertur, legitimumque tum demum Pontificem nos ha=
bere arbitramur, cum habere illum quod habere decet oculata fide
fuerit contestatum.

fach die Enge der Straße. Aber in Rom, wo bereits die Phantasie der Menge spukte, entdeckte man nun, daß dies geschehe zum Andenken an die in dieser Straße eingetretene Entbindung der Päpstin, um den Abscheu vor der gerade auf dieser Stelle erfolgten Katastrophe auszudrücken. In der ersten Version der Fabel, beim interpolirten Martin Polonus, heißt es noch: creditur omnino a plerisque, quod ob detestationem facti hoc faciat*[1]). Bei den Späteren ist die Sache schon ganz ausgemacht und notorisch [2]).

---

*[1]) Bei dem besseren Ueberblick, den wir seit 1863 über die einschlägige Literatur gewonnen, läßt sich die Entstehung und Entwicklung der Sage vielleicht dahin zusammenfassen. Zuerst wird eine Inschrift gefunden, welche auf eine Päpstin gedeutet wird. Man kennt noch keinen Namen und keine Zeit derselben, weil auf der Inschrift, wie man sie gelesen hat, kein Name stand und auch sonst keiner bekannt war. Er findet sich aber schon bei Martinus von Troppau. So, ohne jede weitere Andeutung, tritt die Sage c. 1250—60 in Frankreich (Jean de Mailly und Stephan de Bourbon) und in Deutschland (chronica minor Erphord.) gleichzeitig auf. Lesung und Deutung der Inschrift sind in Nebenumständen noch schwankend. Dann bringt kurz vor 1278 Martin von Troppau, welcher von der Inschrift nicht spricht, ein neues Moment: die Vermeidung der Straße, wo offenbar die Inschrift gefunden worden war, durch den Papst. Dieser Zug ist jedoch noch in der Ausbildung begriffen — creditur a plerisque. Drittens tritt, wovon die früheren Zeugen noch nichts haben, c. 1283 bei Maerlant die Deutung eines am Fundorte der Inschrift befindlichen Denkmals (eine Figur in Pontifikalgewändern mit einem Kinde) auf die Päpstin hinzu. Die Nachricht tritt schon als feststehend auf. Endlich viertens deutete das römische Volk entweder gleichzeitig oder unmittelbar danach das liegende Sitzen des Neuerwählten auf den kurulischen Stühlen auf die Päpstin. Die Deutung scheint 1291 noch schwankend zu sein, da Robert d'Usez noch sagt: an dem Porphyr-Sitze ut dicitur probari, an papa sit homo, und der gleichzeitige Geoffroi de Courlon noch bemerkt: Unde dicitur quod Romani in consuetudinem traxerunt probare . . .

[2]) Das sklavische Nachschreiben ging in dieser Geschichte so weit, daß der ungeschickte Ausdruck des Interpolators: Dominus Papa, cum vadit ad Lateranum, eandem viam semper obliquat (statt declinat) von allen Nachfolgern beibehalten worden ist. Die gemiedene Straße ward übrigens unter Sixtus V. ihrer Enge wegen abgebrochen.

Es mag nun aber an einigen Beispielen gezeigt werden, wie leicht eine Volkssage oder eine sagenhafte Erklärung durch einen Gegenstand hervorgerufen wird, sobald an demselben nur irgend etwas in den Augen des Volkes Auffallendes, etwas die Phantasie Anregendes wahrgenommen wird.

Die Bigamie des Grafen von Gleichen spielt eine wichtige Rolle in unserer Literatur und wird noch jetzt von Unzähligen für wahr gehalten.* Ein Graf von Gleichen soll im Jahre 1227 mit dem Landgrafen von Thüringen nach Palästina gezogen und dort in sarazenische Gefangenschaft gerathen sein. Aus dieser durch die Tochter des Sultans befreit, habe er sich, heißt es, obgleich seine Gattin noch lebte, kraft einer Dispensation des Papstes Gregorius IX. im Jahre 1240 oder 1241 mit der Prinzessin vermählt und die drei Gatten hätten in ungestörtem Frieden noch viele Jahre zusammen gelebt. Bekanntlich wurde selbst das breite Ehebett des Grafen und seiner beiden Frauen noch lange gezeigt.

Diese Sage wird zum erstenmale erwähnt im Jahre 1584, also vierthalb Jahrhundert später[1]). Aber von da an wird ihrer in zahlreichen Schriften gedacht, ist sie seit dem 17. Jahrhundert Volksglaube geworden, so daß sie seitdem in alle thüringischen Geschichtsbücher eingerückt worden und sich namentlich bei Jovius, Sagittarius, Olearius, Packenstein u. s. w. findet. Die Veranlassung zu der Sage hat auch hier ein Grabstein gegeben, auf dem ein Ritter mit zwei weiblichen Gestalten abgebildet ist[2]). Die eine von diesen trägt einen eigentümlichen mit Sternen geschmückten Kopfputz. Sobald nun die an diese Figur anknüpfende Sage ihr Gespinst zu weben begonnen, mehrten sich die Reliquien und Wahrzeichen. Nicht nur die Bettstelle wurde gezeigt,

---

[1]) In Dresseri Rhetorica. Lips. p. 76 squ.
[2]) Es ist, wie Placibus Muth in Erfurt sehr wahrscheinlich gemacht hat, das Monument eines 1494 gestorbenen Grafen von Gleichen und seiner beiden Gattinnen.

auch ein Kleinod, welches der Papst der „Türkin" verehrt
habe, ein ihr gehöriger Turban; man zeigte einen nach dem
Schlosse führenden „Türkenweg", eine „Türkenstube" da-
selbst; alles jedoch erst im 17. Jahrhundert. In früherer
Zeit wußte kein Mensch ein Wort von der Geschichte und
den Reliquien [1]).

Ein anderes Beispiel liefert der Püstrich zu Sondershausen, eine Figur von Erz, innen hohl, mit einer
Oeffnung auf dem Kopfe, gefunden um das Jahr 1550 in
einer unterirdischen Kapelle des Schlosses Rotenburg bei
Nordhausen, kam er im Jahre 1576 nach Sondershausen,
wo er sich noch jetzt im Naturalienkabinet befindet. Schon
dreißig oder vierzig Jahre nachher hatte sich eine Sage gebildet, wie sie einer Zeit entsprach, welcher der große Re-
ligionskampf unmittelbar vorhergegangen, und einem Lande,
in welchem die alte Kirche unterlegen war. Der Püstrich
sollte in der Nische einer Wallfahrtskirche gestanden sein,
sollte durch das Gaukelwerk der Mönche, um das Volk zu
erschrecken und zu reichlichen Gaben zu bewegen, mit Wasser
gefüllt, Feuerflammen gespieen haben. Friedrich Succus,
Domprediger in Magdeburg von 1567—1576, der dieses
alles mit vielen Einzelheiten über die Einrichtung des Be-
truges berichtet, setzt bei: es könne es niemand mehr nach-
machen, daß das Bild Flammen ausgieße, und viele meinten,
daß es etwa durch Zauberei und Teufelskunst zugerichtet gewesen [2]).

[1]) Vgl. die ausführliche Erörterung in der Halle'schen Encyklopädie
Bd. 69, S. 292 ff.
[2]) Rabe: Der Püstrich zu Sondershausen. Berlin 1852, S. 58.
Er zeigt, wie widersinnig die, gleichwohl noch im 17. Jahrhundert von
Walther, Titus, Röser wiederholte Fabel sei. Noch im Jahre 1782
brachte Galletti, und im Jahre 1830 der Prediger Quehl die lächer-
liche Erzählung. Rabe macht wahrscheinlich, daß der Püstrich nichts weiter
als ein Fuß an einem Taufbecken gewesen sei.

Allgemein bekannt ist ferner das Märchen vom Erz=
bischof Hatto von Mainz, der, um sich vor den Mäusen zu schützen,
mitten im Rhein den festen Thurm erbauen ließ, aber den=
noch von ihnen gefressen wurde. Das Ereignis, das ins
Jahr 970 fallen würde, wird im Anfang des 14. Jahr=
hunderts zum erstenmale, in Siffrids Chronik, erwähnt;
früher keine Spur davon. Der Mäusethurm, oder Muus=
thurm[1]) (d. h. Zeughaus), wie Bodmann erklärt, erst an=
fangs des 13. Jahrhunderts erbaut, hat, allem Ansehen nach,
dem ganzen Märchen durch die volksmäßige Verwechslung
von Mußthurm und Mausthurm das Dasein gegeben. In
dem, was die Geschichte von Hatto II. weiß, ist kein Zug,
an welchen der Mythus hätte anknüpfen können. Die Sage
von einem Fürsten oder Mächtigen, der sich vor den ihn ver=
folgenden Mäusen auf einem von Wasser umgebenen Thurm
zu retten versucht habe, kehrt überhaupt an mehreren Orten
wieder; sie findet sich im bayerischen Gebirge, sie erscheint
in der mythischen Urgeschichte Polens; dort wird der König
Popiel mit seiner Frau und zwei Söhnen auf einem Thurm
am Goplosee, der heute noch den Namen des Mäusethurms
führt, von den ihn verfolgenden Mäusen getödtet[2]). Wo man
einen Thurm auf einer Insel wahrnahm, dessen Bestimmung
man sich nicht mehr erklären konnte, da erzeugte sich die
Sage von den mörderischen Mäusen[3]).

---

[1]) Ap. Pistor. SS. Germ. I, 10.

[2]) Röppell's Geschichte Polens I, 74.

[3]) Die Erklärung von Liebrecht, in Wolfs Zeitschrift für
deutsche Mythologie, II, 408: „den Sagen dieses Inhalts liege der ur=
alte Brauch zu Grunde, bei eintretendem öffentlichen Unglück (wie z. B.
Hungersnoth durch Mäusefraß) die Götter durch Opferung der Landes=
häupter vermittelst Hängens derselben zu versöhnen,“ scheint mir ver=
fehlt. Einmal kam Opferung eines Menschen durch Hängen nie oder
sehr selten vor; zweitens ist es gewöhnlich nicht ein Baum, sondern ein
Thurm auf einer Insel, an den sich die Sage knüpft; und endlich ver=
legt die Sage das Ereignis, wie bei Hatto, in eine zu späte, ganz christ=
liche Zeit.

Wird irgendwo an einem Steine eine beſondere Ver=
tiefung, ein ungewöhnlich geſtaltetes Loch, etwas das die
Phantaſie für den Eindruck einer Hand oder eines Fußes
nehmen kann, bemerkt, ſo knüpft ſich ſofort eine Sage daran.
Ein Stein in der Mauer der Kirche zu Schlottau in Sachſen,
der angeblich, ohne von Menſchenhänden bearbeitet zu ſein,
einem Mönchsgeſichte ähnlich ſieht, hat zu einer Sage von
verſuchtem Kirchenraube und wunderbarer Beſtrafung Anlaß
gegeben ¹).

Am Rieſenthor der Stephanskirche in Wien iſt in der
Höhe ein Jüngling angebracht, der ſeinen verletzten Fuß auf
das andere Knie zu ſtützen ſcheint. Daraus iſt die Sage
geſponnen worden: der Baumeiſter Pilgram habe ſeinen
Schüler Puchsprunn, dem als Lehrling noch die Führung
des zweiten Thurmbaues aufgetragen worden, aus Neid vom
Gerüſte herabgeſtürzt ²).

Die Fabel von der Päpſtin gehört zu den römiſchen
Lokalſagen, deren im Mittelalter ein ganzer Cyklus exiſtirte,
und ſo mag die Geneſis ſolcher Sagen auch an einem römi=
ſchen Beiſpiele nachgewieſen werden. Die Sage über den
Urſprung des Hauſes Colonna, deſſen Macht und Größe die
Phantaſie des Volkes beſchäftigte, iſt inſofern auf ähnliche
Weiſe entſtanden wie die von der Päpſtin, als es ein Bild,
das Wappen des Hauſes mit der Säule war, was die Sage
erklären wollte; wie denn auch die ſächſiſche Raute, das
Mainzer Rad, die Jungfer im Wappen von Osnabrück eigene
erklärende Sagen hervorgerufen haben.

Ein Schmied in Rom wird aufmerkſam auf ſeine Kuh,
welche täglich ihren eigenen Weg geht, er folgt ihr, kriecht
ihr durch ein enges Loch nach und findet eine Wieſe mit
einem Gebäude, in welchem eine ſteinerne Säule ſteht, oben
mit einem ehernen, mit Geld angefüllten Gefäße. Er will

---

¹) S. Gröſſe's Sagenſchatz des Königreichs Sachſen.
²) Hormayr, Wien, ſeine Geſchichte u. ſ. w. 27, 46.

von dem Gelde nehmen, doch eine Stimme ruft ihm zu: es
iſt nicht dein; nimm drei Denare, und du wirſt auf dem
Forum den finden, dem das Geld gehört. Das thut der
Schmied und wirft auf dem Forum an drei verſchiedenen
Stellen die drei Münzen hin. Ein armer verachteter Jüng=
ling findet ſie alle drei, wird nun der Schwiegerſohn des
Schmieds, kauft mit dem Gelde auf der Säule große Be=
ſitzungen und gründet ſo das Haus Colonna [1]).

Die Entſtehung der Sage von der Päpſtin wäre denn
nun wohl genügend erklärt. Zwei Umſtände indeß erheiſchen
noch eine beſondere Erörterung, die Angabe nämlich, daß
ſie aus Mainz gekommen ſei, und daß ſie in Athen ſtudirt
habe.

Der erſte Bericht über die Heimat der Päpſtin (in der
Interpolation bei Martinus Polonus) verknüpft zwei wider=
ſprechende Angaben, er macht ſie zu einer Engländerin und
zugleich zu einer Mainzerin: Johannus Anglicus, natione
Magontinus. Wahrſcheinlich lagen zwei verſchiedene Sagen
vor, deren eine die Betrügerin aus der britiſchen Inſel, die
andere ſie aus Deutſchland kommen ließ. Daß die eine
Sage ſie zur Engländerin machte, mag ſeinen Grund darin
gehabt haben, daß Frauen aus England häufig nach Rom
pilgerten, klagt doch ſchon S. Bonifatius über deren Menge
und zweideutigen Charakter, aber auch darin, daß die Ent=
ſtehung und erſte Verbreitung der Sage gerade in jene mehr=
jährige Periode des heftigen Kampfes zwiſchen Innocenz III.
und König Johann fiel, als England in Rom für die dem
römiſchen Stuhle vorzugsweiſe feindliche Macht galt. Denn
als eine tiefe Schmach, als eine ſchwere, dem Anſehen des
römiſchen Stuhls geſchlagene Wunde wurde das angebliche
Ereigniß doch von Anfang an aufgefaßt, und das drückte die
Sage aus, indem ſie ein als feindlich gedachtes Land zur

---

[1]) Fr. Jacobi de Acqui Chronicon imaginis mundi, in den
Monumenta hist. patriae, Scriptt. T. III, p. 1603.

Heimat der Päpstin machte. So gibt die polnische Sage dem mythischen Könige Popiel, der wegen des Frevels an seinen Vatersbrüdern von Mäusen verzehrt wird, eine deutsche Fürstentochter zur Gemahlin, damit die Schuld der Anstiftung zu dem Verbrechen auf ein Weib aus einem fremden, den Slaven stets feindlichen Volke falle [1]).

Wenn nun die andere, herrschend gewordene Sage Mainz als die Heimat der Päpstin bezeichnet, so ist dies unschwer zu erklären. Die Entstehung der Sage fällt in die Zeit der großen Kämpfe zwischen Papstthum und Kaiserthum, als die Deutschen oft mit Heeresmacht vor Rom und in Rom erschienen, die Mauern der Stadt brachen, Päpste gefangen nahmen oder zur Flucht nöthigten. Omne malum ab Aquilone, dachte man damals in Rom. Deutschland hatte keine eigentliche Hauptstadt; keine stehende Königs- oder Kaiserresidenz; als die bedeutendste Stadt des Reiches konnte nur Mainz genannt werden, der Sitz des ersten Reichsfürsten, die Kanzlei des Reiches. Moguntia, ubi maxima vis regni esse noscitur, sagt Otto von Freysingen [2]). Im Ligurinus des Pseudo-Günther [*3]) heißt es von Mainz: Pene fuit toto sedes notissima regno.

In dem Karlssagenkreise, den sich auch Italien angeeignet hat (in den Reali di Francia, die schon im 14. Jahrhundert vorhanden waren, und andern demselben Sagenkreise angehörigen Erzeugnissen) tritt die romanische Abneigung gegen Mainz, die deutsche Metropole, grell hervor. Mainz ist da der Sitz und die Heimat des tückischen gegen Karl und sein Haus gesponnenen Verraths. Ganelo, der Erzverräther, ist Graf von Mainz. Alle seine Anhänger und Mitverräther heißen Maganzesi. Sie und Ganelo, oder die Mainzer, repräsentiren die deutsche verrätherische Usurpation

---

[1]) Röpell, Geschichte Polens, S. 77.
[2]) De gestis Frider. I, c. 12. MG. SS. XX, 359.
[*3]) S. Wattenbach II, 258 ff.

des Kaiserthums, das von Rechtswegen den Romanen gehöre.
So noch in Pulci's Morgante und in Ariosto's cinque
canti oder Ganelone. Eine deutsche Entgegnung auf die
romanische Polemik im karolingischen Sagenkreise ist gewisser=
maßen das Gedicht: Doolin von Mainz; wo Doolin, Sohn
des Grafen Guido von Mainz, als Nebenbuhler Karls auf=
tritt, und erst mit ihm kämpft, dann aber nach unentschie=
dener Schlacht mit ihm versöhnt, mit ihm nach Vauclere,
der Stadt des Sachsenkönigs Aubigeant (Wittekind) zieht,
des letzteren Tochter Flandrine heiratet und endlich gemein=
schaftlich mit Karl Sachsen unterwirft.

Zu Ganelo von Mainz, dem verrätherischen ersten Gründer
des deutschen Reiches durch Trennung vom westfränkischen
Reiche, setzt nun die italienische Sage, indem sie sich den
großen Kampf und Gegensatz von Welfen und Ghibellinen
zurechtlegt, einen andern Mainzer, den Ghibello hinzu. Die
Sage findet sich in der italienischen Bearbeitung des Po=
marium von Riccobaldo von Ferrara durch Bojardo[1]).
König Konrad II. (der dritte ist gemeint) ernennt den
Ghibello Maguntino zum Reichsverweser in der Lombardei
gegen Welfo, den die Kirche als Regenten Lombardiens auf=
gestellt hat. Ghibello ist von vornehmer, aber verarmter Fa=
milie, hat einige Zeit in Italien studirt, gelangt dann in
seiner Vaterstadt Mainz zu großem Ansehen, wird Kanzler
von Böhmen, aber öffentlich der Baratteria (d. h. des poli=
tischen Trugs oder Verraths) überführt. Er und Welfo ringen
nun miteinander, Ghibello stirbt endlich in Bergamo, Welfo
in Mailand. Ghibello von Maganza ist, wie man sieht, der
Doppelgänger des Gano oder Ganelo von Maganza. Man
erkennt nun aber auch, warum Johannes oder Johanna aus
Mainz gekommen sein, Maguntinus, oder Magantinus, Mar=
gantinus heißen muß[2]).

---

[1]) Ap. Muratori SS. Ital. IX, 360. 57.
[2]) Statt Maguntinus steht in Handschriften und Drucken häufig

Später suchte nun die absichtlich dichtende Sage die beiden Angaben, daß der weibliche Papst Anglicus und daß er natione Maguntinus gewesen, zu vereinigen. Man ließ die Eltern der Johanna aus England nach Mainz über= siedeln, oder man sagte, sie habe Anglicus[1]) geheißen, weil ein Englischer Mönch in Fulda ihr Buhle gewesen. In Deutschland begann man nun aber auch, sich des deutschen Ursprungs der Päpstin zu schämen. Sie werde den Deutschen vorgeworfen, weil sie aus Mainz sein solle, heißt es in der Chronik der Bischöfe von Verden[2]). Ja Manche meinten, diese Geschichte mit der deutschen Päpstin sei die Ursache, warum kein Deutscher mehr zum Papste gewählt werde, was Werner Rolevink, doch mit dem Beisatze, das sei nicht der wahre Grund, berichtet[3]). Um die Sache zu ver= decken, steht in deutschen Handschriften des Martinus Polonus

Margantinus. Man scheint dabei an Margan, eine berühmte Abtei in Glamorganshire, gedacht zu haben, wo die Annales de Margan, die den 2. Band von Gales historiae Anglic. Scriptores eröffnen, ver= faßt wurden. Man konnte den Beinamen Anglicus mit der Bezeich= nung Maguntinus nicht zusammenreimen und machte daher aus dem Deutschen einen Englischen Geburtsort. Bernard Guidonis half in andrer Weise, indem er statt Anglicus, Johannes teutonicus natione magun= tinus setzte. Vitae Pontiff. ap. Maii Spicil. Rom. VI, 202. Zu den komischen Versuchen, den Widerspruch zwischen den beiden Prädikaten Anglicus und Maguntinus auszugleichen, gehört die Version bei Amal= ricus Augerii (hist. Pontiff. ap. Eccard. II, 1706); hier heißt die Päpstin Johannes, Anglicus natione, dictus Magnanimus (statt Ma= guntinus). Der Verf. meint offenbar, die Kühnheit und Charakter= stärke, ohne welche ein solcher Lebenslauf und vieljährige Verbergung des Geschlechts nicht möglich gewesen wäre, habe ihr den Ehrennamen der „Großherzigen" erworben.

[1]) Vgl. Maresii Johanna Papissa restituta, p. 18.
[2]) Ap. Leibnit. SS. Brunsvic. II, 212.
[3]) Fascic. temp. aet. VI. f. 66. So auch in der 1517 zu Leiden gedruckten Hollandsche Divisie-Chronyk. Om dat dese Paeus wt duysslant rus van ments opten ryn, so menen sommige, dat dit die sake is, dat men genen geboren duytsche meer tot paeus settet.

häufig Margantinus ſtatt Maguntinus, und die Compilatio
chronologica bei Leibniß [1]) weiß nur von einem Johannes
Anglicus. Dieſes Gefühl, daß die Deutſchen ſich der Lands=
mannſchaft der Päpſtin zu ſchämen hätten, hat ſogar eine
neue Dichtung erzeugt, deren Zweck offenbar nur der war,
die Heimath der Päpſtin und ihres Buhlen von Deutſchland
weg nach Griechenland zu verlegen [2]).

---

[1]) SS. Brunsvic. II, 63.

[2]) Sie findet ſich in einem Tegernſeer Codex der hieſigen Staats=
bibliothek aus dem 15. Jahrhundert (Cod. lat. Tegerns. 781 f. 185)
und lautet folgendermaßen: Item papa Jutta, qui non fuit alamannus,
sicut mendose fabulatur chronica martiniana. De Glancia puella,
quae papa fuit facta . . . Glancia puella fuit filia ditissimi civis
Thessalici, cujus omnis meditatio aequivoca nota sapientiae versa-
batur; hujus erat intellectus perspicax et ingenium docile, quam
penitus assidua legendi solertia vegetabatur; haec tempore brevi
sibi famam per omnes circuitus vendicabat; sed praedicatas laudes
rei veritas excedebat. Erat Pircius in scholis illi juvenculus coae-
vus. Huic noto discendi capacitatis ingenio, paternis opibus et
omni quasi frugalitate, consiliis hos ambos, quos aetas aequave-
rat, exequat amor, de jugalitate tractatur, parentes abnuunt.
Crescit inter hos ardor et concupiscentia, cum diebus sensim pul-
lulat aetas, in oscula veniunt et amplexus impatientes. Denique
latibulum petunt et ardentes junguntur. Ludo veneris consum-
mato de recessu tractant. Haec inter mulieres, hic inter homines
virtutum dotibus ac disciplinarum studiis optant fieri singulares,
et Athenas ire deliberant inter ipsos. Uterque se quot potest opu-
lentiis munit; habitus gestusque capit illa viriles et similes animo
simul habitus mirandos ac spectabiles illos facit. Nulla mora pro-
perant Athenas, ubi longo tempore student, et illa doctior, quid-
quid est divinae facultatis, aut humanae disciplinae vel artium
studiosa capescit, et ille similiter est omni sapientia gloriosus.
Hos non Athenae solum, sed universa Graecia veneratur. Hi Romam veniunt, in omni facultate studium pronuntiant, ad hos omnes conveniunt tam scholares quam quarumcunque scientiarum
doctores et quo profundiores accedunt, quas hauriant venas, ube-
riores inveniunt, hos omnes et omnium facultatum doctores ado-
rant, hos omnes cives venerantur et horum mores modestiamque,

Der andere Zug, daß die Päpstin ihre Studien in
Athen gemacht habe und dann in Rom ihre Kenntnisse als
beliebter Lehrer verwerthet habe, ist ganz dem Charakter der
mittelalterlichen Sage entsprechend. In Wirklichkeit ist in
tausend Jahren Niemand aus dem Occident nach Athen ge=
kommen, um dort zu studiren; schon darum nicht, weil dort
nichts mehr zu holen war. Aber das hinderte die Sage
nicht, welcher Athen in alter Zeit, das heißt etwa vor dem
Aufkommen der Pariser Universität, als die Eine hohe Schule

virtutes et sapientiam praedicat omnis Roma, qui amplius in omnem terram penetrat sonus eorum. Denique functo pontifice mulier nominatione omni labio vocatur et voce non impugnata, Romanis hortantibus, ad apostolatus apicem promovetur. Cardina-
latur Pircius amasius, vitam sagaciter agunt et in eorum guber-
natione tota laetatur ecclesia. Sed quum status adulteri raro
radices figunt, vel si germinent, non roborant, et si roborent, non
perdurant, accidit ergo, quod antea nunquam fuerat. Mulier papissa praegnatur et insueta tempora partus ignorans ibat ad ecclesiam sancti Joannis Lateranensis cum universo clero missam so-
lemnem celebratura. Sed inter Coliseum et ecclesiam s. Clementis
coacta doloribus cecidit et puerum peperit et pariter expiravit.
Hanc viam papa semper evitat et ante coronationem papa semper
manibus virilia palpantibus exploratur etc.

Vide, quos ad gradus virtus et sapientia extollit pusillos, sic
altos in sapientia protexit; sed nihil est omnis nostra sagacitas
vel industria contra Deum. Vide carmina, quae sequuntur.

Disceret ut leges peregrina juvencula plenas
Glancia clara seges mulierum transit Athenas
Cum juvene cupido vir facta, sed ista cupido
Militat in turbis ac doctores docet urbis.
Papa fit et puerum pariens et moritur prope clerum.

Moralitas.

Nil mage grandescit quam doctus jure fruendo,
Nil mage vilescit quam vir sine lege fruendo.

Papa, pater pauperum, peperit papissa papellum etc.

der Menschheit galt*¹). Denn daß es, wie Ein Kaiferthum und Ein Papftthum, fo auch nur Ein „Stubium" gebe, und geben folle, das lag in der Anschauung jener Zeiten. „Dreier Kräfte oder Inftitutionen bedarf die Kirche," heißt es in der Chronica Jordanis²) „des Priefterthums, des Kaiferthums und des Stubiums; und wie das Priefterthum nur Einen Hauptfiz, Rom, hat, fo hat und braucht auch das Stubium nur Einen Ort, Paris. Von den drei Hauptnationen befitzt jede eine diefer Inftitutionen: die Römer oder Italiäner haben das Priefterthum, die Deutfchen das Kaiferthum, die Franzofen haben das Stubium."

Diefes Stubium war nun zuerft in Athen, von da ward es nach Rom verlegt, und von Rom verpflanzte es Karl der Große oder fein Sohn nach Paris. Man wußte felbft das Jahr diefer Uebertragung anzugeben. So heißt es im Chronicon Tielense: Anno D. 830 Romanum studium, quod prius Athenis exstitit, est translatum Parisius³).

---

*¹) P. Zacharias an Bonifacius (ep. 66, 748 Mai 1): novissime et tuis temporibus Theodorus, Greco Latinus ante philosophus et Athenis eruditus, Romae ordinatus, pallio sublimatus, ad praefatam Brittaniam transmissus. Jaffé, Mog. p. 185. Alcuine ep. 240 beantwortet Karl d. Gr. eine Frage, die ein sapiens Grecus vorgelegt hatte. Später nennt er ihn Atheniensis sophista, doctor prudentissimus, magister. Jaffé, Alcuin. p. 765 ff. Ueber das angebliche Stubium in Athen in fpäterer Zeit f. Gregorovius, Gefch. der Stadt Athen I, 291 ff.

²) Ap. Schard de jurisd. imperiali ac potest. eccl. variorum Authorum scripta. Basil. 1566, p. 307.

³) Ed. van Lecuwen, Trajecti 1789, p. 37. So auch Gobelinus Persona. Schon der Anonymus bei Vincenz von Beauvais meint: Alcuinus studium de Roma Parisios transtulit, quod illuc a Graecia translatum fuerat a Romanis. — *Das mag Alcuine felbft veranlaßt haben, da er ep. 110 fchreibt: si, plurimis inclitum vestrae intentionis studium sequentibus, forsan Athenae nova perficeretur in Francia; immo multo excellentior. Jaffé, Alcuin. p. 449. Der Monachus Sangallensis lib. I. c. 2 fah es auch wirklich als erfüllt

Alſo in alter Zeit, das war die Vorſtellung, war das Stubium zu Athen, und wer es zu hoher Auszeichnung im Gebiete des Wiſſens bringen wollte, der mußte dorthin gehen. Nur zwei Wege gab es, durch welche ein fremder Abenteurer zur höchſten kirchlichen Würde gelangen konnte, Frömmigkeit oder Wiſſenſchaft. Durch Frömmigkeit konnte die Sage ihr Mädchen aus Mainz nicht emporſteigen laſſen, dieſe paßte nicht zu der ſpäteren Schwängerung und Niederkunft auf öffentlicher Straße. Alſo hatte ſie durch Wiſſenſchaft aller Augen, und dann bei der Wahl alle Stimmen auf ſich ge= lenkt. Und dieſe konnte ſie nur in Athen ſich erworben haben. Denn das Stubium war, wie Amalricus Augerii ſagt [1]), damals in Griechenland.

-----

2. Der Papſt Cyriacus.

Um die gleiche Zeit wie die Päpſtin Johanna iſt der Papſt Cyriacus in die römiſche Reihenfolge eingeſchoben worden, und hat ſich gleichfalls lange in ſeiner uſurpirten Stelle behauptet. Hier hat berechnete Täuſchung, viſionäre Phantaſie und bodenloſe Leichtgläubigkeit zuſammengewirkt, und einen Papſt geſchaffen, der ebenſo weſenlos und rein erfunden iſt, wie die Päpſtin. In der Mitte des 12. Jahr= hunderts ſtand die Nonne Eliſabeth im Kloſter Schönau in der Trierer Diöceſe weit und breit in hohem Anſehen. Ihre Viſionen waren unerſchöpflich, und ſo oft ein Grab geöffnet, ſo oft namenloſe Gebeine und Ueberreſte gefunden wurden, ward Name und Geſchichte des unbekannten Tobten von einem

-----

an: Cuius (Alcuini) in tantum doctrina in discipulis suis fructi-
ficavit, ut moderni Galli sive Franci antiquis Romanis vel Athe-
niensibus equarentur. Jaffé, Carolina p. 632.
[1]) Ap. Eccard II, 1707.

Engel oder einer Heiligen, wie ſie meinte, ihr eröffnet. Das
wirkte ermuthigend auf jene, welche neue Heiligen=Reliquien
für eine Kirche oder Kapelle, um den Zug der Bevölkerung
dahin zu lenken, bedurften. Schon hatte ſich Eliſabeth mit
der Sage von der Urſula und ihren Jungfrauen beſchäftigt;
ſchon hatte man ſeit 1155 tauſende von Leichnamen in den
Feldern bei Köln ausgegraben, die alle zur Schaar der Urſula
gehören ſollten. Dabei kamen nun aber auch männliche Leich=
name zum Vorſchein; Grabſteine mit Inſchriften wurden da=
bei gefunden, oder vielmehr ſofort erfunden; ſie lauteten
auf einen Erzbiſchof Simplicius von Ravenna, Marinus
Biſchof von Mailand, Pantulus von Baſel, mehrere Kardi=
näle und Presbyter; auch fand ſich ein Stein mit der In=
ſchrift: S. Cyriacus Papa Romanus qui cum gaudio suscepit sacras virgines et cum iisdem reversus martyrium
suscepit et s. Alina V. Dieſe Grabſteine überſandte nun
der Abt Gerlach der Eliſabeth; ſie ſollte durch ihre in mag=
netiſch=hellſehendem Zuſtande geſchauten Viſionen entſcheiden,
ob denſelben zu glauben ſei; denn er hegte doch ſelber, wie
er ſagt, den Verdacht, ſie möchten des Gewinnes wegen
untergeſchoben ſein [1]. Ihr Widerſtreben ward überwunden [2].
Und nun kam folgende Geſchichte zu Tage: Als Urſula mit
den Jungfrauen nach Rom kam, hatte Cyriacus bereits ein
Jahr und 11 Wochen als der 19. Papſt regiert. In der
Nacht empfieng er die göttliche Weiſung, ſeinem Amte zu
entſagen, und mit den Jungfrauen fortzuziehen, da der
Märtyrertod ſeiner und ihrer harre. Er legte alſo ſeine

---

[1] Die Inſchriften und die Erzählung der heiligen Eliſabeth ſtehen
Acta SS. Oktober IX, 86—88. Zunächſt, ſcheint es, ward die Auffin=
dung der Grabſteine veranſtaltet, um das Vorkommen ſo vieler männ=
licher Gebeine auf dem Felde (ager Ursulanus), wo man blos die Ge=
beine der vermeintlichen Jungfrauen ſich zu denken gewöhnt hatte, zu
erklären und die Ehre der Jungfrauen zu retten.

[2] Diutina postulatione me multum resistentem compulerunt,
ſagt ſie.

Würde in die Hände der Karbinäle und ließ den Antherus statt seiner erheben. Der römische Klerus aber empfand über die Abbankung des Cyriacus solchen Verbruß, daß man seinen Namen aus der Reihe der Päpste strich.

Hiemit war denn auch jede aus den bisherigen Quellen geschöpfte Einwendung niedergeschlagen und die Chronisten des 13. Jahrhunderts meinten unbedenklich den neuentdeckten Cyriacus zwischen Pontianus und Anteros (238) einschieben zu sollen. Der erste, der es that, war der Prämonstratenser= mönch Robert Abolant zu Auxerre, der im Beginne dieses Jahrhunderts eine allgemeine Chronik verfaßte. Es folgten die Dominikaner Vincenz von Beauvais und Thomas von Chantinpré, dann der Cistercienser Alberich. Mar= tinus Polonus wurde auch hier für die folgende Zeit ent= scheidende Autorität und Quelle. Bei ihm ist die Ursache, warum Cyriacus nicht im Catalogus Pontificum stehe, noch genauer angegeben: Credebant enim plerique eum non propter devotionem, sed propter oblectamenta virginum Papatum dimisisse. Darin ist ihm denn auch Leo von Orvieto gefolgt. Auch Aimery du Peyrat [1]) und Bernard Guidonis [2]) halten an Cyriacus fest, während Amalrich Augerii ihn über= geht. Die älteste Chronik in deutscher Sprache (um 1330) sagt von ihm: Want er lies daz babesthum und die wür= bikeit wider der Cardinal willen, und fur mit den XI tüsing megden gen Colen, und wart gemartert. darumb tilketen die cardinal sinen namen abe der bebiste buche [3]). Auch das Eulogium historiarum, das ein Mönch von Malmes= bury um das Jahr 1366 zusammmengetragen, führt ihn auf, mit dem Beisatze: hic cessit de papatu contra volun-

[1]) Notices et extraits. VI, 77.
[2]) Maii Spicil. VI, 29.
[3]) Oberrheinische Chronik, herausgegeben von S. A. Grieshaber. 1850. S. 5.

tatem cleri[1]). Im 15. Jahrhundert erscheint Cyriacus, wie
zu erwarten, in allen bedeutenberen Geschichtsbüchern, bei
Antoninuß, Philipp von Bergamo, Nauklerus u. s. w. und
so ist er denn auch in die älteren Außgaben deß römischen
Breviers übergegangen[2]).

Aber schon in den letzten Jahren deß 13. Jahrhundertß
hatte die Geschichte deß Cyriacus eine nicht geringe praktische
Wichtigkeit erlangt, und hatten die Rechtsgelehrten sich ihrer
bemächtigt. Die Resignation Cölestinß V. und die baburch
herbeigeführte Erhebung Bonifaciuß VIII. hatte großes Aufsehen erregt. Viele meinten, ein Papst könne gar nicht
resigniren, da er keinen kirchlichen Obern habe, der ihn von
seinen heiligen Verpflichtungen zu entbinden vermöchte, Niemand aber sich selbst entbinden könne. Die zahlreichen
Gegner des Bonifacius warfen sich auf diese Frage, und es
galt nun Beispiele päpstlicher Resignationen aufzufinden.
So berief sich denn der Verfasser der glossa ordinaria zu
dem Decret, in welchem Bonifacius VIII. die Befugniß der
Päpste, zu resigniren, bestätigte, auf das sichere Beispiel
deß Cyriacus[3]); und seitdem bedienten sich fast alle Cano-
nisten derselben vermeintlichen Autorität, und nicht nur sie,
auch Theologen, wie Aegibius Colonna[4]) und Sylvester
Prierias. Gewöhnlich wußte man drei Päpste älterer

[1]) Cb. Scott Haybon. London 1858. I, 180.

[2]) Berti, in der Raccolta di Dissertazioni von Zaccaria,
II, 10, bemerkt, daß er mit den fabelhaften Akten der Ursula noch in
dem Brevier von 1526 vorkomme, ja, nach Launoi steht er noch in
dem Brevier von 1550.

[3]) Datur autem certum exemplum de Cyriaco Papa, de quo
legitur, quod cum Ursula et undecim millibus virginum martyri-
zatus est. Dann die Erzählung wie bei Martinus Polonuß.
So steht in den älteren Ausgaben deß lib. VI Decretal., cap. Renun-
ciat., Lugdun. 1520, 1550, 1553. In den späteren Außgaben ist die
Stelle weggelassen.

[4]) De renunciatione Papae in Rocaberti Biblioth. max. pontif. II, 61.

Zeit anzuführen, welche resignirt hätten, Clemens, Marcel=
linus und Cyriacus[1]), wobei es denn freilich ein sonderliches
Mißgeschick war, daß alle drei Fälle erdichtet waren. Denn
die angebliche Resignation des Clemens war nur ersonnen
worden, um den Widerspruch der Angaben auszugleichen,
nach denen er bald unmittelbar auf Petrus, bald erst auf
Linus und Anenkletus gefolgt sein sollte.

3. Marcellinus.

Weit älter als die Erfindung des Papstes Cyriacus ist
die Fabel vom Papste Marcellinus. Sie hat mit der zu=
gleich erdichteten Synode von Sinuessa fast tausend Jahre
lang als Wahrheit gegolten, und ist von Theologen und
Rechtsgelehrten zum Behuf ihrer Theorien viel gebraucht
worden*[2]).

Beim Beginne der biocletianischen Verfolgung stellt —
so lautet die Fabel im Wesentlichen — der Pontifex des
Capitols dem Papste Marcellinus vor: er könne füglich den
Göttern Weihrauch opfern, da dies auch die drei Weisen aus
dem Morgenlande vor Christus gethan hätten. Beide kommen
überein, die Sache durch den damals in Persien befindlichen
Diocletian entscheiden zu lassen, der natürlich befiehlt, daß

[1]) So z. B. Augustinus be Ancona, Summa quest. 4.
art. 8. Respondes dicendum, quod Canones et gesta Pontificum
quatuor Summos Pontifices narrant renunciasse Pontificatui, Cle-
mentem, Cyriacum, Marcellinum et Coelestinum.' So ferner Albe=
ricus be Rosate, Dominicus a S. Geminiano, Joh.
Turrecremata, Antonius Cucchus, Bartholom. Fumus
und Andere.
*[2]) Vgl. Duchesne, lib. pont. I. p. CXXII sq., CXXX sqq.;
Langen, Gesch. der röm. Kirche I, 370 ff.

der Papst opfern solle. Marcellinus wird also in den Tempel
der Vesta geführt, und opfert dort — eine große Schaar von
Christen sieht es mit an — dem Herkules, Jupiter und Sa=
turnus. Auf die Nachricht davon verlassen 300 Bischöfe ihre
Gemeinden und versammeln sich zu einem Concilium erst in
einer Höhle bei Sinuessa, da aber hier nur fünfzig Raum
haben, im Städtchen selbst; mit ihnen dreißig römische Pres=
byter. Einige Presbyter und Diaconen werden abgesetzt,
blos weil sie weggegangen waren, als sie den Papst in den
Tempel eintreten gesehen. Marcellinus dagegen kann und
darf als oberster Vorsteher der Kirche nicht gerichtet werden,
von dieser Ueberzeugung sind die 300 durchbrungen, nur er
selber kann sich richten. Er nun will anfänglich seine That
beschönigen, allein 72 Zeugen klagen ihn an; da bekennt
er sich schuldig und erklärt sich selber für abgesetzt am
23. August 303. Darauf bleiben die Bischöfe ruhig in
Sinuessa beisammen, bis Diocletian, nachdem er in Persien
die Nachricht von dieser Synode erhalten, den Befehl sendet,
viele derselben hinzurichten, was denn auch geschieht.

Seit Baronius hat kein irgend namhafter Gelehrter
mehr versucht, diese Synode von Sinuessa und die Akten
derselben, das heißt: dieses plumpe Gewebe von Absurdi=
täten und Unmöglichkeiten für ächt zu erklären. Ob der
Erdichtung etwas Thatsächliches, ein wirklicher in der Ver=
folgung begangener Fehltritt des Marcellinus zu Grunde
liege, läßt sich mit Bestimmtheit nicht sagen. Die Zeitge=
nossen berichten nichts. Nur die Donatisten behaupteten später,
zu Augustin's Zeit, zu wissen, daß Marcellinus und mit ihm
seine Nachfolger, die damaligen Presbyter Melchiades, Mar=
cellus und Silvester, in der Verfolgung den Göttern Weih=
rauch gestreut hätten. Der Bischof von Hippo hält es für
eine Erdichtung; Theodoret behauptet, Marcellinus habe zur
Zeit der Verfolgung (offenbar durch Standhaftigkeit) ge=
glänzt. Indeß hat sich neuerlich gezeigt, daß eine um die=
selbe Zeit, wie die Synode von Sinuessa, und vielleicht von

derselben Hand verfertigte Fiktion, das C o n s t i t u t u m
S i l v e s t r i , doch an wirklich in Rom vorgefallene That=
sachen angeknüpft hat, und so wäre es möglich, daß auch zu
der den Marcellinus betreffenden Erdichtung doch ein damals
in Rom noch gekanntes Ereigniß den ersten Stoff geliefert
habe.

Wie dem nun aber auch sei, von einer Synode zu Si=
nuessa in dieser Zeit findet sich sonst nirgend eine Spur.
Die Akten der angeblichen Synode sind augenscheinlich er=
dichtet, um dem Prinzip, daß ein Papst von Niemanden
gerichtet werden könne, eine geschichtliche Stütze zu verschaffen.
Dieser unablässig wiederholte Satz ist der rothe Faden, der
sich durch das Ganze zieht; das Uebrige ist nur Beiwerk.
Daneben soll den Laien eingeschärft werden, daß sie nicht
gegen Geistliche, den niederen Klerikern, daß sie nicht gegen
Höhere als Ankläger auftreten dürfen. Zeit und Veran=
lassung der Erdichtung lassen sich mit ziemlicher Sicherheit
angeben. Der ältere Katalog der Päpste, der bis zum Tode
Felix III. 530 reicht, und wohl nicht nach dem 7. Jahr=
hundert verfaßt ist, hat die Fabel von der Apostasie Mar=
cellins schon aufgenommen.

Andrerseits ist die Sprache des Dokuments so barba=
risch, daß es nicht wohl vor dem Schlusse des 5. Jahr=
hunderts geschrieben sein kann. So werden wir in jene
unruhvollen 16 Jahre (498—514) verwiesen, in denen das
Pontifikat des Symmachus verlief. Damals standen die
zwei Parteien des Laurentius und des Symmachus sich feind=
lich in Rom gegenüber; Volk, Senat und Klerus waren
gespalten; man kämpfte, mordete in den Straßen; und
Laurentius behauptete sich einige Jahre lang im Besitze
eines Theils der Kirchen. Symmachus ward von den Geg=
nern schwerer Vergehen angeklagt; er sollte sich vor einer
Synode, die König Theodorich berufen hatte, rechtfertigen;
sollte er schuldig befunden werden, so müsse er abgesetzt
werden, riefen die Einen, während die Andern behaupteten,

für einen Papst gebe es kein irdisches Gericht [1]). Damals
schrieb Ennobius seine Apologie für Symmachus, und da=
mals ward denn auch die Synode von Sinuessa sowohl als
das Constitutum Silvesters erdichtet. Die Gegenpartei war
stark und mächtig, ihr Widerstand zäh und beharrlich, ihre
Forderung, daß Untersuchung und Zeugenverhör stattfinden
solle, schien natürlich und billig, die Anhänger des Sym=
machus griffen daher zu diesem Mittel, um nachweisen zu
können, daß die Unantastbarkeit der Päpste schon längst that=
sächlich anerkannt und als Regel ausgesprochen sei.

Ein drittes Stück: die gesta de Xysti purgatione
et Polychronii Jerosolymitani episcopi accusa-
tione, ist durch dieselbe Hand und zu gleichem Zwecke
verfertigt worden [2]). Wie in der Apologie des Ennobius,
so wird auch in dem Constitutum und den Gesta der Satz
eingeschärft, daß ein Papst keinen irdischen Richter über sich
habe; lastet schwerer Verdacht auf ihm, oder wird er ange=
klagt, so muß er sich selber für schuldig erklären, selber sich
absetzen, wie Marcellinus, oder er reinigt sich durch einfache
Versicherung seiner Unschuld, wie Xystus III. laut den Gesta
bezüglich der von Bassus gegen ihn erhobenen Anklage der
Unzucht gethan haben soll. Nebstdem soll noch in den drei
fingirten Dokumenten jede Anklage gegen einen Bischof er=
schwert oder unmöglich gemacht werden, indem 72 (oder,
nach den Gesta, doch 40) Zeugen dazu erfordert werden.

Später ist denn die Fabel zu ganz verschiedenen Zwecken
gebraucht worden. Papst Nikolaus I. führte sie in seinem
Schreiben an den griechischen Kaiser Michael an [3]), weil

---

[1]) Hos (his, nämlich nonnullis episcopis et senatoribus) palam
pro ejus defensione clamantibus, quod a nullo possit Romanus
Pontifex, etiamsi talis sit, qualis accusatur, audiri. Vita Symmachi
bei Muratori SS. Ital. III, II, 46. — * Duchesne, lib. p. I, 45:
hoc palam ...

[2]) Sie stehen alle im Appendix zu Constants Ausgabe der Epistolae Pontificum.

[3]) Ap. Harduin, Conc. Coll. V, 155.

daraus hervorgehe, wie unkirchlich die Abſetzung des von
ſeinen Untergebenen gerichteten Ignatius ſei. Dagegen be=
diente ſich Gerſon[1]) des Falles in Verbindung mit der
Verirrung des Liberius, um an dieſen Beiſpielen päpſtlicher
Häreſie (bekanntlich wurde dieſes Wort damals in dem wei=
teren Sinne einer Glaubensverläugnung überhaupt gebraucht)
die Legitimität eines ohne oder gegen den Papſt verſammel=
ten Conciliums zu zeigen. Auch Gerbert berief ſich zu
gleichem Zwecke darauf*[2]).

---

4. Conſtantin und Silveſter.

Wenn die Menge der Zeugen eine Angabe glaubhaft
machen könnte, ſo würde es keine gewiſſere, unumſtößlichere
Thatſache geben, als daß Kaiſer Conſtantin mehr als 20
Jahre vor ſeinem Tode zu Rom vom Papſte Silveſter ge=
tauft und damit zugleich vom Ausſatze befreit worden ſei.
Gegen 800 Jahre lang hat das geſammte abendländiſche
Europa nicht anders gewußt, und eben ſo lange hat man
ſich vergeblich bemüht, ſich zu erklären, wie doch die Quellen,
aus denen man ſonſt allgemein ſeine Kenntniß des 4. Jahr=
hunderts ſchöpfte, die historia tripartita, die Chronik des
Hieronymus und die Chronik Iſidor's einſtimmig angeben
konnten, daß Conſtantin nicht in Rom, ſondern auf einem
Schloſſe bei Nikomedien, nicht vom Papſte, ſondern von dem
arianiſchen Biſchofe Euſebius und nicht gleich bei ſeiner Ab=
kehr vom Heidenthum, ſondern erſt am Ende ſeines Lebens
getauft worden ſei.

---

[1]) Serm. cor. Alex. V. II, 136, ed. Dupin.
*[2]) Turrecremata, tract. not. p. 72 argumentirt auch aus dem
Falle Marcellinus.

Es iſt nicht zu läugnen: für die Denkweiſe, die hiſto-
riſche Anſchauung des Mittelalters mußte das wirkliche Ereigniß unbegreiflich, die fabelhafte Verſion dagegen ganz
natürlich und ſelbſtverſtändlich erſcheinen. Die wichtigſte,
entſcheidendſte Begebenheit des Alterthums, der feierliche Ueber-
tritt des Weltherrſchers zum Chriſtenthume, wo anders als
in der Welthauptſtadt konnte ſie geſchehen ſein? Das Oberhaupt der Kirche mußte dem weltlichen Oberhaupte die Pforten der Kirche geöffnet haben; und daß der fromme Conſtantin, der Sohn der heiligen Helena, der Gründer des
chriſtlichen Römerreiches, ſein Leben lang freiwillig ungetauft
geblieben ſei, auf die Sakramente verzichtet, im Grunde nicht
einmal den Namen eines Chriſten verdient habe, das konnte
man ſich ſchon gar nicht denken.

Ein Baptiſterium, das ſchon frühe Conſtantin's Namen
trug, vielleicht weil es wirklich auf ſein Geheiß und ſeine
Koſten erbaut worden, mag die nächſte Veranlaſſung zu der
Sage gegeben haben, da man meinte, es heiße ſo, weil
Conſtantin die Taufe darin empfangen habe. Es galt denn
auch ſpäter als ein unverwerfliches, monumentales Zeugniß
für die Wahrheit des gerne geglaubten Ereigniſſes.

Die Legende Silveſter's, offenbar erdichtet, um die römiſche Taufe Conſtantin's zu beglaubigen, muß ſchon am
Ende des 5. Jahrhunderts verfertigt worden ſein. Sie iſt
aus Einem Guſſe und trägt keine Spuren ſpäterer Einſchal-
tungen. Der griechiſche Text, in welchem ſie erhalten [1]), iſt
augenſcheinlich eine Ueberſetzung aus dem Lateiniſchen, der
wohl in Rom geſchrieben wurde [2]). In dem ganzen Doku-

---

[1]) Herausgegeben von Combefis in ſeinen: Illustr. chr. Mar-
tyrum lecti Triumphi, Paris. 1666.

[2]) Dieß zeigt ſchon die Stelle gleich im Eingange, wo es von
Euſebius heißt: Τῇ ἑλληνικῇ συνεγράψατο γλώσσῃ. Ein Grieche würde
das natürlich nicht geſagt haben. — * Ueber die Entſtehung der Legende
ſchrieben ſeither: Lipſius, Die Edeſſeniſche Abgarſage S. 84 ff.; Duchesne,

mente findet sich nicht Ein historischer Zug. Constantin ist
zuerst ein Feind der Christen, läßt Viele und darunter seine
eigene Gemahlin, da sie den Götzen nicht opfern wollen,
hinrichten, so daß Silvester sich nach dem Gebirge Soracte
flüchtet. Der Kaiser, mit dem Aussatz behaftet, soll, um zu
genesen, sich in einem mit frischem Knabenblute gefüllten
Teiche baden, aber durch die Thränen der Mütter dieser
Knaben erweicht, verzichtet er auf das grausame Heilmittel
und wendet sich, durch eine himmlische Vision belehrt, an
Silvester, der ihn durch die christliche Taufe von der Krank=
heit heilt, worauf ganz Rom, Senat und Volk, an Christus
glaubt. Eingeflochten sind noch zwei Episoden: die eine von
der großen Schlange unter dem tarpeischen Hügel, die mit
ihrem Gifthauche Tausende tödtet, bis Silvester die Pforten
ihrer Höhle verschließt; und dann eine lange, durch Helena
veranlaßte, für Silvester siegreiche Disputation mit den
Juden.

Der Verfasser hat die Kirchengeschichte des Eusebius
gekannt, er will, wie er im Eingange sagt, die Berichte der=
selben ergänzen; aber die Biographie Constantin's, welche
der Taufe des Kaisers gedenkt, hat er entweder nicht ge=
kannt, oder er hat doch Unbekanntschaft mit derselben bei
seinen Lesern vorausgesetzt. Und wirklich ist es ihm ge=
lungen, seiner Fabel, trotz der so bestimmten und einhelligen
Zeugnisse des 4. Jahrhunderts, Eingang zu verschaffen.
Selbst die Chronik des Hieronymus, der man doch sonst in
geschichtlichen Dingen unbedingt folgte, unterlag zuletzt in
dieser Frage.

Zum ersten Male wird der Legende Silvester's gedacht in
der Decretale des Papstes Gelasius (492—96) de libris re-

Étude sur le libre pontif. p. 171 und lib. pont. I. p. CIX sqq.;
Langen, Gesch. der röm. Kirche II, 194 ff. Ueber den latein. Text der=
selben Friedrich, Die Constant. Schenkung S. 79 ff. Döllinger schloß
leider seine eingehenden Studien über die Legende nicht ab.

cipiendis et non recipiendis*[1]). Da heißt es: man wiſſe
zwar nicht den Namen[2]) des Verfaſſers, man habe aber
erfahren, daß ſie von vielen Katholiſchen in der Stadt Rom
geleſen werde, und viele Kirchen ahmten dieß, altem Ge=
brauche gemäß, nach[3]). Offenbar rühren dieſe Worte nicht
von Gelaſius ſelbſt her, und ſind nicht in Rom, ſondern
anderswo geſchrieben. Das Ganze iſt ein ſpäterer Zuſatz,
wie deren mehrere allmälig in der Zeit zwiſchen 500 und
800 in das Dokument hineingekommen ſind. Doch muß die
Verfertigung der Legende in die Zeit des Gelaſius oder
vielmehr gleich nach derſelben in die des Symmachus fallen,
denn in den Erdichtungen, welche der Zeit des Symmachus
angehören und durch die dieſen Papſt betreffenden Ereig=
niſſe hervorgerufen ſind, namentlich in dem Constitutum Silvestri und in den Gesta Liberii Papae, wird mit un=
verkennbarem Bezuge auf die Legende die römiſche Taufe
Conſtantin's und deſſen Reinigung von der lepra hervorge=
hoben. Und zwar geſchieht dieß mit einer Abſichtlichkeit und
Gewaltſamkeit, welche verräth, daß die Legende Silveſter's,
als das die ſtärkſten Zweifel erregende Stück, geſtützt und
beglaubigt werden ſollte. Man wollte insbeſondere dem ſo
gewichtigen Zeugniſſe, welches Hieronymus, Ambroſius,
Proſper und Andere für die Taufe Conſtantin's im Palaſte
Akyron bei Nikomedien ablegten, die Spitze abbrechen, darum

---

*[1]) Friedrich, Ueber die Unächtheit der Decretale de recipiendis
et non recipiendis libris des P. Gelaſius I., Sitzungsber. der k. b. Akad.
der Wiſſ. 1888, S. 54 ff. Döllinger ſelbſt anerkannte die Unächtheit
derſelben.

[2]) Vgl. den doppelten Text bei Fontanini, de antiquitatibus
Hortae, Rom. 1723, p. 322, und die Ausgabe von Crebner.

[3]) Pro antiquo usu, das heißt: zufolge der alten Sitte, die in
Rom gebrauchten Schriften auch in anderen Kirchen einzuführen. In
einer anderen Handſchrift ſteht dafür: Et pro hoc quoque usu multae
haec imitantur ecclesiae. S. Crebner: Zur Geſchichte des Kanons.
1847. S. 210.

wird in den Gesta Liberii ein Kaiser fingirt, welcher Con=
stantin's Neffe gewesen sei, und der abwechselnd Constantin,
Constantius und Constans genannt wird. Von diesem wird
dann, ohne alle nähere Veranlassung und ohne inneren Zu=
sammenhang mit dem Inhalte des Dokuments, behauptet,
er sei in Nikomedien, in der Villa Aquilon von Eusebius
von Nikomedien getauft worden. Hier ist Alles berechnet:
der Wechsel des Namens, wie die Verwandlung des Sohnes
in einen Neffen Constantin's. Dieser Neffe nimmt es dann
für eine schwere Beleidigung, daß Liberius sage: sein Oheim
sei durch Silvester getauft und dabei vom Aussatze frei ge=
worden, und droht, wenn er nach Rom komme, das Fleisch
des Liberius den Raubvögeln und wilden Thieren preiszu=
geben. Um so wahrscheinlicher, ja gewiß wird es, daß die
Legende Silvester's und die Erfindung der römischen Taufe
Constantin's gleichzeitig mit den im Interesse des Symmachus
und des damaligen römischen Klerus verfertigten Fiktionen
entstanden ist, also in den ersten Jahren des 6. Jahr=
hunderts*[1]).

Es währte doch noch längere Zeit, bis die Sache in die
Chroniken und aus diesen in die kirchliche Literatur über=
haupt überging. Isidor hielt sich noch an die geschichtliche
Angabe, und auch Fredegar (658) blieb noch bei der ächten
Nachricht. Gregor von Tours († 598) spielt bereits
auf die Fabel an, und Beda (im Jahre 729)*[2]) ist eigent=
lich der erste, der durch seine Chronik der römischen Taufe

---

*[1]) Allgemein wird jetzt eine frühere Entstehungszeit angenommen,
und auch Döllinger läßt sie „Janus" S. 142 im 5. Jahrhundert in
Rom ersonnen sein.

*[2]) Nachdem Aldhelm die römische Taufe Constantin's durch P. Sil=
vester in seinem lib. de laudibus virginitatis c. 25 in die Literatur
eingeführt hatte und die Pilger in dem unter P. Honorius verfaßten
römischen Pilgerbuche (Alcuini opp. II, 599; de Rossi, Roma sotter.
I, 141) auf den liber Silvestri aufmerksam geworden waren. Friedrich,
Die Const. Schenkung S. 136. 75.

den Weg in die abendländiſchen Jahrbücher gebahnt hat[1]), doch drang er noch lange nicht durch. Frekulf (um das Jahr 840), der ſich in ſeiner Univerſalgeſchichte an gute Quellen hielt, bleibt bei der nikomediſchen Taufe am Lebens= ende des Kaiſers. Auch der ſorgfältige Hermann der Lahme von Reichenau (um 1050) mag von der Fabel nichts wiſſen, und ſein Zeitgenoſſe Marianus Scotus, der ſich an Hieronymus hält, hat noch die richtige Angabe[2]).

Für die meiſten war indeß das Anſehen des Liber Pontificalis, der römiſchen Papſtbiographien, unwiderſtehlich. Die Fabel von der römiſchen Taufe war ſchon in den älteſten, bis in's 6. Jahrhundert reichenden Katalog der Päpſte übergegangen, ebenſo in die auf dieſer Grundlage erweiterte Sammlung, des ſogenannten Anaſtaſius*[3]). So hat benn Ado († 875) in ſeiner Weltchronik, welcher Beda zu Grunde liegt, durch dieſen und durch den Liber Ponti- ficalis verleitet, die Fabel von der römiſchen Taufe Con- ſtantin's; er verräth die letztere Quelle durch das lange Ver- zeichniß kirchlicher Schenkungen und Bauten, welche Con- ſtantin in Rom angeordnet haben ſoll, und die er jener römiſchen Papſtchronik entlehnt hat. Dagegen haben Ordericus Vitalis (um 1107) und Hugo von Fleury (im Jahre 1109), die in ihren kirchengeſchichtlichen Werken die ganze Fabel mit dem Ausſatze und dem Kinderblut u. ſ. w. erzählten, mittelbar oder unmittelbar aus der Legende Silveſter's geſchöpft; während Otto von Freyſing dieſe Dinge zwar für apokryph erklärt, aber doch die Taufe in Rom durch Silveſter „gemäß der römiſchen Ueberlieferung", wie er ſagt, feſthält.

---

[1]) Venerabilis Bedae opera historica minora, ed. Stevenson. Lond. 1841, p. 131.

[2]) Die Leſeart rebaptizatus ſtatt baptizatus in einer Handſchrift von Gemblours, worauf Schelſtrate großen Werth legte, iſt offenbar die Correctur eines an die römiſche Taufe glaubenden Abſchreibers.

*[3]) Ueber die Entſtehung des liber pont. ſ. jetzt die Ausgabe Duchesne's.

Der erfte, der den Widerfpruch der alten und der neuen
Angabe kritisch zu heben suchte, war, um das Jahr 1100,
Ekkehard, Mönch im Kloster Michaelsberg bei Bamberg,
und seit 1108 Abt des Klosters Aurach. Er hilft sich da=
durch, daß er die argen Frevel Conftantin's, die Hinrichtung
des Neffen, des Sohnes, der Gattin und vieler Freunde, in
deffen frühere Regierungszeit, nach dem Siege über Licinius,
verfetzt. Darauf wird der Cäfar von Gott mit dem Ausfatz
geschlagen, aber von Silvefter getauft. Zuletzt heißt es:
„Einige sagen, Conftantin sei in die arianische Ketzerei ge=
fallen, und von dem nikomedischen Eufebius wiedergetauft
worden"; die Kirchengeschichte (des Eufebius nämlich, die
Ekkehard viel gebraucht) berichtet dieß aber nicht, sondern
daß er in großer Frömmigkeit geftorben sei. Ekkehard ver=
ftand also die Angabe des Hieronymus von einer zweiten
Taufe, durch die sich Conftantin in die arianische Sekte hätte
aufnehmen laffen — ein Auskunftsmittel, welches nach ihm
vielfach ergriffen worden ist. Indeß hat sich der Verfaffer
der um das Jahr 1175 geschriebenen Magdeburger An=
nalen[1]), ein Mönch im Kloster Bergen bei Magdeburg,
durch Ekkehard's Autorität, den er sonft zu Grunde legt, nicht
irre machen laffen: er bleibt bei der Angabe der „Kirchen=
geschichte" (der Tripartita), daß Conftantin seine Taufe bis
zu seinem Lebensende verschoben habe.

Anders die Italiener, denen der von den Deutschen nicht
benützte Bonizo, Bischof von Sutri und dann von Piacenza
(ftarb 1089), als Führer diente. In seiner Geschichte der
Päpfte[2]) hatte Bonizo zwischen drei Angaben über Con=

---

[1]) Früher als Chronographus Saxo bekannt. Jetzt als Annales
Magdeburg. Bei Pertz XVI, p. 119.

[2]) Sie fteht im vierten Buche seiner Libri decreti. aus welchem
sie Mai in der Nova Bibliotheca Patrum, VII. P. 3, p. 29 sq. mit=
getheilt hat. — * Auch in seiner Schrift Ad amicum, Jaffé, Gregor.
p. 606. hat er die Taufe Conftantin's durch Silvefter: Igitur Constantino a Silvestro s. rom. aecclesiae episcopo baptizato et ab eodem
imperiali diademate sublimato . . .

ſtantin's Taufe zu wählen. Außer den zwei gewöhnlichen
lag ihm nämlich auch noch die in einer (unächten, jetzt nicht
mehr bekannten) Dekretale des Papſtes Euſebius enthaltene
vor, daß dieſer Papſt (alſo im Jahre 310) bereits den
Kaiſer unterrichtet und getauft habe. Die Dekretale war
wohl nur erſonnen, um durch Verwandlung des nikomedi=
ſchen Euſebius in den römiſchen eine Stütze für die den
Römern ſo wichtige römiſche Taufe zu gewinnen. Bonizo
will nun blos das erſtere gelten laſſen, hält das „bapti-
zatum" für ein vitium scriptorum, und meint: Conſtantin
habe nach dem in Rom empfangenen Unterrichte, durch die
Regierungsſorgen zerſtreut, die Taufe verſchoben, und ſie erſt
von Silveſter empfangen. Ganz falſch aber ſei, was in der
tripartita historia ſtehe, daß er erſt am Ende ſeines Lebens
und im arianiſchen Glauben getauft worden ſei; nur ein
Verrückter könne glauben, daß nach der nicäniſchen Synode
und nach der Todesart des Arius, deren Zeuge der Kaiſer ge=
weſen, er noch zum Arianismus habe abfallen können. Bonizo
nimmt ſogar die Autorität der ganzen Kirche für ſeine
Meinung in Anſpruch. „Conſtantin's Taufe durch Silveſter
glaubt zweifellos die katholiſche Kirche," ſagt er. Und dieß
haben ihm nun die italieniſchen Chroniſten des 12. und
13. Jahrhunderts, Sicard, Biſchof von Cremona[1]), und
Romuald von Salerno[2]), der letztere wörtlich, nachge=
ſchrieben. Dagegen hilft ſich Gottfried von Viterbo in
ſeinem Pantheon, ungeſchreckt durch das „mente captus"
des Bonizo, mit der Annahme der arianiſchen Wiedertaufe
in Nikomedien. Darin war ihm bereits der Biſchof An=
ſelm von Havelberg (um das Jahr 1137) in ſeinen Dia=
logen gegen die Griechen vorangegangen[3]). Dieſen hatte
ein anderes Apokryphum irre geführt, nämlich eine unter

---

[1]) Bei Muratori SS. VII, 555.
[2]) Ibid. VII, 78.
[3]) Im Spicilegium von D'Achery, nov. ed. I, 207.

dem Namen des Eusebius von Cäsarea erdichtete, von der Legende verschiedene Geschichte des P. Silvester [1]).

Von großem Gewicht in der Sache war noch, daß auch die Päpste selbst sich der apokryphen Legende Silvester's bedienten, und die römische Taufe Constantin's für Wahrheit hielten. Hadrian I. führte in dem Schreiben, welches auf der zweiten nicänischen Synode 787 gelesen ward, eine lange Stelle aus der Legende als Zeugniß für den frühen Bildergebrauch an [2]). Nikolaus I. citirte eine angebliche Stelle aus einem pseudo-isidorischen mit Silvester's Namen versehenen Schreiben mit der Bezeichnung: magni Constantini baptizator [3]). Auch Leo IX. legt dem Patriarchen Cerularius gegenüber Gewicht darauf, daß Constantin durch die Taufe Silvester's geistlicher Sohn geworden sei [4]).

Unter den Griechen ist Johannes Malalas zu Antiochien der erste, der die römische Taufe Constantin's angenommen hat [5]). Er lebte gegen Ende des 6. Jahrhunderts, und war allerdings unter den byzantinischen Chronographen einer der unwissendsten und fabelreichsten. Seine Quelle dürfte die schon frühe griechisch übersetzte Legende Silvester's gewesen sein. Er hat wohl, da sein Werk nicht sonderlich verbreitet wurde, der Fabel wenig Eingang verschafft. Da aber Constantin in der griechischen Kirche als Heiliger verehrt, und sein Fest, besonders in Constantinopel, am 21. Mai

---

[1]) Sie befand sich nach D'Achery handschriftlich in der Bibliothek von Saint Germain; Ratramnus (bei D'Achery l. c. p. 100) führt eine Stelle daraus an. Sie scheint erdichtet worden zu sein, um römische Ansprüche und Gebräuche gegen Einwürfe der Griechen zu vertheidigen.

[2]) Ap. Harduin. IV, 82. — * Nach meinem Dafürhalten haben schon P. Martin I. und Gregor d. Gr. die Legende benützt oder wenigstens, wie Gregor, als ächt betrachtet und aufrecht gehalten, m. Const. Schenkg. S. 77. 81 ff.

[3]) Ibid. V, 144.

[4]) l. c. VI, 933.

[5]) Ed. Dindorf, p. 317.

jährlich mit größter Feierlichkeit begangen wurde [1]), ſo ſchien
es den Griechen allmälig ganz undenkbar, daß er freiwillig
zeitlebens außerhalb der Kirche geblieben ſei, und erſt auf
dem Todbette die Taufe empfangen habe. Schon der Abt
Theophanes (ſtarb 817) ſtellt daher der römiſchen Be=
hauptung von der Taufe durch Silveſter zwar die anatoliſche
von der nikomediſchen Taufe durch Euſebius gegenüber, er=
klärt aber ſofort, er halte die römiſche Angabe für die rich=
tigere, denn als Ungetaufter hätte Conſtantin ja nicht mit
den Vätern von Nicäa zuſammenſitzen, und nicht an den
heiligen Myſterien theilnehmen können, was zu ſagen und zu
denken doch höchſt abſurd ſei [2]). Waren hienach auch den
Byzantinern ſchon im 9. Jahrhundert die Verhältniſſe und
die wahre Geſchichte des 4. Jahrhunderts ſo fremd geworden,
ſo kann es nicht Wunder nehmen, daß die ſpäteren griechi=
ſchen Hiſtoriker die unrichtige Angabe als feſtſtehende That=
ſache betrachtet haben. So der kürzlich herausgegebene
Theodoſius Melitenus [3]), ſo ferner Cedrenus, Zo=
naras, Georgius Hamartolus, Glykas, Nicephorus
Kalliſtus.

Da nun auch alle Chroniſten der Päpſte ſeit dem Liber
Pontificalis, und auf dieſen geſtützt, die römiſche Taufe Con=
ſtantin's berichteten, da Martinus Polonus mit ſeiner
Vorliebe für das Phantaſtiſche und Verzerrte das ganze
Fabelgewebe der gesta Silvestri in ſein Normalwerk auf=
nahm, ſo behauptete ſich die Fabel in unbeſtrittener Herr=
ſchaft durch das Mittelalter, bis mit dem Wiedererwachen
helleniſcher Sprach= und Literaturkenntniß und kritiſch=hiſto=
riſchen Sinnes die zwei hervorragendſten Geiſter ihrer Zeit,
Aeneas Sylvius und Nikolaus von Cuſa, die Wahrheit
erkannten [4]). Gleichwohl bedurfte es noch zwei Jahrhunderte

---

[1]) Bolland. ad 21. Mai. p. 13. 14.
[2]) Ed. Classen. I, 25.
[3]) Chronographia, ed. Tafel. Monachii 1859, p. 61.
[4]) Opera, Basil. 1551, p. 338.

und darüber, bis die mächtigen die Fabel stützenden Autori=
täten erschüttert waren. Hielten doch selbst alle Kanonisten
noch lange Zeit an der römischen Taufe fest, denn in den
Kanonensammlungen des Anselm und des Deusdedit,
und vor allem im Dekret Gratian's standen (hier freilich
als palea, also als späteres Einschiebsel bezeichnet) Stücke
aus den gesta Silvestri, welche die Wahrheit des Berichtes
über die Taufe des Kaisers zur Voraussetzung hatten. So
vertheidigten denn noch die Karbinäle Jacobazzi, Reginald
Pole, Baronius, Bellarmin, selbst in späterer Zeit noch
Ciampini und Schelstrate, die römische Taufe, mitunter
wieder zu dem Nothbehelfe einer arianischen Wiedertaufe ihre
Zuflucht nehmend. Erst die gründliche Erudition und histo=
rische Kritik französischer Theologen vermochte es, der Wahr=
heit den vollen Sieg zu verschaffen*[1]).

Uebrigens war die Silvesterlegende auch der mittelalter=
lichen Poesie ein willkommener Gegenstand. Der giftige
Drache, die Disputation mit den Juden, der getödtete Stier,
des Kaisers Aussatz und Heilung — das Alles ist in der
Kaiserchronik, am sorgfältigsten aber in dem Gedichte
Konrad's von Würzburg „Silvester" ausgemalt. Der
„Laekenspieghel" von Jan de Clerc, die Heiligenlegenden

---

*[1]) Das gilt indessen doch nur von der Wissenschaft. Im römischen
Brevier steht noch immer die Silvesterlegende mit der römischen Taufe
Dec. 31, Nov. 9, 18. Aber auch die römisch=katholische Kirchengeschichts=
schreibung muß die Fabel wieder mehr und mehr acceptiren. Kraus
KG.² S. 184 schrieb: „Die Sage des Mittelalters schreibt Silvester
die Taufe Constantin's in dem Baptisterium am Lateran zu und versetzt
in seine Zeit die ebenso fabelhafte Schenkung Constantin's (vgl. Döl=
linger, Papstfabeln S. 52 f.)." In der in Rom corrigirten 3. Aufl.
S. 176 heißt es jetzt: „Die römische Tradition schreibt S. die Taufe
Constantin's zu." Ebenso mußte er in der 3. Aufl. S. 126 den in der
2. Aufl. fehlenden Zusatz zur nikomedischen Taufe machen: „Nach
der römischen Tradition wäre Constantin in Rom durch S. getauft
worden."

in Versen bedienen sich derselben gleichfalls, und selbst
Wolfram von Eschenbach spielt im Parzival auf das
Wunder mit dem wiederbelebten Stiere an.

5. Die Schenkung Constantin's.

Der Liber Pontificalis zählt eine Reihe von Häusern
und Grundstücken in verschiedenen Gegenden auf, welche Constantin der römischen Kirche geschenkt haben soll. Diese
Schenkungen sind schon durch die Quelle verdächtig, die von
den Fiktionen der symmachischen Zeit so reichlich Gebrauch
gemacht hat; der Verdacht steigert sich, wenn man bemerkt,
daß eine so ungeheure Menge von Schenkungen dem einen
Constantin zugeschrieben wird, während das Buch von allen
folgenden Kaisern auch nicht eine einzige mehr zu berichten
weiß, bis auf Justinus und Justinianus im 6. Jahrhundert,
die nur Gefäße geschenkt haben sollen. Dazu kommt das
Schweigen aller Zeitgenossen und der Umstand, daß Constantin, so freigebig er sich gegen die Kirche erwies, doch nach
allen Angaben nie Grundstücke schenkte, sondern nur Einkünfte, Geldzuschüsse anwies. Der Verfasser der vita Silvestri im Liber Pontificalis scheint also den ganzen, allmälig
erworbenen oder in Anspruch genommenen Güterstock, wie
er zu seiner Zeit, d. h. im 7. oder 8. Jahrhundert, war, auf
lauter Schenkungen Constantin's zurückgeführt zu haben*[1]).
Zwar meint Assemani: Hadrian I. habe wirklich noch
Schenkungsurkunden Constantin's vor sich gehabt, da er sich
in seinem Schreiben an Karl den Großen vom Jahre 775
auf solche im vaticanischen Archiv vorhandene berufe. Sieht
man jedoch näher zu, so redet Hadrian von Schenkungen in
Tuscien, Spoleto u. s. w., welche verschiedene Kaiser, Pa-

---

*[1]) So auch Duchesne, l. p. I. p. CXLV.

tricier und andere gottesfürchtige Personen dem heiligen
Petrus und der römischen Kirche gemacht, die Longobarden
aber ihr entrissen hätten; von diesen seien noch mehrere
Urkunden vorhanden [1]). Schon Christian Lupus hat bemerkt,
daß Ammianus Marcellinus noch um das Jahr 370 blos
von Einer Quelle päpstlichen Reichthums, nämlich den Ob-
lationen der Matronen (der Gläubigen überhaupt) wisse,
und daß also damals die römische Kirche noch nicht im Besitze großer und reicher Patrimonien gewesen sei [2]).

Bis zur Mitte des 8. Jahrhunderts ist keine Spur zu
entdecken von jener nachmals so berühmt gewordenen Schenkung, kraft welcher Constantin gleich nach seiner Taufe, und
zur Dankbarkeit für die durch Silvester empfangene Heilung,
diesem Papste und dessen Nachfolgern eine Anzahl der um-
fassendsten kirchlichen und staatlichen Rechte, dem römischen
Klerus viele Ehrenvorzüge ertheilt, und dazu dem Papste
Rom und Italien schenkt.

Hier sind denn zuerst die beiden Fragen zu beantworten:
wo und wann ist dieses Dokument erdichtet worden?

Wir haben es sowohl in lateinischer als in griechischer
Sprache; es findet sich nicht in den älteren Handschriften
der Silvesterlegende, nicht in den älteren Exemplaren des
Liber Pontificalis, ist aber beiden später einverleibt worden.
Wohl aber steht es schon in den ältesten Handschriften der
pseudo-isidorischen Sammlung*[3]), ist also jedenfalls vor dem
Jahre 850 verfertigt worden.

---

[1]) Ital. historiae Scriptores illustr. III, 328. Irreführend ist
die Angabe von Gfrörer (Gregor VII., Bd. V, S. 6): Baronius habe
„mehrere Urkunden veröffentlicht, kraft welcher Constantin an die drei
Hauptbasiliken Roms Häuser und Landgüter u. s. w. vergeben" habe.
Baronius hat nur die Stellen aus dem Liber Pontificalis abdrucken
lassen.

[2]) Synodorum gener. Decreta etc. Bruxell. 1671, IV, 397.

*[3]) Vorher schon in der Formelsammlung von S. Denis Cod.
Paris. Lat. 2777, s. Brunner-Zeumer, die Constant. Schenkungsurkunde
S. 24. 39 f.

Daß die Schenkung von Griechen erfunden, in griechi=
scher Sprache verfaßt, und aus dem Orient nach Rom ge=
bracht worden sei, das hat zwar schon Baronius behauptet.
Dann hat Bianchi diese Ansicht in Schutz genommen, frei=
lich nur mit Anführung des schwachen Grundes, daß sie sich
bei Balsamon finde [1]). Und jüngst hat auch Richter [2]) ge=
meint, sie sei wahrscheinlich in Griechenland entstanden.
Aber das Gegentheil läßt sich aus dem griechischen Texte wie
aus dem Inhalte bis zur Evidenz nachweisen.

Gleich im Eingange redet Constantin von seinen „Sa=
trapen", welche er dem Senat und den „Archonten" (opti-
mates) vorsetzt. Dieser Ausdruck kommt bei den Byzan=
tinern nicht vor, wohl aber in Rom und bei den Occiden=
talen, so in dem Schreiben des Papstes Paul I. an Pipin [3]),
und in einer Urkunde des K. Ethelred (statt Ealdormanni).
Ferner hat der griechische Uebersetzer den Ausdruck des La=
teiners: der Kaiser habe sich dem heiligen Petrus und dessen
Stellvertreter als zuverlässige Patroni bei Gott erkoren, ent=
weder nicht verstanden oder unrichtig gelesen, nämlich statt
firmos apud Deum patronos, primos apud Deum patres;
denn er übersetzt sinnlos: πρώτους πρὸς τὸν θεὸν πατέρας [4]).

Sicher würde sodann ein griechischer Verfasser unter
den vier orientalischen „Thronen" Constantinopel nicht als
den letzten, sondern vielmehr als den ersten genannt haben.
Dieß konnte nur in Rom geschehen, wo man vor Inno=
cenz III. den die Rangordnung der Patriarchenstühle be=

---

[1]) Della potestà e polizia della chiesa. V, p. 1, 209.
[2]) Kirchenrecht, 5. Aufl., S. 77.
[3]) Ducem Spoletinum cum ejus Satrapibus. Ap. Cenni, Monumenta, I, 154. Jaffé, Carol. p. 79. So schickt König Luitprand
Duces et Satrapas suos. Lib. pontif. ed. Vignoli, II, 63. Duchesne I, 427.
[4]) Aus dem Zusatze: καὶ δεφένσωρας ist wohl zu schließen, daß
im lateinischen Original des Uebersetzers stand: patronos et de-
fensores.

treffenden Kanonen der zweiten und vierten ökumenischen Synode beharrlich die Anerkennung verweigerte. Andererseits gibt sich die byzantinische Gesinnung des Uebersetzers darin kund, daß er zwar den Ausdruck vom lateranischen Palaste: er übertreffe alle Paläste der ganzen Welt, beibehalten, dagegen aber den der lateranischen Kirche beigelegten Vorzug, sie solle caput et vertex omnium ecclesiarum in universo orbe terrarum sein, weggelassen hat. Ebenso charakteristisch ist die Stelle von den Besitzungen in Judäa, Asia, Griechenland, Afrika u. s. w., welche Constantin pro concinnatione luminarium in den römischen Kirchen geschenkt habe, im Griechischen weggefallen, und ist summus Pontifex et universalis urbis Romae Papa blos mit τῷ μεγάλῳ ἐπισκόπῳ καὶ καθολικῷ πάπᾳ gegeben, mit wohl absichtlicher Vermeidung des von dem Patriarchen zu Constantinopel in Anspruch genommenen οἰκουμενικός, welches dem universalis besser entsprochen haben würde als καθολικός, und so daß der ganze Titel nach orientalisch-kirchlichem Sprachgebrauche ebenso gut dem alexandrinischen, der auch πάπα hieß, als dem römischen Bischofe beigelegt werden konnte.

Weiterhin begegnen wir dem bei den Griechen meines Wissens nie gebräuchlichen Worte κούνσουλοι, für consules, so daß das gewöhnliche: ὕπατοι, nur erklärungsweise beigesetzt ist. Dieß ist nur bei einem Uebersetzer erklärlich. Ebendaselbst liefert der griechische Text eine handgreifliche, den ungeschickten Uebersetzer verrathende Entstellung des Originals. Dieses nämlich verordnet: der römische Klerus solle dasselbe Vorrecht, wie der kaiserliche Senat haben, daß nämlich Mitglieder desselben Patricier und Consuln werden, also zu den höchsten Ehrenwürden, welche das byzantinische Reich kannte, gelangen könnten. Statt dieser Bestimmung, welche einen unter den damaligen Verhältnissen natürlichen und erreichbaren Wunsch römischer Kleriker ausdrückt, läßt der griechische Text den Kaiser etwas anordnen, dessen Ver-

wirklichung doch Niemand im Ernste hoffen konnte, daß näm=
lich dem römischen Klerus überhaupt jene „Erhabenheit und
Größe" zukommen solle, welche der große Senat, oder die
Patricier, die Consuln und die übrigen Würdenträger be=
säßen. Endlich ist die Angabe: Constantin habe bei Silvester,
den Zügel des Pferdes haltend, den Dienst eines Stall=
knechtes verrichtet (στράτωρος ὀφφίκιον ἐποιήσαμεν), den
Worten wie der Sache nach* unverkennbar auf abendländi=
schem Boden erwachsen und orientalischer Sitte und An=
schauung fremd. Die Sache kommt zum ersten Male im
Jahre 754 vor, als Pipin dem zu ihm gekommenen Ste=
phan III. diese Ehre erwies [1]). Dieß gefiel in Rom so sehr,
daß man es gleich darauf durch Uebertragung auf Con=
stantin zu einem Vorbild und einer Regel für Könige und
Kaiser machte.

Die Hauptstelle in der Urkunde, die Ueberlassung Roms
und Italiens oder*[2]) der westlichen Gegenden an den Papst,
ist in dem von Balsamon mitgetheilten Texte treu wieder=
gegeben; dagegen fehlt sie in anderen griechischen Recen=
sionen, namentlich in der von Matthäus Blastares
(um 1335)[3]), und in der andern von Boulanger und
Fabricius[4]) aus einer Pariser Handschrift gelieferten.

Dieß begreift sich leicht. Die fingirte Schenkung ist
bei den Griechen zu hohem, kanonischem Ansehen gelangt,
sie findet sich seit Balsamon in einer Menge der zum griechi=
schen Kirchenrechte gehörigen Handschriften[5]), und ihre für

---

[1]) Vice stratoris usque in aliquantum loci juxta ejus sellarem
properavit. Vita Steph. bei Vignoli II, 104. Duchesne I, 447.
*[2]) Hier ist das mittelalterliche seu = et zu fassen.
[3]) Bei Beveridge: Pandectae Canonum, I, p. 2, p. 117. Nur
hat der lateinische Uebersetzer den Sinn lächerlich verunstaltet und läßt
den Kaiser sagen: Placuit, ut Papa ab urbe Roma et occidentalibus
omnibus provinciis et urbibus exiret.
[4]) Biblioth. Gr. ed. nov. VI, 699.
[5]) Sie sind meist aufgezählt bei Biener: De collectionibus Ca=
nonum eccl. Graecae. 1827, p. 79. In dem Wiener Codex, den

lateinische Erdichtungen sonst so scharffinnigen Augen waren
in diesem Falle so geblendet, daß sie die handgreifliche Er=
dichtung bereitwillig annahmen und praktisch auszubeuten sich
bestrebten. Blaftares ist ganz entzückt davon; man kann,
sagt er, nichts Frömmeres oder Ehrwürdigeres sehen, nichts,
was laut verkündet zu werden würdiger wäre. Dieses Wohl=
gefallen beruhte auf einer sehr einfachen Berechnung. Der
Kanon der zweiten ökumenischen Synode von 381, dieses
Palladium des byzantinischen Kirchenthums, verfügt, daß der
Bischof von Constantinopel alle Privilegien des römischen,
und, wie man weiter schloß, der Klerus von Neurom ebenso
alle Rechte des altrömischen haben solle. Also, sagt Balsamon,
und meinten die Kleriker der Hauptstadt, gilt Alles, was Con=
stantin mit so verschwenderischer Hand an Ehren, Schmuck
und Vorrechten über den Klerus von Altrom ausgeschüttet
hat, auch der Geistlichkeit und dem Patriarchen von Neurom.
Zur Bestätigung diente noch ein späteres, gleichfalls von
Balsamon [1]) angeführtes Kaisergesetz: Constantinopel solle
nicht nur die Privilegien Italiens, sondern auch Roms selbst
genießen. Die Kaiser selbst acceptirten die Bestimmungen
des Dokuments, wenigstens die über das Verhältniß der geist=
lichen und weltlichen Würden, wie denn Michael Paläo=
logus im Jahr 1270 dem Patriarchen vorschrieb, da er,
der Kaiser, den Diakon Theodor Skutariotes zum Dikäo=
phylax (Oberrichter oder custos justitiae) gemacht habe, so
solle demselben auch eine entsprechende kirchliche Würde, näm=
lich die eines Erokatakoilos (d. h. eines Assessors des Patri=

Lambecius comment. lib. VIII, p. 1019 nov. ed. beschreibt, ist in=
deß die Bemerkung beigefügt: παρεξεξγήθη ἀπὸ τοῦ ἁγιωτάτου πα-
τριάρχου Κωνσταντινουπόλεως κυροῦ φωτίου ταῦτα. Ein in der Lite=
ratur und Geschichte so bewanderter Mann wie Photius erkannte
natürlich nicht blos die Unächtheit, sondern auch die Tendenz der Fiktion.
— *Die Bemerkung des Wiener Codex ist werthlos.
   [1]) Cf. tit. 1, c. 36, p. 38, dann tit. 8, c. 1, p. 85 u. 89, ed.
Paris. 1620.

archen mit Vorrang vor den Bischöfen) verliehen werden, wie dieß dem Reskripte Constantin's an Silvester gemäß sei [1].

Uebrigens war die Schenkung im Abendlande schon Jahrhunderte lang bekannt, ehe sie von den Griechen gekannt und beachtet wurde. Der kürzlich herausgegebene Georgius Hamartolus [2] (um das Jahr 842) theilt wohl die Fabeln der Silvesterlegende ziemlich ausführlich mit, aber von der Schenkung hat er kein Wort; vielmehr läßt er den Kaiser, als er Byzantium zu seiner Residenz bestimmt hat, seinen Söhnen Constantius und Constans und seinem Neffen Dalmatius den Occident übergeben. Der erste Byzantiner, der sie erwähnt und gebraucht, ist Balsamon, der als Patriarch von Antiochien im Jahr 1180 starb, d. h. zu einer Zeit, wo die Griechen längst jeden Fußbreit Landes in Italien verloren hatten und die Verschenkung Italiens an den päpstlichen Stuhl eine jedenfalls für sie sehr harmlose Sache war. Damals waren aber die Lateiner längst Herren in Syrien, und von ihnen hat Balsamon wahrscheinlich das Dokument erhalten.

Die Constantinische Schenkung ist also ohne Zweifel im Occident, in Italien, in Rom und von einem römischen Kleriker verfertigt worden. Darauf führt auch die Zeit ihrer Entstehung.

Mit überwiegender Wahrscheinlichkeit läßt sich nämlich der Zeitpunkt, in welchem die Constantinische Schenkung erdichtet wurde, in die Jahre verlegen, welche, seit die Macht des Longobardenreiches zu sinken begann, also seit 752 etwa, bis zum Jahr 777, wo Papst Hadrian die Gabe Constantin's zuerst erwähnt, verflossen. Der Urheber konnte nicht wohl früher einen Erfolg von seiner Dichtung erwarten. Er wollte

---

[1] Novellae Constitutiones Imperatorum post Justinianum, ed. Zachariae. 1857, p. 592.

[2] Chronicon, ed. E. de Muralto. Petropoli 1859. p. 399.

ein großes, das ganze Italien umfassendes Reich[4]) unter
päpstlicher Herrschaft statt des zwischen Longobarden und
Griechen getheilten Italiens, in welchem Rom den Angriffen
des einen und den Mißhandlungen des anderen Theiles preis=
gegeben war. In Rom zog man immer die griechische Herr=
schaft, so drückend sie zu Zeiten war, der Longobardenherr=
schaft vor; die letztere wurde als das schlimmste aller Uebel
betrachtet, während man dem Kaiser und dem Exarchen in
Ravenna im Ganzen willig zu Rom gehorchte. Die Päpste
waren weit entfernt, die byzantinische Macht in Italien
stürzen zu wollen, auch wenn ihr Joch unerträglich schien,
wie unter den beiden Ikonoklasten Leo und Constantin Kop=
ronymus; sie wollten es auch dann nicht, wenn die Gelegen=
heit dazu sich darbot. Ohnehin sehen wir von 685 bis 741
zehn Päpste sich folgen, die alle, bis auf Einen, theils Syrier
(Johann V., Sergius, Sisinnius, Constantin, Gregor III.),
theils Griechen waren (Konon, Johann VI. und VII., Zacharias).
Schon diese Thatsache zeigt, daß der byzantinische Einfluß
in Rom noch völlig überwiegend war. Und der eine Römer
unter ihnen, Gregor II., that gerade Alles, was in seiner
Macht stand, um die durch Leo's bilderstürmerische Tyrannei
erbitterten Italiener, die schon an die Erwählung eines eigenen
römischen Kaisers dachten, in den Schranken der Unter=
thänigkeit zurückzuhalten. Einen im römischen Ducatus
ausgebrochenen Aufstand gegen Byzanz ließ er durch römische
Truppen dämpfen und den Kopf des Führers der Aufstän=
dischen nach Constantinopel senden. Jede Eroberung der
Longobarden in Italien auf Kosten der griechischen Herrschaft
betrachteten die Päpste stets als ein Mißgeschick, das sie sorg=
fältig durch Bitten und Vorstellungen, durch persönliche Inter=
cession bei den longobardischen Königen abzuwenden bemüht
waren. Sie hatten wohl erkannt, daß, wenn der Besitz des

Exarchats die longobardische Macht und den Hunger nach dem Besitz der ganzen Halbinsel verstärkt haben würde, dann auch ihre eigene und Roms Unterwerfung unter diese verhaßte Herrschaft besiegelt sein werde.

Wie mächtig muß doch in Rom die Furcht vor den Longobarden und die Abneigung gegen sie gewesen sein, da man dort die byzantinische Botmäßigkeit stets vorzog, obgleich die Päpste und der römische Klerus von den Longobarden sicher nicht so Schlimmes wie von den Griechen zu dulden gehabt hätten. Hatten sie doch schwere Erpressungen von der Habsucht der Exarchen zu ertragen, deren einem selbst die Gefäße der Peterskirche als Pfänder gegeben werden mußten (um das Jahr 700). Mußten doch die Päpste, sobald der kaiserliche Argwohn in Byzanz rege ward, sich zur Verantwortung dahin vorladen lassen, wie denn Sergius auf Befehl Justinian's II. dahin gebracht werden sollte und Papst Constantin im Jahr 709 dem Rufe des Imperators bis nach Nikomedien in Asien folgen mußte, während der Exarch Johannes in Rom vier vornehme Geistliche hinrichten ließ [1]). Und dennoch überwog der Widerwille gegen die Longobarden. Die Schuld dieses Hasses trug, wie es scheint, hauptsächlich die barbarische Kriegführung der Longobarden, dieses stete Verheeren, Sengen und Brennen, welches die schöne Halbinsel zuletzt in eine unfruchtbare und menschenleere Wüste zu verwandeln drohte. Erst als die Unfähigkeit oder die Abneigung der Griechen, die italienischen Provinzen gegen die Longobarden zu behaupten, den bisherigen Hoffnungen und Wünschen zu entsagen nöthigte, warf man sich in die starken Arme der Franken. Aber noch im Jahre 752 hatte Stephan III. den griechischen Kaiser angerufen, daß er doch mit einem Heere zur Vertheidigung Italiens gegen die Longobarden erscheinen möge.

Gregor II. machte nach dem Jahr 728 den Versuch,

---

[1]) Vita Constantini, ed. Vignoli, II, p. 9. Duch. I, 389.

eine den Griechen wie den Longobarden gegenüber sich selb=
ständig behauptende Städte=Conföderation zu bilden, deren
Haupt= und Mittelpunkt der päpstliche Stuhl wäre. Die
Sache gelang nicht. In Rom aber reifte immer mehr der
Gedanke, daß die päpstliche Gewalt in Italien an die Stelle
der zerfallenden griechischen und der widerwillig getragenen
longobardischen treten könnte, und so ward dort das Doku=
ment geschmiedet, welches diese Form als die normale, schon
von dem ersten christlichen Kaiser gewollte darstellte. Ob dieß
vor der Schenkung Pipin's oder nach derselben geschah, läßt
sich wohl nicht mehr entscheiden, jedenfalls aber vor der
Gründung des fränkischen Königreichs Italien, also vor 774.
Denn seitdem dieses errichtet war, fiel jede Aussicht auf die
Verwirklichung eines päpstlichen Gesammtstaates Italien weg,
und hätte die Erdichtung keinen Zweck mehr gehabt. Wohl
aber kann sie bald nach der Verleihung des Exarchats durch
Pipin verfertigt worden sein, um Ansprüchen auf ganz Italien,
wenn das innerlich schwache Longobardenreich vollends zer=
brochen sein würde, Bahn zu brechen und eine geschichtliche
Unterlage zu verleihen. So ist, wohl bald nachher, unter
Karl, ein Dokument erdichtet worden [1]), welches in einem sehr
verwilderten, stellenweise nahezu unverständlichen Latein dem
Könige Pipin eine ausführliche Erzählung der zwischen ihm,
den Griechen, den Longobarden und dem Papste Stephan
vorgefallenen Ereignisse in den Mund legt, und ihn dann
nahezu ganz Italien, selbst Venetien und Istrien dem Papste
theils schenken, theils, wie Benevent und Neapel, für den Fall
der Eroberung versprechen läßt [2]).

---

[1]) Bei Fantuzzi: Documenti Ravennati. VI, 265.

[2]) Pipin nennt darin statt des Kaisers Constantin den Kaiser Leo
(der Isaurier ist gemeint), dessen Gesandter, Marinus, zu ihm gekommen
sei. Hier ist eine Verwechslung des von Rom an Pipin gesandten
Presbyters Marinus und jenes Spatharius Marinus, den Leo mit dem
Auftrage, Papst Gregor II. aus dem Wege zu schaffen, nach Italien ge=
schickt hatte. Das Dokument läßt übrigens den griechischen Kaiser dem

Pseudo-Isidor hat, wie schon erwähnt, die constantinische
Schenkung als ein bereits älteres Dokument in seine Sammlung aufgenommen, und zwar findet sie sich in allen bekannten Handschriften. Er selbst hat sie gewiß nicht verfertigt, obgleich dieß noch jüngst von Gregorovius[1])
angenommen worden ist. Inhalt und Absicht dieser Fiktion
lagen dem westfränkischen Urheber der falschen Dekretalen
ganz ferne, auch die Sprache ist verschieden. Aber sie kann
auch nicht, wie der Oratorianer Morin zu zeigen versuchte,
erst im 10. Jahrhundert entstanden sein. Sein Hauptgrund
ist: Otto III. bezeichne in seiner Schenkungsurkunde vom
Jahr 999 einen Diakon Johannes mit dem Beinamen Digi-
torum mutius (d. h. mutilus, mozzo) als den Mann, der
das Dokument unter Constantin's Namen mit goldenen Buchstaben geschrieben habe. Dieser Johannes Diaconus sei nämlich, meint Morin, derjenige, den Papst Johannes XII. erst
als sein Werkzeug gebraucht, und dem er dann im Jahr 964
die rechte Hand habe abhauen lassen[2]). Mit Unrecht: denn
einem Manne, dem die Hand fehlte, würde man nicht den
Beinamen: „mit verstümmelten Fingern" gegeben haben.
Auch kann die constantinische Schenkung sehr wohl früher
schon vorhanden gewesen sein, ehe sie jener Diacon Johannes,
von dem der Concipient der ottonischen Urkunde wußte, in

Papste förmlich die Erlaubniß ertheilen, sich einen Schirmherrn auszu-
suchen, mit dem er dann über den Römischen Ducatus und das Er-
archat nach Gutdünken bestimmen könne, und ist offenbar in der doppelten Absicht erdichtet, einmal durch die Supplirung der Byzantinischen
Zustimmung ein staatsrechtliches Bedenken wegzuräumen und dann eine
Erweiterung der Schenkung von Karl d. Gr. zu erlangen.

[1]) Geschichte der Stadt Rom. II. 400. [Gregorovius hat dies
3. Aufl. II, 340 f. 342 zurückgenommen.] Cenni hatte dies auch
schon behauptet, und zwar „plaudentibus nostri aevi eruditis", wie
er meint. Monum. I, 306.

[2]) Nach Luitprand hist. Ottonis, bei Pertz V, 346, und Con-
tin. Reginon. ad a. 964.

golbenen Buchstaben abgeschrieben hatte, um ihr größeres Ansehen zu verleihen.

Eine Zergliederung und nähere Betrachtung des Inhalts der Schenkung dürfte der Annahme, daß sie in Rom zwischen 750 und 774 entstanden sei, noch höhere Gewißheit verleihen.

Folgendes wird in der Schenkung den Päpsten und dem römischen Klerus zugesprochen:

1) Constantin will ben Stuhl Petri noch über das Reich und dessen irdischen Sitz durch Verleihung kaiserlicher Gewalten und Ehren erheben.

2) Derselbe soll die Obergewalt haben vor den Patriarchenstühlen Alexandrien, Antiochien, Jerusalem und Constantinopel und vor allen Kirchen der Welt [1]).

3) Er soll richten über das, was den Gottesdienst und den christlichen Glauben betrifft [2]).

4) Statt des Diabemes, welches der Kaiser dem Papste aufsetzen, dieser aber nicht nehmen wollte, hat Constantin ihm und seinen Nachfolgern das Phrygium (d. h. die Tiara) und das den kaiserlichen Hals schmückende Lorum, sowie die übrigen farbigen Gewänder und Insignien des Kaiserthums verliehen.

5) Der römische Klerus soll das hohe Vorrecht des kaiserlichen Senats genießen, daß er die Würden eines Patricius und Consuls erlangen könne, und zur Anlegung des Schmuckes, den der kaiserliche Beamtenabel (oder die Optimaten) trägt, berechtigt sein [3]).

---

[1]) Diesen Artikel haben die Griechen in der Recension bei Blastares und der der Pariser Handschrift weggelassen.

[2]) Auch dies fehlt in den beiden eben bezeichneten Texten.

[3]) Imperialis militia, στρατία, was Münch (Ueber die Schenkung Constantin's S. 22) mit: „das kaiserliche Kriegsheer" übersetzt, während, die Römischen Geistlichen seien lüstern gewesen, Soldaten-Zier-

6) Die Aemter der Cubicularii, Ostiarii und Excubitae sollen für die römische Kirche bestehen.

7) Die römischen Kleriker sollen auf Pferden, die mit weißen Decken behangen sind, reiten und gleich dem Senat weiße Sandalen tragen.

8) Wenn ein Mitgied des Senats mit päpstlicher Zu= stimmung Kleriker werden will, so soll ihn Niemand daran verhindern [1].

9) Constantin überläßt die bleibende Herrschaft über Rom und die Provinzen, die Städte und Burgen von ganz Italien oder*[2]) den westlichen Gegenden dem Papste Silvester und seinen Nachfolgern.

Nach der Ausführlichkeit und Sorgfalt zu schließen, mit der die einzelnen Artikel behandelt sind, lagen dem Verfasser, ohne Zweifel einem römischen Kleriker, die Bestandtheile und Farben der päpstlichen und der klerikalen Kleidung und die Titel und Ehrenbezeigungen weit mehr am Herzen, als der so folgenreiche, hinten angehängte und in wenige Worte ge= faßte neunte Artikel, die Schenkung Roms und Italiens. Und hier ist sogleich zu erinnern, daß der Urheber nur Italien, nicht etwa den ganzen in Constantin's Zeit zum römischen Reiche gehörigen Occident, also auch Gallien, Spanien, Bri= tannien u. s. w. in der Schenkung begriffen wissen wollte. Er, welcher höchst wahrscheinlich von dem wirklichen Umfange des Reichs zu Constantin's Zeit nichts wußte, sondern nur die Verhältnisse des 8. Jahrhunderts vor Augen hatte, sagt: „Italien oder die westlichen Gegenden", wohl nur um den geographischen Begriff „Italien" näher zu bestimmen, und auch Istrien, Corsica, Sardinien hinzuzunehmen. Erst später

---

rathen zu tragen. Ein Blick in das Glossarium von Ducange würde ihn belehrt haben, was damals militia oder στρατία hieß.

[1]) So nach dem griechischen Texte; der lateinische: nullus ex om= nibus praesumat superbe agere, gibt nach dem Vorausgehenden keinen befriedigenden Sinn.

*[2]) Zu diesem „oder" und dem Folgenden s. Note *2 S. 76.

hat man das: oder in und verwandelt. Lange Zeit ward
die Sache auch so verstanden. Die Päpste Hadrian I. und
Leo IX., Kaiser Otto III., Kardinal Petrus Damiani fanden
in dem Instrumente nur die Schenkung Italiens.
Betrachtet man nun die übrigen Artikel, d. h. die in
Verleihungen eingekleideten Forderungen und Wünsche römi=
scher Kleriker, so sieht man, daß sie durchaus auf die Zu=
stände hinweisen, wie sie in Rom und Italien um die Mitte
des 8. Jahrhunderts waren. Der Verfasser hatte natürlich
weniger die Einrichtungen und Rangverhältnisse in Constan=
tinopel, als die des damals noch byzantinischen Theiles von
Italien vor Augen. Der Senat, welchem der Klerus zu
Rom in einigen Vorrechten gleichgesetzt sein wollte, war nicht
mehr der alte römische, der vielmehr im 6. Jahrhundert,
während der gothischen und longobardischen Kriege, zu Grunde
gegangen war. Nie genannt in der Zeit vom Ende des
6. bis in die Mitte des 8. Jahrhunderts[1]), kommt der Senat
erst im Jahr 757 wieder zum Vorschein, als die Gesammtheit
der römischen Optimaten[2]). Seitdem wird auch in den beiden
Hauptkirchen Roms ein eigenes Senatorium erwähnt; den
darin Befindlichen reichte der Papst die Kommunion mit
eigener Hand[3]). Es war eben in Rom ein neuer Amtsadel,
der sich bildete theils aus der bürgerlich=militärischen Aristo=
kratie, theils aus den geistlichen Würdenträgern, und die letzteren
sollten — das war einer der Zwecke des Erfinders — an den
höchsten Ehrentiteln, welche die Kaiser einzelnen hervorragen=
den Gliedern der weltlich=kriegerischen Aristokratie gewährten,
auch ihren Antheil haben.

---

[1]) Savigny's Behauptungen (Gesch. d. röm. Rechts, I, 367
gehen hier zu weit: daß sich, wie er sagt, in allen Jahrhunderten un=
läugbare Spuren wirklicher Fortdauer des römischen Senats finden, ist
jedenfalls für die Zeit von 660—750 grundlos.
[2]) Salutant vos et cunctus procerum senatus, atque diversi
populi congregatio. Bei Cenni I, 147. Jaffé p. 101.
[3]) Mabillon. Mus. Ital. II. XLIV, LIX u. p. 10.

Die Würden eines Patricius und Consuls nämlich, die auch den römischen Geistlichen zugänglich sein sollten, waren damals das Höchste, was der Ehrgeiz erstreben mochte[1]. Ein Patricius, oder Mitglied des kaiserlichen Geheimraths, ward durch feierliche Bekleidung mit einem gestickten Pracht=gewande zu seiner Würde befördert, und selbst Statthalter von Provinzen fühlten sich durch diesen Titel, den höchsten im Kaiserreiche, geehrt. Seit dem Jahr 754 glaubte auch der Papst, im Namen der noch immer im Grund als fortbe=stehend gedachten Respublica Romana und mit Zustimmung des römischen Volkes, den Titel eines Patricius für Rom verleihen zu können, und gab ihn bekanntlich zuerst den Kö=nigen Pipin und Carlmann. Damit sollte die höchste welt=liche Würde in Rom nach der kaiserlichen und der eines Cäsars, und noch ohne theoretische Beeinträchtigung der kaiser=lichen Oberhoheit, verliehen werden. Mit dem Untergange der griechischen Herrschaft in Ober= und Mittelitalien ver=schwand denn auch das Patriciat als eine einzelnen Statt=haltern verliehene Würde, und blieb nur das eine römische Patriciat als Vorsteherschaft der römischen Stadtbevölkerung.

Auch die Consuln werden, wie schon Savigny be=merkt hat[2]), zuerst in der Mitte des 8. Jahrhunderts er=wähnt und bildeten die nächste Rangstufe nach den Patricii. Die höchsten Stadtobrigkeiten führten diesen Titel, der aber auch als bloßer Ehrentitel von da an vorkommt. Ein solcher Consul (und Dux) war Theodat, der Erzieher des Papstes Hadrian I., nachher Primicerius der römischen Kirche. So war auch der gleichzeitige Leoninus zugleich Consul und Dux, nachher Mönch[3]).

---

[1]) So zählt die Vita Agathonis, Vignoli I, 279, Duchesne I, 351, die hohen Würdenträger auf: Patricii, Hypati cum omni Syncleto. Im Jahr 701 war Theophylactus Cubicularius, Patricius, Exarchus Italiae. Ibid. I, 315. Duch. I, 383.

[2]) A. a. O. S. 370. Er citirt Fantuzzi, Mon. Rav. I, 15.

[3]) Vit. Hadr., bei Vignoli, II, 162. 210. Duch. I, 486. 505.

Man ließ sich ferner unter Constantin's Namen das Recht, päpstliche Kammerherren, Thürhüter und eine Leib= wache (Cubicularii, Ostiarii, Excubitores) zu halten, zu= sprechen. Auch hier trifft die Zeit genau zu. Früher gab es in Italien nur kaiserliche Cubicularii, erst mit Stephan IV. und Habrian I. kommt auch ein päpstlicher Cubicularius vor: Paul Afiarta, der zugleich Superista, d. h. Aufseher des Palatium, war¹). In dem ersten Ordo Romanus bei Ma= billon, der den römischen Ritus am Ende des 8. und An= fang des 9. Jahrhunderts darstellt, wird denn auch der Cu= bicularius tonsuratus, der die päpstlichen Gewänder herbei= zutragen hat, zum ersten Mal erwähnt²).

Die Portarii oder Ostiarii pro custodiendo palatio werden in dem römischen Ordo des Cencius (12. Jahrh.) unter den römischen scholae oder den Innungen der päpst= lichen Hofdienerschaft an zweiter Stelle genannt und nach ihren Funktionen beschrieben³). Die Excubitores endlich sind unverkennbar die später so genannten Abextratores, eine Ehrenwache, welche den Papst bei seinen Aufzügen und Kirchenbesuchen geleitete⁴).

Der Verfasser der Schenkung legt offenbar großen Werth darauf, daß den römischen Klerikern das Privilegium, ihre Reitpferde mit weißen Decken zu behängen, zustehe. Ganz im Geiste der Zeit und des Ortes, wo dieß als etwas un= gemein Wichtiges und als ein kostbares und alle Anderen ausschließendes Privilegium der römischen Kleriker betrachtet wurde. Daher hatte schon Gregor der Große dem Erzbischof von Ravenna gemeldet: der Klerus zu Rom wolle durchaus

---

¹) Daß er päpstlicher und nicht kaiserlicher Cubicularius war, sieht man aus Vit. Hadr. bei Vignoli II, 164 u. 166, Duch. I, 487, denn der Liber pontificalis setzt sonst das imperialis bei, wie bei Theodor Pellarius, ib. I, 263. Duch. I, 338.

²) Mus. Ital. II, 6.

³) l. c. p. 194. 96.

⁴) l. c. 196.

nicht zugeben, daß der Gebrauch von Pferdebecken (mappulae) den Geistlichen von Ravenna gestattet werde [1]). Dem Papste Konon nimmt es der römische Biograph sehr übel, daß er (um 687) dem Diacon Constantinus von Syrakus, den er zum Rektor des dortigen Patrimoniums ernannt hatte, einer solchen Decke sich zu bedienen erlaubt habe [2]).

Endlich ist auch die Angabe Constantin's ganz im Sinne des 8. Jahrhunderts: er habe die römische Kirche mit Besitzungen im Orient und Occident beschenkt, damit die in den Kirchen und an den Gräbern der Apostel Petrus und Paulus brennenden Lampen und Kerzen davon unterhalten würden. So schreibt Papst Paul I. an Pipin im Jahr 761: der Kampf, den der König (gegen die Longobarden) unternommen, werde von ihm für die Wiederherstellung der Lichter des heil. Petrus geführt [3]).

So führen uns denn die inneren wie die äußeren Merkmale und Zeichen auf die Zeit von 750 bis 775 als die Entstehungszeit der constantinischen Schenkung. Die Annahme des Natalis Alexander und des ihm folgenden Cenni [4]), sie sei zu Rom vor der Mitte des 9. Jahrhunderts nicht gekannt gewesen, ist sicher unrichtig. Hadrian I. deutet unleugbar auf sie durch die Worte: Constantin habe der römischen Kirche „in diesen Ländern Hesperiens die Macht verliehen"; dies sind die occidentalium regionum provinciae (δυσμῶν χωρῶν ἐπαρχίαι)* [5]), von denen die Schenkungs-

---

[1]) Greg. M. Opera, II, 668. Ed. Paris. Cf. Gratian. Decr. dist. 93, c. 22.

[2]) Vit. Conon. ap. Vignoli, I, 301. Duch. I, 369.

[3]) Cenni I, 187, Jaffé p. 121: pro cujus restituendis luminariis decertatis. Und so der Pseudo-Constantin: Quibus pro concinnatione luminarium possessiones contulimus.

[4]) Monum. I, 304.

*[5]) Jaffé, Carol. ep. 61 (778 Mai) p. 199. Darüber wird gegenwärtig noch gestritten, ob Hadrian I. hier wirklich auf die constantinische Schenkungsurkunde hinweise. Diejenigen, welche „in his Hesperiae

urkunde rebet. Sicher ist indeß, daß man sich anfänglich
keine Mühe gegeben hat, sie zu verbreiten. Von Habrian I.
bis auf Leo IX. (776 bis 1053) findet sich in den päpst=
lichen Schreiben keine Spur davon; in den älteren Hand=
schriften des Liber pontificalis wird ihrer nicht gedacht; aber
durch Pseudo=Isidor (also seit 840) begann sie auch außer=
halb Italiens, ja vielleicht im Frankenreiche mehr als in
Italien bekannt zu werden. Denn während Luitprand,
Bischof von Cremona, als kaiserlicher Gesandter in Byzanz
zwar die großen Schenkungen rühmte, die Constantin der
römischen Kirche selbst in Persien, Mesopotamien und Baby=
lonien gemacht habe, aber von dem Inhalte der fingirten
Urkunde nichts wußte, wenigstens nichts davon berühren
mochte, nahmen zwei für ihre Zeit so gelehrte und in kirch=
licher Geschichte und Literatur bewanderte Männer wie
Aeneas, Bischof von Paris, und Hincmar von Rheims
sie bereitwillig an. Jener hält den Griechen (um das Jahr 868)
vor: Constantin habe erklärt, zwei Imperatoren, der des
Reiches und der der Kirche könnten nicht in Einer Stadt ge=
meinschaftlich regieren. Er habe daher seinen Sitz nach
Byzanz verlegt, dem apostolischen Stuhl aber das römische
Gebiet „und eine große Anzahl verschiedener Provinzen"
unterworfen, und dem Papste königliche Gewalt verliehen [1]).
Zurückhaltender drückt sich Hincmar aus: er und sein Zeit=

partibus" im Sinne Döllinger's, aber das öfter schon erwähnte seu = et
nehmen, finden dann gerade einen Widerspruch zwischen Hadrian und
der Urkunde. Indessen ist Hesperia als Italien offenbar zu eng gefaßt.
Wenigstens hatte in der ersten Hälfte des 8. Jahrh. Hesperia in der
päpstlichen Kanzlei einen weiteren Umfang. Gregor II. schreibt an
Bonifacius: in partibus Esperiarum ad inluminationem Germaniae
gentis... dirigere praevidimus (Jaffé, Mog. ep. 25 p. 86); Gregor III.
an denselben: Qui ianuam misericordiae et pietatis in illis partibus
Speriis... aperuit, und: Sed confirma corda fratrum et omnium
fidelium, qui rures sunt in illis Speriis partibus (l. c., ep. 38
p. 105 f.).

[1]) Liber adversus Graecos, in Dachery Spicil. VII, 111.

genoſſe, der Biſcho Abo von Vienne, in ſeiner Chronik
(um 860), wiſſen nur von der Stabt Rom, welche Con=
ſtantin dem Papſte übergeben habe [1]).

Offen und zuverſichtlich, ohne, wie es ſcheint, auch nur
eine Ahnung von der Schwäche ſeines Dokuments zu haben,
theilte Papſt Leo IX. im Jahr 1054 dem Patriarchen Michael
Cerularius von Conſtantinopel faſt den ganzen Text der
Schenkung mit, damit dieſer ſich „von dem irdiſchen und
himmliſchen Imperium, dem königlichen Prieſterthum des rö=
miſchen Stuhles" überzeuge, und ihm auch keine Spur des
Verdachtes bleibe, als ob dieſer Stuhl „durch abgeſchmackte
und altvetteliſche Fabeln ſich eine Gewalt anmaßen [2]) wolle".
Er iſt indeß unter allen Päpſten der einzige, der das Schrift=
ſtück ſeinen Haupttheilen nach vor die Augen der Welt ge=
bracht und die Kritik förmlich herausgefordert hat. In merk=
würdigem Contraſte mit ihm hat derjenige, der ihn leitete
und berieth und nach ihm Papſt warb, Gregor VII., nie Ge=
brauch davon gemacht, in keinem ſeiner zahlreichen Briefe
die Schenkung auch nur erwähnt — ein bedeutungsvolles
Schweigen, wenn man erwägt, wie ſtark bei ihm die Ver=
ſuchung ſein mußte, ſich ſeinen zahlreichen und übermäch=
tigen Feinden gegenüber dieſer Waffe zu bedienen. Nicht ſo
ſein Freund Kardinal Petrus Damiani: dieſer hält den
Deutſchen, welche die Sache des kaiſerlichen Gegenpapſtes
Cabalous vertraten, Conſtantin's Privilegium wie einen un=
durchdringlichen Schild entgegen, und vergißt nicht, beizu=
fügen, daß jener Kaiſer auch den Päpſten das „Königreich
Italien zu richten übergeben habe" [3]).

Gewiſſermaßen in ein neues Stadium trat der Gebrauch
und die Bedeutung der fingirten Schenkung, als Urban II.
im Jahr 1091 das Eigenthumsrecht der römiſchen Kirche über

---

[1]) Epist. 3, c. 13.
[2]) Harduin. Conc. VI, 934.
[3]) Harduin. l. c. 1122.

Corsica auf dieselbe stützte. Constantin's Recht, Inseln zu
verschenken, leitete er aus dem seltsamen Grunde ab: alle
Inseln seien gesetzlich juris publici, also Staatsdomäne. Es
muß auffallen, daß Urban nicht vorzog, sich auf die Schen=
kung Karls des Großen zu berufen, sie vielmehr gar nicht
erwähnt, denn nicht nur ist Corsica unter den Schenkungen,
welche Karl gemacht haben soll, mit aufgezählt, sondern
Leo III. sagt bieß auch in einem Schreiben an Karl vom
Jahr 808 deutlich [1]), wiewohl die Kirche damals, da sie keine
Flotte hatte, diesen von den Saracenen stets bedrohten Besitz
nicht zu behaupten im Stande war, so daß Leo den Kaiser
bitten mußte, die Insel an sich zu nehmen und mit seinem
„starken Arme" zu beschirmen, und daß, wie der corsische
Geschichtschreiber Limperani sagt, der römische Stuhl
189 Jahre lang jedes Dominiums über Corsica entbehrte [2]).
Erst im Jahr 1077 sagt Gregor VII.: die Corsen seien be=
reit, unter die päpstliche Botmäßigkeit zurückzukehren [3]), und
aus Urban's II. Schreiben an den Bischof Daibert von Pisa
ergibt sich, daß bieß damals oder bald darauf wirklich ge=
schehen sei.

Auf diesem Gedanken, daß es besonders die Inseln
seien, welche Constantin den Päpsten zu freier Verfügung
geschenkt habe, baute man nun fort, obgleich sie in der Ur=
kunde nicht erwähnt waren; wie mit einem kühnen Sprunge
ward die constantinische Schenkung von Corsica hinüber nach
dem fernsten Westen, nach Irland, getragen nnd verfügte
der päpstliche Stuhl über den Besitz einer Insel, welche die
Römer selbst nie besessen, kaum gekannt hatten. Dieß that
Hadrian IV., ein geborener Engländer: Anglicana affectione,
wie später (1316) die irischen Häuptlinge in einem Schreiben
an Johann XXII. [4]) äußerten; auf den Wunsch des eng=

---

[1]) Cenni. II, 60. Jaffé, Carol. epp. Leonis III. 1. p. 310.
[2]) Istoria della Corsica. Roma 1780. II, 2.
[3]) Lib. 6, epist. 12.
[4]) In M'Geoghegan's Histoire d'Irlande, II, 106 sq. Sie

lischen Königs Heinrich II. verlieh er diesem die Herrschaft
über die Insel Hibernia, welche „gleich allen christlichen In=
seln unzweifelhaft zum Rechte des heil. Petrus und der rö=
mischen Kirche gehöre". Freilich empfing der König damit
eine Herrschaft, die erst mit dem Schwerte erkämpft werden
mußte, und auch in der That erst nach fünfhundertjährigem
Kampfe, und großenteils nur durch fremde Colonisation, voll=
ständig erstritten wurde. Es half den Engländern wenig,
daß sie den Iren sagten: ihre Insel habe früher dem Papste
gehört, seitdem dieser sie dem Könige Heinrich geschenkt habe,
sei es ihre Pflicht, sich englischer Botmäßigkeit zu unterwerfen.
Die Iren, denen ihre Landesgeschichte nie ganz fremd wurde,
wußten recht wohl, daß weder die römischen Kaiser noch die
Päpste jemals einen Fußbreit Landes bei ihnen besessen hatten,
und wollten daher auch nicht begreifen, daß Papst Habrian
sie habe an England verschenken können.

Habrian nennt die Schenkung Constantin's in seiner Bulle
nicht, aber sein vertrauter Freund, Johann von Salisbury,
der Mann, der ihn nach eigenem Bekenntnisse zu diesem ver=
hängnißvollen Schritte verleitet [1]), führt die Schenkung des

führen an, daß sie bis zum J. 1170 einundsechszig Könige gehabt hätten,
nullum in temporalibus recognoscentes superiorem. Habrian habe
„indebite, ordine juris omisso omnino", gehandelt.

[1]) Ad preces meas illustri regi Anglorum, Henrico II, concessit et dedit Hiberniam jure haereditario possidendam, sicut
literae ipsius testantur in hodiernum diem. Nam omnes insulae,
de jure antiquo, ex donatione Constantini, qui eam fundavit et
dotavit, dicuntur ad Romanam Ecclesiam pertinere. Metalog. 4.
42. Opp. ed. Giles, V, 206. Die Verlegenheit späterer Irländer der
Bulle gegenüber war natürlich groß. Stephan White (Apologia pro
Hibernia, ed. Kelly, Dublin 1849, p. 184) und Lynch, oder Gra=
tianus Lucius (Cambrensis eversus, Dubl. 1856, II, 434 sq.)
geben sich vergebliche Mühe, sie für ein unterschobenes Machwerk zu
erklären. Lanigan dagegen (Eccles. History of Ireland, IV, 160)
erkennt die Aechtheit an, und läßt eine scharfe Kritik über den Papst
und seine Bulle ergehen. Mac-Geoghegan, histoire de l'Irlande.

erften gläubigen Kaifers als ben Grund biefes alle Infeln begreifenben „Petrusrechtes" an [1].

Da bie römifche Geiftlichfeit mit ihrer conftantinifchen Urfunbe im Ganzen genommen ihre Zwecke fo gut erreicht hatte, fo verfuchte man in Neapel zu Gunften bes bortigen Klerus bas gleiche Mittel. In einer Chronik ber Kirche S. Maria bel Principio wirb berichtet: Conftantin habe bem Papfte Silvefter nebft ben übrigen Befitzungen auch bas ganze Königreich Sicilien bieffeits unb jenfeits bes Faro gefchenft; nur bie Stabt Neapel habe er ber kaifer= lichen Kammer vorbehalten, beibe, Conftantin unb Silvefter, feien barauf mit einanber nach Neapel gekommen, unb hier habe Conftantin, ba er fehr oft bie Meffe in ber bifchöflichen Kirche gehört, 14 Präbenben an berfelben errichtet unb biefen Lanbgüter unb Befitzungen gefchenft unb bie Dignität eines Cimeliarcha geftiftet [2].

Paris 1758, I, 462 übergeht bie Berufung auf Conftantin's Schenkung, unb begnügt fich zu fagen: Le Pape qui étoit né son sujet, lui accorda sans peine sa demande; et la liberté d'une nation entière fut sacrifiée à l'ambition de l'un par la complaisance de l'autre.

[1] Der Abbé Goffelin (Pouvoir du Pape sur les Souverains, II. 247, éd. de Louvain) hat zu zeigen verfucht, baß Papft Habrian burch feine Bulle eigentlich gar nicht über Irlanb habe verfügen wollen, baß er keine anbre als eine rein geiftliche Jurisbiction über Irlanb, nur bas einzige Recht, bie Entrichtung bes Peterspfennigs zu forbern, in Anfpruch genommen habe. Seine Gründe finb fehr fchwach, unb er verfchweigt entfcheibenbe Zeugniffe. Er verfchweigt, baß Habrian fagt: bie Irlänber follten ben König, ber bis bahin nicht bas entferntefte Recht auf bie Infel gehabt hatte, als ihren Gebieter annehmen unb ehren (sicut Dominum veneretur). Er verfchweigt bie Ausfage bes Johann von Salisbury, ber boch beffer als jeber Anbre über ben ganzen Hergang unb ben Sinn ber (von ihm eingegebenen) Bulle unterrichtet war. Er verfchweigt enblich, baß Habrian ben König Heinrich förmlich burch einen ihm überfanbten Ring als Oberlehnsherrn inveftirte. Die Worte, baß alle Infeln ad jus beati Petri et s. s. Rom. ecclesiae gehörten, will Goffelin, ganz gegen ben bamaligen Sprachgebrauch, von ber geiftlichen Jurisbiction bes Papftes verftanben wiffen.

[2] Parascandolo, Memorie stor. crit. diplomatiche della

Inzwischen trug man damals in Italien kein Bedenken, die römisch=constantinische Schenkung, sobald sie mit behaupteten Rechten oder politischen Planen in Widerspruch trat, zu verwerfen. Im Jahre 1105 stritten in Rom die Mönche des von den Kaisern reichlich privilegirten Klosters Farfa mit einigen römischen Edelleuten über den Besitz eines Castells. Die letzteren machten das Anrecht der römischen Kirche (von welchem das ihrige abhängen sollte) auf das streitige Besitzthum geltend, und leiteten dieses Anrecht aus der Schenkung Constantin's ab. Die Mönche läugneten nun nicht geradezu die Aechtheit der Urkunde, aber sie führten einen ausführlichen geschichtlichen Beweis, daß das Dokument nicht von einer Schenkung Italiens verstanden werden dürfe, da die Kaiser nach Constantin stets die volle Herrschaft über Italien besessen und geübt hätten. Demnach könne Constantin den Päpsten blos geistliche Rechte in Italien verliehen haben [1]. Damals (unter Paschalis II.) wurde in Rom selbst der Papst so wenig als der Monarch eines besonderen staatlichen Gebietes angesehen, daß die Mönche mit ihrem Abte ohne Widerspruch vor den römischen Richtern es als anerkannte Thatsache bezeichnen durften: dem Papste zieme weltliche Herrschaft und Regierung nicht, denn nicht die Schlüssel eines irdischen Reiches, sondern nur die des Himmelreiches habe er von Gott empfangen.

Etwa 40 Jahre später begannen die großen politisch=religiösen Bewegungen in Italien, die Bestrebungen der Arnoldisten in Rom, welche die Verfügung über die Kaiserwürde in die Hände eines Volkshaufens zu Rom legen wollten, eines häufig durch zuströmendes Landvolk vergrößerten Stadtpöbels, der die ächten Römer und Erben des alten Römerreiches repräsentiren sollte. Daran reihten sich dann die

---

chiesa di Napoli 1847, p. 212. Die Chronik scheint aus dem Ende des 12. oder Anfang des 13. Jahrh. zu stammen.

[1] Historiae Farfenses, bei Pertz Monum. XIII, 571.

erften Mißhelligkeiten zwischen dem Hohenstaufen Friedrich I.
und dem päpstlichen Stuhle. Da mußte die constantinische
Schenkung wieder eine bedeutende Rolle spielen. Die päpst=
liche Partei in Rom hatte sich, als eine von dem Brescianer
Arnold aufgewiegelte römische Faktion die Herrschaft über
die Stadt an sich zu reißen im Begriffe war, auf die Schen=
kung berufen, aus der sich ergebe, daß Rom dem Papste
gehöre. Dagegen behauptete nun ein Arnoldist, Wetzel,
in seinem Schreiben an Friedrich vom Jahre 1152: „jene
Lüge und ketzerische Fabel, daß Constantin dem Papste Sil=
vester die kaiserlichen Rechte in der Stadt abgetreten habe,
sei jetzt so aufgedeckt, daß sogar Tagelöhner und Weiber
selbst die Gelehrtesten deshalb zu überführen vermöchten,
und der Papst mit seinen Kardinälen vor Scham sich nicht
zu zeigen getraue [1]). Eugen III. hatte nämlich im Anfange
des Jahres 1150 Rom (zum zweiten Male) verlassen müssen,
und weilte bis zum December 1152 in Segni und Ferentino.
Nun ist es aber merkwürdig, daß die Argumente, mit welchen
der Arnoldist und seine römischen Tagelöhner und Weiber
die Lüge der constantinischen Schenkung so schlagend darzu=
legen verstanden, selbst wieder auf Irrthümern und Fictionen
beruhten. Constantin, sagt Wetzel, ist schon vor Silvester's
Zeit Christ, also getauft gewesen, folglich ist die ganze
Schenkung an Silvester unwahr. Zum Belege dafür wird
eine Stelle aus einem apokryphen, in der pseudoisidorischen
Sammlung befindlichen, auch von Gratian benützten Schreiben
des Papstes Melchiades, der Silvester's Vorgänger gewesen,
angeführt [2]), und wird aus der Historia tripartita (Cassio=
dor's) dargethan, daß Constantin schon vor seinem Einzuge
in Rom Christ gewesen sei [3]).

---

[1]) Ap. Martene, ampl. Coll. II, 556.

[2]) Ein auch unter dem Titel: Libellus de munificentia Constantini viel gebrauchtes Dokument.

[3]) Wetzel beruft sich nicht, wie man erwarten sollte, auf die Taufe
in Nikomedien am Ende des Lebens, welche die Tripartita aus Eusebius

Ungeachtet dieses Widerspruches in Rom selbst ward die Schenkung in dieser Zeit und wohl schon seit Ende des 11. Jahrhunderts zur Grundlage hoher und stets wachsender Ansprüche genommen. Man hatte schon in Gregor's VII. Zeit oder gleich nach ihm unter Urban II. durch Aufnahme der Schenkung in die neuen Rechtssammlungen die Absicht, einen ausgedehnten Gebrauch von ihr zu machen, an den Tag gelegt. Dieß thaten jetzt Anselm von Lucca, der Kardinal Deusdedit und der Compilator der unter dem Namen des Ivo von Chartres bekannten Sammlung [1]). Burchard von Worms dagegen hatte sie in seine zwischen 1012 und 1023 verfaßte Sammlung noch nicht aufgenommen. Besonders auffallend ist bei Anselm die Verwandlung des „oder" in ein vielbedeutendes und weitgreifendes „und". Er hat: quod Const. Imp. Papae concessit coronam et omnem regiam dignitatem in urbe Romana, et Italia, et in partibus occidentalibus. Welche praktische Deutung römische Kleriker diesen letzten Worten zu geben gedachten, ergibt sich aus einer Aeußerung Otto's von Freising. Er, der in seiner zwischen 1143 und 1146 verfaßten Chronik die Aechtheit der Schenkung voraussetzt [2]) und erzählt, wie Constantin, nach Uebergabe der Reichsinsignien an den Papst, nach Byzanz gegangen sei, fügt bei: die römische Kirche behaupte deshalb, die westlichen Reiche seien ihr von Constantin zu eigen übergeben worden, und fordere noch heute Tribut von ihnen, mit Ausnahme der beiden Frankenreiche (d. h. des deutschen und des französischen). Die Vertheidiger des Reiches aber wendeten ein: durch jene Handlung habe Constantin nicht das Reich den Päpsten übergeben, sondern sie nur zu segnenden und betenden Vätern

---

hat; daran hinderte ihn wohl die bei den Römern so tief gewurzelte Vorstellung von der römischen Taufe.

[1]) Die näheren Nachweisungen bei Antonius Augustinus, de Emend. Grat. Opp. ed. Lucens. III, 41 in den Noten.

[2]) Chron. 3, 3 ap. Urstis. I, 80. MG. SS. XX, 196 (IV, 3).

erkoren. Päpstliche Urkunden, in welchen die Entrichtung eines Zinses von ganzen Reichen auf Grund der constantinischen Schenkung gefordert würde, sind indeß meines Wissens (mit Ausnahme der Irland betreffenden) nicht vorhanden. Gerade derjenige Papst, der in solchen Forderungen am weitesten gegangen ist, Gregor VII., hat sich dabei nie auf die Schenkung, sondern auf früher gegen den römischen Stuhl eingegangene Lehensverpflichtungen berufen; und hat auch von Frankreich einen Zins — freilich vergeblich — zu erlangen gesucht[1]). Und doch hat Gregor, wie sich aus seinen Briefen ergibt[2]), die Archive durchforschen lassen, um Urkunden, aus denen eine feudale Abhängigkeit der einzelnen Reiche und Länder von dem römischen Stuhle gefolgert werden könnte, zu entdecken.

Indeß ist doch der neunte Kanon in den Dictatus, die zwar nicht von Hildebrand herrühren*[3]), aber zu seiner Zeit entstanden sind, unverkennbar aus der Schenkung entlehnt: „der Papst allein kann sich der kaiserlichen Insignien bedienen". In diesem Punkte ist nun zwar nie Ernst gemacht worden; die Päpste haben sich nicht Reichsapfel, Scepter und Schwert beigelegt; nur Bonifaz VIII. soll dieß einer Nachricht zufolge einmal am Jubiläumsfeste des Jahres 1300 gethan haben. Wenn aber Constantin wirklich dem Papste Italien und den Occident abgetreten hatte, so schien die Folgerung natürlich und rechtmäßig, daß das Kaiserthum nach seinem ganzen Länderumfange eine Gabe, ein freies Geschenk der Päpste, also, den damals herrschenden Vorstellungen und Einrichtungen gemäß, ein Lehen des römischen Stuhls, der Kaiser der Vasall, der Papst der Lehensherr sei. Und dann mochte, wenn nicht das deutsche Königthum, doch jedenfalls das italienische Königreich mit der lombardischen Krone

---

[1]) Vgl. hier Muratori, Antichità Ital. Firenze 1833, X, 126 sq.
[2]) Epist. 23, lib. 8.
*[3]) Später hat Döllinger das Gegentheil als richtig angenommen.

als päpstliches Lehen gelten. Freilich hatte man damit seit dem Jahre 800, seit der ersten Einsetzung des abendländischen Kaiserthums, einen weiten Weg zurückgelegt. Damals hatte der Papst sich vor dem eben gekrönten Kaiser zur Erde niedergeworfen, und hatte ihn in der Form der den alten Kaisern erwiesenen Huldigung adorirt [1]). Jetzt aber hatte man im lateranischen Palast ein Gemälde angebracht, welches den Kaiser Lothar dem Papste huldigend darstellte, mit Versen, in welchen geradezu gesagt war: der König habe zuerst vor den Thoren Roms die Rechte der Stadt beschworen, sei dann der Vasall (homo) des Papstes geworden, worauf er die Krone als dessen Gabe empfangen [2]). Zugleich hatten manche Römer geäußert: das römische Kaiserthum sowohl als das italienische Königthum hätten die deutschen Könige bisher nur als Geschenk der Päpste besessen [3]). Daher denn jener Sturm des Unwillens, welcher im Jahre 1157 in Deutschland losbrach, als ein Schreiben Hadrian's an Friedrich Rothbart von „beneficia" redete, die er dem Kaiser gewährt habe, oder noch gewähren könne, und deutlich die Kaiser=

---

[1]) Annales Laurissenses, bei Pertz I, 138: Et post laudes ab Apostolico more antiquorum principum adoratus est.

[2]) Radevic. I, 10. Murat. VI, 748. Rahewin, MG. SS. XX, 422 (III, 10).

[3]) Imperium Urbis. Die Kaiserwürde selbst konnte der Papst nicht kraft der constantinischen Schenkung verleihen, die davon nichts enthielt, sondern nur, wie die Römer meinten, als Organ der römischen Respublica und in ihrem Namen, welche sich als die Erbin des alten populus Romanus betrachtete; oder, wie die Vertheidiger der Schenkung wähnten, als Oberhaupt der Stadt Rom, welchem folglich auch das der römischen Respublica ursprünglich inhärirende Recht der Kaiserwahl zukam. War also auch das Kaiserthum selbst kein Lehen des römischen Stuhles (wofür es auch eigentlich nie ausgegeben wurde), so konnte man doch in Rom behaupten: das imperium urbis und das italische Königthum habe der Papst allein, da er Beides von Constantin überkommen, zu verleihen, und wolle es nur als Lehen, mit Vorbehalt seiner Oberhoheit, verleihen; ohne diese beiden Dinge aber gebe es kein Kaiserthum.

krone ſelbſt als ein ſolches beneficium (ein feudum, verſtand
man am kaiſerlichen Hoflager) bezeichnete. Hadrian konnte
ſich leicht rechtfertigen, daß er das Wort im gewöhnlichen,
nicht im ſtaatsrechtlichen Sinne genommen, daß er nur eben
habe ſagen wollen, er ſei es, der dem Kaiſer die Krone auf=
geſetzt habe[1]). Aber in Deutſchland mißtraute man dem
römiſchen Klerus, und blieb die bittere Stimmung, wie ſie
ſelbſt ein dem päpſtlichen Stuhle ſonſt durchaus ergebener
Mann, der Propſt Gerhoh von Reigersberg, damals
in ſcharfen Worten ausſprach. Er meint, der (allerdings
auch auf die conſtantiniſche Schenkung geſtützte) Gebrauch,
daß der Kaiſer dem Papſte die Steigbügel halte, habe die
Römer veranlaßt, ſolche anſtößige Bilder zu malen, in denen
Könige oder Kaiſer als Vaſallen der Päpſte dargeſtellt würden,
womit ſie doch keine andere Frucht erreichten, als die Er=
bitterung und die ſchlimmen Nachreden der weltlichen Fürſten[2]).
Wenn die Päpſte ſich durch die Duldung ſolcher Bilder als
Kaiſer und Herren der Kaiſer gebehrdeten, die Kaiſer zu
ihren Vaſallen machten, ſo heiße das, die von Gott ein=
geſetzte Gewalt zerſtören und der göttlichen Ordnung wider=
ſtehen.

Indeß welchen Sinn und Umfang auch römiſche Kleriker
der vermeintlichen Schenkung geben, was auch die neuen
Rechtsſammlungen darüber enthalten mochten: die Geſchicht=
ſchreiber dieſer und der folgenden Zeit pflegten die Schenkung,
wenn ſie ihrer überhaupt gedachten, vorſichtig in ziemlich enge
Schranken einzuſchließen. Sicard von Cremona gedenkt
der fabelhaften Taufe Conſtantin's ſehr ausführlich[3]), führt
aber aus der Schenkung blos dieß an, daß der Kaiſer
dem Silveſter „Regalien" gegeben, und die Unterwerfung

---

[1]) Per hoc vocabulum, „contulimus", nil, aliud intelleximus
quam „impoſuimus".

[2]) Des Propſtes Gerhoh v. R. Abhandlung: de inveſtigatione
Antichriſti, herausg. v. Stülz. Wien 1858, S. 54. 56.

[3]) Muratori. VII, 554.

aller Bischöfe unter den Papst verfügt habe, ohne sich näher
über die Natur dieser Regalien zu erklären. Romuald
von Salerno kennt und erwähnt blos dieses kirchliche
Privilegium [1]). Robert Abolant beschränkt sich auf die
bloße Erwähnung eines von Constantin den Päpsten hinter=
lassenen Privilegiums ohne alle nähere Angabe [2]). Hundert
Jahre später führt ein so ganz päpstlicher Geschichtschreiber,
wie Tolomeo von Lucca, nur dieß aus der Schenkung
an, daß der Kaiser gewissen römischen Klerikern (den nach=
herigen Karbinälen) die Rechte und Vorzüge des römischen
Senats verliehen habe [3]). Und während von den päpstlichen
Biographen Bernard Guidonis völlig über die Schenkung
schweigt, ist es die Herrschaft über die Stadt Rom und die
Verleihung der kaiserlichen Insignien, was Amalrich
Augerii allein daraus anführt [4]). Dagegen läßt der Spanier
Lucas B. von Tuy (um 1236) die Herrschaft über Italien
(regnum Italiae) dem Papste verliehen werden [5]). Sein
Zeitgenosse, der Belgier Balduin, Mönch im Kloster Ninnove,
beschränkt wieder Constantin's Vergabung auf die Herrschaft
über Rom [6]).

Um so merkwürdiger ist daher die Erörterung, auf
welche am Ende des 12. Jahrhunderts ein Mann, der ge=
wissermaßen beiden Nationen angehörte, sich einließ. Got=
fried, ein in Bamberg gebildeter Deutscher, Kaplan und
Notar der drei hohenstaufischen Herrscher, Konrad's, Fried=
rich's und Heinrich's VI., der zuletzt als Kanonikus in Viterbo
lebte, meint in seinem, dem Papste Urban III. 1186 ge=
widmeten „Pantheon" [7]): Um der Kirche größere Ruhe zu

---

[1]) Muratori, VII, 79.
[2]) Chronologia. Trecis 1609, p. 49.
[3]) Hist. eccl. 5, 3. 4 bei Muratori XI, 825.
[4]) Ap. Eccard. II, 1665.
[5]) Corpus chronicorum Flandriae, ed. de Smet. II, 613.
[6]) Chronicon mundi, ap. Schotti Hispan. illustr. IV, 36.
[7]) Ap. Pistor. II, 268. MG. SS. XXII. 176 (als Add. B, C, D).

gewähren, sei Conftantin mit seinem ganzen Pomp nach Byzanz zu den Griechen gezogen, und habe dem Papste die Regalien, und kraft derselben, wie es scheine, Rom, Italien und Gallien geschenkt. (Zum ersten Male wird Gallien aus= drücklich als in der Schenkung begriffen genannt.) Hierauf läßt er die „Gönner des Reiches", und die „Vertheidiger der Kirche" ihre Gründe für und wider vorbringen. Jene mahnen an die geschichtlichen Thatsachen, wie Conftantin sein Reich unter seinen Söhnen getheilt habe, und an die be= kannten biblischen Stellen. Diese aber erwidern: in der Thatsache der Schenkung sei der göttliche Wille ausgesprochen, und daß Gott seine Kirche in den Irrthum eines unberech= tigten Besitzes habe fallen lassen, sei nicht anzunehmen. Er selbst aber wagt nicht zu entscheiden; er überlasse die Lösung dieser Frage den vorgesetzten Gewalten.

In den Otia imperialia (Mußestunden), welche Ger= vasius von Tilbury um das Jahr 1211 für den Kaiser Otto IV. schrieb, wird ausgeführt: Conftantin habe die königliche Gewalt über die westlichen Länder dem Silvester verliehen, ohne ihm damit das Reich selbst oder das Kaiser= thum, welches er sich vorbehalten, übertragen zu wollen. Der Gebende aber sei höher als der Empfangende, und die königliche und kaiserliche Gewalt sei unmittelbar von Gott. Gott, sagt er, ist der Urheber des Kaiserthums, der Kaiser aber der Urheber der päpstlichen Herrlichkeit [1].

Im Ganzen war indeß das Ansehen der Schenkung seit Ende des 12. Jahrhunderts im Steigen begriffen und be= festigte sich der Glaube an dieselbe und an den weiten Länderumfang, den Conftantin ihr gegeben habe. Gratian selbst hatte sie nicht in sein Dekret aufgenommen, aber sie ward bald als „palea" eingerückt [2] und fand hiemit Ein=

---

[1] Ap. Leibnit. SS. Brunsvic. I, 882.

[2] Jedoch mit dem mäßigeren Ausdruck: Italiam seu occiden-tales regiones, nicht mit dem gränzenlosen et des Anselmus.

gang in allen Schulen des kanonischen Rechts, so daß von
nun an die Juristen die wirksamsten Verbreiter und Vertheidiger der Fiktion wurden. Auch die Sprache der Päpste
wurde von jetzt an zuversichtlicher. Omne regnum Occidentis
ei (Silvestro) tradidit et dimisit, sagt Innocenz III.[1]).
Die Consequenzen daraus zog Gregor IX. in einer alles
Bisherige überbietenden Weise, als er dem furchtbarsten und
gewandtesten Gegner, der je dem römischen Stuhle entgegen-
getreten, dem Kaiser Friedrich II., vorhielt: Constantin habe
mit den kaiserlichen Insignien Rom mit seinem Ducatus und
das Imperium der Sorge der Päpste für immer überlassen. Darauf haben diese, ohne von der Substanz ihrer
Jurisdiktion etwas zu vermindern, das Tribunal des Kaiserthums errichtet, es auf die Deutschen übertragen und pflegen
die Gewalt des Schwertes den Kaisern in der Krönung zu
bewilligen[2]).

Damit war bereits gesagt, daß die kaiserliche Autorität
nur durch die Päpste geschaffen sei, durch diese nach Gutdünken beschränkt oder erweitert werden, und daß der Papst
jeden Kaiser über den Gebrauch der ihm geliehenen Gewalt
zur Rechenschaft ziehen könne. Aber die höchste Sprosse der
Leiter war damit noch nicht erklommen. Dieß geschah erst
durch Gregor's Nachfolger Innocenz IV., als die Absetzung
Friedrich's auf der Synode zu Lyon erfolgt war; wie denn
dieser Papst überhaupt in Steigerung seiner Ansprüche und
Spannung der römischen Autorität über alle seine Vorgänger
hinausschritt. Es ist ein Irrthum, erklärt Innocenz im Jahr
1245, daß Constantin dem römischen Stuhle zuerst weltliche
Gewalt gegeben habe; vielmehr hat Christus selbst dem Petrus
und dessen Nachfolgern beide Gewalten, die priesterliche und
die königliche, und die Zügel beider Reiche, des irdischen und
des himmlischen, übergeben. Constantin hat also nur eine

---

[1]) Sermo de s. Sylvestro; Opera, Venetiis 1578, I, 97.
[2]) Ap. Raynald. ad a. 1236, 24. p. 481, ed. Rom.

unrechtmäßig besessene Gewalt in die Hände der legitimen
Besitzerin, der Kirche, niedergelegt, und sie von dieser zurück=
erhalten [1]).

Es währte doch noch ein halbes Jahrhundert, bis auch
die Theologen sich fanden, die diese neue Doctrin in regel=
rechte Form brachten und mit dem herkömmlichen scholasti=
schen, in solchen Fällen sehr elastischen Apparat ausstatteten.
Unter dem Einflusse der Ereignisse, die sich gegen Ende des
13. Jahrhunderts zutrugen, und des Geistes, in welchem ein
Martin IV. und ein Bonifacius VIII. walteten, gestaltete
sich auch der Gebrauch, der von der constantinischen Schenkung
gemacht wurde, verschieden. Der Dominikaner Tolomeo von
Lucca, Verfasser der zwei letzten Bücher des Werkes: De
Regimine Principum, dessen beide ersten von Thomas von
Aquin sind, deutete, weiter als die früheren gehend [2]), die
Schenkung in eine förmliche Abbankung Constantin's zu Gun=
sten Silvester's um [3]), und noch andere theils unrichtige, theils
mißverstandene historische Thatsachen daran anknüpfend, zog
er daraus den Schluß, daß alle Fürstengewalt ihre Kraft
und Wirksamkeit nur von der geistlichen der Päpste habe.
Man blieb nicht auf halbem Wege stehen, und gleich darauf,

---

[1]) Cod. epist. Vatican. 4957, 49. Codex Vindobon. philol. 61.
f. 70—305 f. 83. Bei Raumer, Gesch. der Hohenstaufen, IV, 178
(erster Ausg.), der auch die latein. Worte anführt. Das Dokument
(Potthast Reg. 11848) war in den nächsten Jahrhunderten nicht be=
kannt, wohl aber dieß, daß Innocenz IV. eine solche Behauptung darin
aufgestellt habe, denn Alvaro Pelayo sagt (de Planctu ecclesiae
1, 43, um d. J. 1350): Collatio autem Constantini potius fuit cessio
quam collatio; sic etiam fertur Innocentius IV. dixisse imperatori
Frederico, quem deposuit.

[2]) Sie sind nach dem J. 1298 geschrieben, da die Tödtung Adolf's
von Nassau durch Albert als ein damals geschehenes Ereigniß erwähnt
wird.

[3]) Primo quidem de Constantino apparet, qui Silvestro in
imperio cessit. De Regimine principum. 3, 10. Opuscula Thomae
Aquin. Lugd. 1562, p. 232.

im Kampfe Bonifacius' VIII. mit Philipp von Frankreich, zog der Augustiner Aegidius Colonna aus Rom, den der Papst zum Erzbischof von Bourges ernannt hatte, die Consequenzen in einem seinem Gönner gewidmeten Werke mit aller Offenheit [1]. Dieselbe Bahn wandelten dann gegen die Mitte des Jahrhunderts zwei päpstliche Hoftheologen, Agostino Trionfo und Alvaro Pelayo, jener ein italienischer, dieser ein spanischer Minorit. Diese Theorie, auf den kürzesten Ausdruck gebracht, lautete: Christus ist Herr des ganzen Erdkreises gewesen; bei seinem Hingange hat er diese Herrschaft seinen Stellvertretern, Petrus und dessen Nachfolgern, hinterlassen. Also liegt die Fülle der geistlichen und zeitlichen Gewalt und Herrschaft, die Gesammtheit aller Rechte und Befugnisse in den Händen des Papstes. Jeder, auch der mächtigste Monarch, vermag und besitzt nur so viel, als der Papst ihm übertragen hat oder ihm zu belassen für gut findet. Trionfo sagt ohne Rückhalt: Wenn ein Kaiser, wie Constantin, dem Silvester zeitliche Besitzungen gegeben habe, so sei das nur eine Restitution des ungerechter und tyrannischer Weise Geraubten gewesen [2].

---

[1] Wenn die Schrift De utraque potestate, die bei Goldast, Monarchia, t. II steht, von Aegidius herrührte, so würde derselbe, im Interesse des Königs Philipp, sich zu ganz entgegengesetzten Grundsätzen bekannt haben. Da aber Aegidius als Erzbischof von Bourges sich unter den Prälaten befand, welche gegen des Königs Willen zu dem von Bonifaz berufenen Concil nach Rom giengen und deshalb mit Confiscation bestraft wurden, so ist mit Sicherheit anzunehmen, daß jene Schrift nicht von ihm verfaßt sei. In dem ächten, noch ungedruckten Werke, dessen wesentlichen Inhalt Charles Jourdain, Un ouvrage inédit de Gilles de Rome, Paris 1858, mitgetheilt hat, sagt Aegidius mit dürren Worten: Patet quod omnia temporalia sunt sub dominio Ecclesiae collocata, et si non de facto, quoniam multi forte huic juri rebellantur, de jure tamen et ex debito temporalia summo pontifici sunt subjecta a quo jure et a quo debito nullatenus possunt absolvi. p. 13. — *Ueber die Schrift s. auch Riezler, Die literar. Widersacher der Päpste z. Z. Ludwig des Baiers S. 139 ff.

[2] Summa de ecclesia 94, 1.

Diese Theorie, den früheren Päpsten und der ganzen Christenheit völlig unbekannt, ist zunächst ersonnen worden, um den Einwürfen gegen die constantinische Schenkung zu begegnen. Denn es fehlte nicht an Stimmen, welche behaupteten: Constantin habe eine solche selbstmörderische, dem Reiche verderbliche Schenkung nicht machen können; ein Kaiser dürfe das Reich nicht zerreißen, da dieß in absolutem Widerspruche mit seinem Amte stehe [1]).

Der französische Advocat Petrus Dubois zu Coutances äußerte in seinem Gutachten über die Bulle Bonifacius' VIII. an Philipp: die Schenkung sei von Anbeginn an rechtlich ungültig; alle Rechtsgelehrten behaupteten dieß einmüthig, nur die sehr lange Verjährung verleihe ihr gegenwärtig einen rechtlichen Bestand [2]).

Gleichzeitig bestritt der Dominikaner Johannes Quidort von Paris, Magister der dortigen theologischen Fakultät (st. 1306), in seinem Buche „von der königlichen und päpstlichen Gewalt" die constantinische Schenkung, da, nach der Behauptung der Rechtsgelehrten, der Kaiser (als semper Augustus) das Reich nur mehren, nicht mindern dürfe, vielmehr eine solche Verstümmelung des Reiches, dessen Administrator er nur sei, als ungültig von jedem Nachfolger umgestoßen werden könne [3]).

Seitdem das harmonische Verhältniß zwischen dem Kaiserthum und dem Papstthum zerrüttet war, seitdem ein Conflikt der beiden Gewalten nach dem andern mit einer Art von innerer Nothwendigkeit entstand und das Uebergehen des Papstthums in französische Hände die Wiederherstellung des richtigen Verhältnisses unmöglich machte — also seit dem Tode Friedrich's II. bis zum Tode Ludwig's des Bayern

---

[1]) Näher ausgeführt z. B. von Dante, De Monarchia 3, 10. Opere minori, ed. di Fraticelli, Firenze 1857, II, 460.
[2]) Ap. Dupuy, Hist. du Differend Preuves p. 46.
[3]) Fratris Joh. de Parisiis tract. de Potestate reg. et pap. in Schardii Coll. de Jurisdictione imp. p. 208 sq.

(1250—1346) — ward die constantinische Schenkung in den
gewechselten Denkschriften, Gutachten und Apologien, die sich
auf den Kampf beziehen, vielfach besprochen. Die Vertheidiger
der Kaisersache pflegten mit Beziehung auf die herrschende
Ansicht der Civilrechtslehrer die Schenkung kurzweg für ungültig oder antiquirt zu erklären [1]). Einer der gewandtesten
und scharffinnigsten Streiter für die Kaisergewalt, der Minorit
Marfiglio von Padua,⸱ weiß nicht recht, wie er daran
ist: „Einige sagen, daß Constantin dem Papste das Privilegium ausgestellt habe,“ drückt er sich aus; meint aber dann,
man habe auf päpstlicher Seite, weil die Urkunde doch nicht
klar und umfassend genug, oder wieder erloschen, oder nie
rechtsgültig gewesen sei, die ganz neue Theorie von der
universalen, unmittelbar von Christus dem Gottmenschen ab-
geleiteten geistlichen und weltlichen Gewalt ersonnen [2]). Eben
diesem Manne war aber die constantinische Schenkung wieder
eine willkommene Waffe wider den Primat des römischen
Stuhls überhaupt, denn aus ihr ließ sich ganz bequem der
Schluß ziehen, daß selbst die kirchliche Obergewalt des Papstes
über alle anderen Kirchen und Bischöfe nur auf der Verleihung des Kaisers, also auf blos menschlichem, vergäng-
lichem und in solchen Dingen eigentlich kraftlosem Rechte
beruhe. Marsiglio wußte diese Blöße geschickt zu benützen [3]).

Bezüglich des wirklichen Umfangs der Schenkung herrschte
auch im 13. und 14. Jahrhundert noch dieselbe Ungewißheit
und Willkühr in den Bestimmungen wie früher. In der
Dekretale des P. Nikolaus III. wird, dem speciellen Zweck
dieses Dokuments gemäß, blos der Uebergabe Roms an die
Päpste durch Constantin gedacht [4]). Clemens V. ließ in der

---

[1]) So der Verf. des Bedenkens: Ob der Papst dem Kaiser Heinrich VII. einen Waffenstillstand habe auferlegen können, bei Doenniges,
Acta Henrici VII. II, 158.

[2]) Defensor pacis. Heidelberg 1599. p. 101.

[3]) l. c. p. 203.

[4]) In 6to, I. 6, 17.

Eidesformel, die Kaiser Heinrich VII. 1312 vor seiner Krö=
nung ablegen mußte, diesen Monarchen beschwören, daß er
alle Rechte, welche die Kaiser, und zwar zuerst Constantin,
der römischen Kirche bewilligt hätten, schützen und erhalten
wolle, ohne jedoch anzugeben, worin denn diese Rechte be=
stünden [1]). Johann XXII. gedenkt blos im Vorbeigehen, in
seiner Widerlegung des Marsiglio von Pabua im Jahr 1327,
der Thatsache, daß Constantin den Kaisersitz an Silvester
überlassen habe, mit Anführung der Worte aus der Schen=
kung [2]). Der älteste (oder zweitälteste) Erklärer Dante's, der
Compilator des „Ottimo Commento", der im Jahr 1333 schrieb,
begnügt sich mit der unklaren Angabe, daß Constantin dem
Silvester „alle Würden des Kaiserthums" übergeben habe [3]).

Der Verfasser des im Jahr 1375 geschriebenen Com=
mentars über Dante meinte ganz einfach: gerade das, was
der Papst bis auf den heutigen Tag besitze, das habe Con=
stantin dem Papste und der Kirche geschenkt [4]), wogegen ein
späterer Erklärer, Guiniforto belli Bargigi, nur „das
Patrimonium in Toscana, in der Nähe von Rom" darin
begriffen wissen will [5]).

Rudolf oder Pandulf Colonna [6]), Canonicus zu

---

[1]) Clementin. 9, de jurej. — *Aehnlich schon der Eid, den Gre=
gor VII. von König Rudolf verlangte, Greg. Registr. VIII, 26 (IX, 3).

[2]) Ap. Raynald. a. 1327, 31.

[3]) L'Ottimo Commento della divina Commedia. Pisa 1827.
I, 355. So sagt auch Petrus Aureoli um 1316, Honor imperii
translatus est in personam Silvestri et in Rom. ecclesiam. Aurea
Scripturae Elucidatio. Venetiis s. a. f. 89.

[4]) Chiose sopra Dante, testo inedito. Firenze 1846, p. 161.

[5]) Lo Inferno, col comento di G. d. B. pubbl. da G. Zache-
roni. Firenze 1838, p. 456.

[6]) Nicht Raoul de Coloumelle, Canonicus zu Chartres, wie die
Histoire littéraire de la France, XXI, 151, ihn aufführt. Sie be=
merkt selbst, daß der Verf. in zwei Handschriften seines Büchleins Canonicus Senensis und nur in einer Canonicus Carnotensis genannt
werde. Ein Franzose würde über die translatio imperii a Francis ad

Siena, und wahrscheinlich geborener Römer, gibt im 14. Jahr=
hundert der Schenkung wieder den weitesten Umfang: sie
begreift „Rom, Italien und alle westlichen Reiche" [1]). Selbst
Nicolaus von Clamenge meint ganz unbefangen: Constantin
habe der römischen Kirche das abendländische Kaiserreich
verliehen und die Karbinäle zu Senatoren desselben be=
stimmt [2]).

In Frankreich trachtete man, sich gegen die Folgerungen,
welche aus der Größe der den ganzen Occident umfassenden
Schenkung gezogen wurden, oder gezogen werden könnten,
sicher zu stellen. Der Pariser Theologe Jacob Almain will
daher barthun, daß Constantin einmal ohne Zustimmung des
Volkes [3]) das Reich nicht auf den Papst habe übertragen
können, und zweitens, daß jedenfalls das gallische Reich nicht
mit habe begriffen werden können, da die Römer nie legitime
Herren von Gallien gewesen seien und das gallische Volk
niemals frei zur Unterwerfung unter die römische Herrschaft
zugestimmt habe. Er scheint keine Ahnung davon gehabt zu
haben, bis zu welchem Grade sich die celtische Bevölkerung
Galliens habe romanisiren lassen. Uebrigens behauptet Al=
main: es sei überhaupt die gemeine Lehre der Doktoren,
daß Constantin dem Reiche nicht wirklich entsagt habe [4]).

Germanos sich anders geäußert, und nicht so einfach gesagt haben: Regnum mundi translatum est ad Germanos vel Teutonicos, p. 297.
Die ganze historische Auffassung geht von dem Standpunkte eines rö=
mischen Klerikers aus, und als solcher gibt der Verf. sich auch wohl
durch die Notiz zu erkennen, daß Papst Hadrian de regione Viaelatae
gebürtig gewesen sei, p. 292. Rudolf hat übrigens den Marsilius von
Padua abgeschrieben, oder dieser ihn, man vgl. bei Schardius p. 287
u. p. 226. — *Nach Riezler S. 172 hieße er Landulfus de Columna.
Ebenda S. 174 weist R. nach, daß Colonna die Priorität zukomme.

[1]) De translatione imperii, bei Schard. p. 286.

[2]) De annatis non solvendis. Opera, ed. Lydius p. 92.

[3]) Contradicente populo occidentali. Ap. Gerson, Opp. II,
971. cf. p. 1063.

[4]) Quod resignaverit imperium occidentale, nunquam legitur.
Merkwürdig, wie unsicher man doch noch in so später Zeit (Almain

Recht eingehend beschäftigt sich noch im 14. Jahrhundert Lupold von Bebenburg in seiner dem Erzbischof Balduin von Trier (1307—1354) gewidmeten Schrift: „Vom römischen Reiche", mit der Schenkung, indem er die Frage, ob der römische König dem päpstlichen Stuhle den Vasalleneib zu schwören habe, erörtert[1]). Es handelt sich dabei um nichts Geringeres für ihn, als um die Entscheidung der großen Frage: ob denn der Papst wirklich Oberlehensherr des deutschen Kaiserreiches und Inhaber des dominium directum sei, so daß dem Kaiser in allen Ländern des Reiches nur das dominium utile zukomme. Wir begegnen da wieder den verschiedenen Meinungen über Kraft oder Ungültigkeit der Schenkung, wobei Lupold bemerkt: alle Kanonisten pflegten zu behaupten, daß die Schenkung rechtskräftig und unwiderruflich sei. Dann müßten aber auch die anderen Reiche des Occidents in demselben Verhältnisse des Vasallenthums zum Papste stehen. Lupold ist indeß scharfsichtig genug, das Ungeschichtliche der ganzen Fiktion zu durchschauen; er weiß, daß die Kaiser nach Constantin ebenso wie vor ihm über den Occident geherrscht haben, und er hat in den kirchlichen Rechtsbüchern selbst Stellen entdeckt, die blos von dem Uebergehen der Stadt Rom an die Päpste reden. Zuletzt wagt er aber — so mächtig war damals noch der Glaube an die Schenkung — doch nicht zu entscheiden und will die Sache den höheren Mächten anheimstellen.

Vom rechtlichen Standpunkte aus blieb die Sache nach wie vor streitig. Man konnte sich doch nicht recht erklären, wie Constantin als Wahlkaiser — denn wie die deutschen Kaiser, so, meinte man, seien auch die altrömischen Wahl-

schrieb um d. J. 1510) über eine so klare Sache war. Bedenkt man, auf welcher Höhe historischer Einsicht Einzelne doch schon im 12. Jahrhundert standen, so möchte man fast sagen: Drei Jahrhunderte lang seien in dieser Richtung, und was das geschichtliche Verständniß betrifft, mehr Rückschritte als Fortschritte gemacht worden.

[1]) Ap. Schard. p. 391.

kaiser gewesen — die Hälfte des Reiches habe verschenken
können. In einer, so viel ich weiß, ungedruckten Schrift,
die zur Zeit Ludwig's des Bayern und aus Anlaß seiner
Streitigkeiten geschrieben scheint [1]), wird die Frage erörtert,
ob der Kaiser kraft seiner Wahl bereits und gleich nach
derselben das ganze Reich verwalten könne, oder ob er dazu
der Ermächtigung durch den Papst bedürfe. In Folge der
constantinischen Schenkung, sagt der Verfasser, würde freilich
die ganze Jurisdiktion des Kaisers von der Bestätigung des
Papstes abhängen; dagegen aber spreche, daß die Rechte und
Bestandtheile des Reiches nicht so eigenmächtig, ohne Zustim=
mung der Fürsten und Barone und der hohen Würdenträger
veräußert werden könnten [2]).

Dagegen wird die Schenkung noch gegen Ende des
15. Jahrhunderts von dem Straßburger Pfarrer Johann
Hug von Schlettstadt vertheidigt in seiner „Wagenfuhr der
heiligen Kirche und des römischen Reichs", die er dem Kar=
dinal Raymund von Gurk (1493—1505) gewidmet hat.
Accursius, sagt er, habe die Gabe wegen ihrer Ueber=
mäßigkeit für unkräftig erklärt, aber Johannes Teuto=
nicus, der Glossator des (gratianischen) Dekrets, habe ihre
unabänderliche Kraft aus der Clementine (welche die Schen=
kung in den kaiserlichen Eid eingerückt hat) nachgewiesen*[3]).

---

[1]) Brevis Tractatus de jurisdictione imperii et auctoritate
summi Pontificis circa imperium. Cod. lat. 5832 der Münchner
Staatsbibliothek f. 121 ff. — *Vgl. Riezler S. 302.

[2]) Sed contra hoc est, quod jura imperii alienari non possunt, quum sint bona reipublicae, que sine publicis officialibus
dispensari non possunt, ut sunt principes et barones et quorum
interest assistere ministerio imperiali aulae diversorum apicum.
f. 123.

*[3]) Turrecremata, tractat. not. p. 31 ff., erklärt noch während
des Basler Concils die Schenkung: wie es zu verstehen sei, daß Con=
stantin und andere Kaiser der römischen Kirche den Principat übertrugen,
und wie die donatio, nämlich als cessio, aufzufassen sei. Nach ihm
behielt Constantin den Orient nur, weil es Silvester so haben wollte.

Eine eigenthümliche Erweiterung haben die deutschen Rechtsbücher der Schenkung Constantin's gegeben, indem sie behaupten: Constantin habe dem Silvester den weltlichen (oder Königs=) Bann bis auf 60 Schillinge verliehen: „damit zu zwingen alle jene, die sich nicht bessern wollen mit dem Leibe, daß man sie dazu zwinge mit dem Gute" [1]). Dieß ist eine specifisch deutsche, den romanischen Nationen unbekannte Erfindung. Der Sinn ist dieser: In Folge der Sendgerichte mit ihrem weiten und unbestimmten Wirkungs= kreise war es in Deutschland Gebrauch geworden, daß die geistlichen Richter für mancherlei Vergehen, die zum Theil ganz dem bürgerlichen Gebiete angehörten, Geldstrafen auf= erlegten und selbst erhoben — ein Mißbrauch, den schon Alexander III. im Jahre 1180, doch vergeblich, verboten hatte. Da man nun einen Rechtstitel für diese abnorme Sitte bedurfte, und keinen fand, so mußte auch hiefür die constantinische Schenkung, diese geräumige und unerschöpfliche Schatzkammer, aus der man nach Bedürfniß politische und bürgerliche Befugnisse herausziehen konnte, sich gebrauchen lassen [2]).

In den Vorstellungen des Volkes und der Laien über= haupt hatte unterdeß die constantinische Schenkung eine an= dere, noch weiter greifende Bedeutung erlangt. Im ganzen späteren Mittelalter sehen wir eine doppelte und ganz ent= gegengesetzte Strömung vorwalten: einerseits das Streben,

---

[1]) Sachsenspiegel, v. Homeyer, I, 238. (3, 63). Das Rechtsbuch nach Distinctionen, herausgegeben von Ortloff, S. 325 (6, 16). Schwabenspiegel, bei Senckenberg, Corp. jur. Germ. II, 10.

[2]) Die Kardinäle d'Ailly und Zabarella führten auf dem Constanzer Concil über diese fiskalische Ausbeutung der Sendgerichte von Seite der Bischöfe und ihrer Officiale Beschwerde, und verlangten, daß da= gegen Vorkehr getroffen würde (ap. v. d. Hardt, Concil. Const. I, p. 8, p. 421 und p. 9, p. 524). Allein das Unwesen blieb in Deutsch= land und trug nicht wenig zu der allgemeinen Erbitterung gegen die Hierarchie und den Klerus bei, wie man unter andern aus den Grava= mina nationis Germanicae c. 64, vom Jahre 1522 erkennt.

die Kirche mit ansehnlichen Schenkungen auszustatten, ihr die breite Unterlage eines umfassenden Güterbesitzes zu verschaffen und die Zahl und den Wohlstand der von kirchlichen Stiftungen lebenden Geistlichen zu erhöhen. Dicht daneben aber steht die schon seit dem 12. Jahrhundert sich Bahn brechende Ansicht, daß der große Besitz, die reichen Einkünfte der Kirche ein schweres Uebel, die Quelle fast aller Mißbräuche, die Ursache einer sittlichen Verschlechterung der Geistlichen seien. Diese Ansicht nahm allmälig eine für den Klerus bedenkliche und drohende Gestalt an, als sich die Vorstellung daraus entwickelte: ursprünglich seien die Geistlichen arm gewesen, hätten nur von freiwilligen Gaben gelebt und seien grundsätzlich arm geblieben, bis Constantin durch seine Schenkung der bisherigen Armuth, zunächst in Rom, ein Ende gemacht, Papst Silvester durch die Annahme derselben ein vom Klerus überall begierig nachgeahmtes Beispiel gegeben habe, und damit dem Klerus das Streben nach Gewinn und Reichthümern unausrottbar eingepflanzt worden sei. Mehr und mehr galten die kirchlichen Reichthümer für das große, aller klerikalen Reform entgegenstehende Hinderniß. Die Sektirer, welche seit der Mitte des 12. Jahrhunderts sich in Italien, Frankreich, Deutschland zahlreich und mannigfach gestalteten, knüpften an diese Vorstellung an, oder nährten und verbreiteten sie emsig. Sie ging endlich förmlich in die öffentliche Meinung über.

Gerade dieß hat der fabelhaften Schenkung Constantin's so allgemeinen Eingang verschafft, daß die Fiktion so ganz dem Sinn und Bedürfniß des Volkes in jener Zeit entsprach. Das Mittelalter mit seinem Triebe, für Zustände, welche sich allmälig und langsam entwickelt hatten, eine bestimmte Persönlichkeit und eine einmalige schöpferische That derselben sich zu denken, konnte die Thatsache, daß die früher ganz arme Kirche allmälig reich geworden sei, nicht anders sich zurechtlegen, als indem es sich vorstellte: dieser Uebergang sei ein momentaner gewesen; die gestern noch völlig besitz-

lose Kirche sei plötzlich durch die beiden Häupter, den kaiser=
lichen Geber und den die Gabe annehmenden Papst, zur
Fülle irdischer Güter gelangt. Und damit, meinten Un=
zählige, sei die bisher verschlossene Pandorabüchse für die
Kirche geöffnet worden, und alle Uebel, an denen sie leide,
seien auf diese Wurzel des Unheils zurückzuführen [1]). Auch
Männer, die auf der Höhe ihrer Zeit standen, sahen sich die
Sache so an, und kleideten den Schmerz über die Gebrechen
der Kirche, die Ausartung des Klerus und die endlosen Con=
flikte zwischen geistlicher und weltlicher Gewalt in die Klage
über Constantin's wohlgemeinte, aber übel gerathene Freigebig=
keit. So zwei Zeitgenossen, deren Urtheile sich vielfach be=
rühren: Dante [2]) und Ottokar von Horneck. Jener be=
klagt zunächst Habgier und Simonie als die unselige Frucht
jener Schenkung, dieser aber meint: Constantin habe den
Pfaffen zu der Stola das Schwert gegeben, das sie doch
nicht zu führen verständen, und habe die Macht des Kaiser=
thums gebrochen [3]).

Diese Ansicht nun, daß mit der Schenkung das Ver=
derben in die Kirche eingezogen sei, gestaltete sich in der
sagendichtenden Zeit zu einer Begebenheit. Ein Engel hatte
vom Himmel herab die Worte gerufen: „Wehe! Wehe!
Heute ist der Kirche Gift eingeträufelt worden." Die Sage
findet sich schon im Anfange des 13. Jahrhunderts bei
Walther von der Vogelweide. „Der Engel hat uns
wahr gesagt," meint dieser Dichter, denkt aber dabei zunächst

---

[1]) Mit welcher Naivetät auch Geistliche und Geschichtschreiber
noch gegen Ausgang des Mittelalters sich ganz auf den Standpunkt der
volksmäßigen Vorstellung stellten, zeigt folgende Stelle des Mönches
Bernhard Witte (um 1510) in seiner Historia Westphaliae,
Monast. 1778, p. 61: Silvestro pontificante — — ecclesiarum
Praelati. qui hactenus in paupertate vixerunt,¹ imo nihil habentes
et omnia possidentes, possessiones habere inceperunt.

[2]) Inf. 19, 115—117.

[3]) Cap. 448, bei Pez, III, 446.

an die Schwächung des Kaiserthums, die ihm als die schlimme
Frucht der Schenkung erscheint:

> „alle vürsten lebent nû mit éren,
> wan der höhste ist gesmachet.
> daz hat der pfaffen wal gemachet."

So auch der Straßburger Chronist Königshofen: „da
ward eine Stimme gehört über alles Rom, die sprach:
Heute ist die Galle und die Vergiftung gegossen in die
heilige Christenheit. Und wisset, daß das ist noch eine Wurzel
und eine Grundfeste alles Krieges zwischen den Päpsten und
den Kaisern" [1].

Auch den Minoriten Johann von Winterthur bewog
der Anblick des Unheils, welches der Haber zwischen Ludwig
dem Bayern und den französischen Päpsten gestiftet hatte,
zu der Klage: in dieser Zeit sehe man recht deutlich, wie
wahr der Engel gesagt habe, daß durch jene wohlgemeinte,
aber in ihren Folgen so unselige reichliche Dotation und fette
Beschenkung, welche Constantin verliehen, der Kirche Gift
eingeflößt worden sei [2].

Selbst die Theologen verschmähten es nicht, sich auf die
Stimme des Engels zu berufen. Johannes von Paris
schließt daraus, daß die Schenkung Gott mißfallen habe [3].
Hundert Jahre nach ihm meint Dietrich Brie, Augustiner
zu Osnabrück: freilich sei damals das Gift der Kirche ein-
gegeben worden, aber doch nur durch den Mißbrauch der
Schenkung; denn an sich seien Reichthümer für die Kirche
keineswegs ein Unglück [4]. Zuletzt wurde dieser Ruf des

---

[1] In der Wiener Handschrift: Hist. eccl. 29, fol. 64 (aus dem
13. Jahrhundert) wird als Grund des Engelrufes angegeben: quia
(ecclesia) maior est dignitate, minor religione. Die Erzählung vom
Engel findet sich auch im Chron. Monast. Mellicensis, bei Pez, Scr.
Aust. 1, 182, in der Chronik des Theodor Engelhusen bei Leibnitz, Scr. Brunsvic. II, 1034.

[2] Ap. Eccard. I, 1889.

[3] Ap. Schard., Sylloge p. 210.

[4] Hist. Concil. Const. ap. von der Hardt, I, 111.

Engels zum allgemeinen, selbst in den Mund des Volkes übergegangenen Sprichwort [1]).

Zuerst scheint indeß dieser Engel, der die Vergiftung der Kirche proklamirte, ein gefallener gewesen zu sein. Denn der erste, der das Wunder erzählt, Giralbus Cambrensis (um das Jahr 1180), und dem nach der Versicherung des Bischofs Pecock von Chichester (1450) die anderen Chro= nisten nur nachschrieben, läßt den „alten Feind" die Worte sprechen [2]). Jedenfalls hat sich dieser „Böse" kurz darauf in einen Engel des Lichts verwandelt.

Die Sekten des 12. und 13. Jahrhunderts, namentlich die Katharer und Valdenser, gingen von der Vorstellung aus: jeder Besitz der Kirche sei etwas an sich Verwerfliches, und verdammlich sei es, der Kirche etwas anderes oder mehr als blos freiwillige momentane Gaben für den Lebensunter= halt der Geistlichen zu widmen. Ihnen galt daher die con= stantinische Bereicherung der Kirche als der entscheidende Wendepunkt, welcher das Verderben, ja den völligen Unter= gang derselben herbeigeführt habe. Bis auf Silvester,

---

[1]) Ab omnibus recitatur, tempore quo Constantinus M. in-coepit dotare ecclesiam, audita est vox in aere: Hodie effusum venenum in ecclesia. Jo. Major de pot. Papae. In den Werken Gerson's. II, 1159.

[2]) The oold enemy made thilk voice in the eir. Pecock's Repressor. Ed. by Churchill Babington, London 1860, p. 351. Die Stelle soll sich nach Pecock's Angabe in der Cosmographia Hi-berniae des Giralbus finden. In der gedruckten Topographia Hiber-niae steht sie nicht; vermuthlich aber in der noch ungedruckten Descriptio Mundi desselben Giralbus. — * In der Descriptio Kambriae (Opp. VII, 215) heißt es: Legitur enim, quia Constantinus imperator, occidentali imperio b. Silvestro et successoribus suis cum urbe relicto, Trojam reaedificare proponens, ibique orientalis caput erigere volens, audivit hanc vocem „Vadis reaedificare Sodomam": et statim mutato consilio versus Bizantium vela pariter et vexilla convertit; ibique imperii sui caput constituens, urbem eandem felici suo nomine decoravit.

hieß es, ist die Kirche geblieben, in ihm ist sie abgefallen
und erloschen, indem sie von Constantin Reichthum und welt=
liche Macht annahm, bis sie durch die „Armen von Lyon"
wieder hergestellt wurde [1]). Mit der Armuth endete auch die
Existenz der Kirche; der Besitz ward ein Gift für sie, an
welchem sie starb. Silvester ist also jener von Daniel 8, 24
geweissagte mächtige, freche und hinterlistige König, der das
Volk der Heiligen zu Grunde richtet. Er ist auch der Anti=
christ, der Mensch der Sünde und Sohn des Verderbens,
von welchem Paulus geredet hat [2]). Valdez dagegen, der
Stifter der Armen von Lyon, ist der Elias, der nach dem
Worte Christi (Matth. 17, 11) kommen sollte, um Alles wieder
herzustellen. Später indeß fanden die Valdenser: eine Kirche,
welche 800 Jahre lang, von Silvester bis Valdez, verschwun=
den gewesen, und dann aus nichts wieder in's Dasein gerufen
worden, sei doch ein Unding; sie behaupteten daher: ihre
Sekte oder Kirche habe nicht erst mit Valdez begonnen,
sondern sei schon zu Silvester's Zeit entstanden [3]), und seit
diesem Papste seien alle Geistlichen, und die ihnen folgten,
verdammt [4]). Der Name Leonenses (d. h. von Lyon) gab
dann zu der Dichtung eines Leo als angeblichen Stifters der
Sekte Anlaß. Zu Constantin's Zeit habe sich ein frommer
Mann dieses Namens, „ein Jünger und Mitbruder des
P. Silvester", von dem reich gewordenen Papste getrennt,
um, den Geiz desselben verabscheuend, in freiwilliger Armuth
dem Herrn zu dienen [5]).

Diese Vorstellung, daß völlige Armuth der Geistlichen

---

[1]) Rainer. Sacchoni, in Martene Thesaur., V, 1775. Moneta: Advers. Cathar. et Vald. p. 412.

[2]) Moneta 4, 263.

[3]) Petrus de Pilichdorf: Contra Waldens. Bibl. Patr.
Lugd. XXV, 278.

[4]) De haeresi Paup. de Lugd. ap. Martene. Thes. V, 1779.

[5]) So Conrad Justinger in Bern um 1420 in seiner Berner
Chronik. S. 385.

und Fernhaltung jedes Besitzes zu den Lebensbedingungen
der Kirche gehöre, daß also Constantin und Silvester die
Urheber des kirchlichen Verberbens seien, war damals so
mächtig, so dem Zuge der Zeiten entsprechend, daß sie immer
wieder auftauchte. Auch die Dulcinisten oder Apostel=
brüder im Anfang des 14. Jahrhunderts, die eben auch
die primitive Kirche in ihrer Reinheit, wie sie dieselbe auf=
faßten, verwirklichen wollten, sagten: Silvester ist es, der
dem Satan wieder die Pforten der menschlichen Gesellschaft
und der Kirche geöffnet hat [1]). Dulcin selbst hatte in seinem
ersten Schreiben an die Christenheit den Silvester für den
Engel von Pergamus, „der da wohnet, wo Satans Thron
ist" [2]), erklärt.

Der englische Vorläufer des Protestantismus, Wy=
cliffe, theilte diese Anschauung. Constantin, meinte er, habe
thörichter Weise sich und den Klerus beschädigt, indem er die
Kirche so sehr mit zeitlichen Gütern belastet habe [3]). Im
Trialogus läßt er durch die constantinische Schenkung den
Antichrist erzeugt werden, und leitet den Verfall des römi=
schen Reichs davon ab [4]).

Die Tage der constantinischen Schenkung waren jedoch
gezählt. Noch im Jahre 1443 hatte Enea Silvio de
Piccolomini, später Papst Pius II., damals Sekretär
Friedrich's III., diesem Kaiser die Berufung eines neuen
Conciliums empfohlen, auf welchem unter andern auch die
„viele Geister verwirrende" Frage von der constantinischen
Schenkung auf Friedrich's Antrag zur Entscheidung gebracht

---

[1]) Quando paupertas fuit mutata ab ecclesia per S. Sylvestrum,
tunc sanctitas vitae fuit subtracta ecclesiae et diabolus intravit —
in hunc mundum. So der Dulcinist Petrus von Lucca bei Limborch,
hist. inquis. p. 360.

[2]) Apocal. 2, 13.

[3]) Thomas Waldensis, Doctrin. fidei, ed. Blanciotti, II.
708, führt seine Worte aus seinem Buche de Papa an.

[4]) Tracts and Treatises, ed. Vaughan. 1845, p. 174.

werden solle. Er selbst war offenbar von der Unächtheit
überzeugt, und erwähnt, daß weder bei den alten Historikern,
noch bei „Damasus", d. h. im Papstbuche, sich etwas davon
finde. Diese Unächtheit also sollte von dem Concil aus=
gesprochen werden, und damit verband Enea den Hinter=
gedanken, daß Friedrich wenigstens einen Theil der in der
Schenkung begriffenen Länder als Reichsgut wieder in An=
spruch nehmen, und damit für seine sonst in der Luft
schwebende Kaisergewalt in der Halbinsel eine feste Basis
gewinnen solle [1]).

Fast gleichzeitig erhoben sich nun in der Mitte des
15. Jahrhunderts Reginald Pecock, Bischof von Chichester,
der Kardinal Cusa und Lorenzo Valla, um mit geschicht=
lichen Gründen zu zeigen, daß die Thatsache wie die Urkunde
erdichtet sei. Gegenüber dem unsichern Schwanken Cusa's [2])
ist die quellengemäße Genauigkeit der historischen Untersuchung
bei Pecock bemerkenswerth [3]). In Paris, wo die Scholastik
noch den Scepter führte, war man noch 50 Jahre später
lange nicht so weit, wie Almain zeigt. Valla freilich ging
viel weiter als Pecock und Cusa, ihm kam es darauf an,
den Nachweis zu führen, daß der Papst überhaupt zu dem
Besitze Roms und des Kirchenstaates nicht berechtigt sei, daß
er „tantum Vicarius Christi et non etiam Caesaris" werde.
Seine Schrift war mehr ein rhetorisches Kunstwerk, eine
beredte Declamation — er selber hielt sie für das Meister=
stück seiner Eloquenz — als eine ruhige historische Unter=
suchung [4]). Gleichwohl wurde Valla, nachdem seine Schrift

---

[1]) Pentalogus, bei Pez, Thes. Anecd. IV, p. 3, 679.

[2]) Die Stelle aus seiner Concordantia cathol. ist abgedruckt in
Brown, Fasciculus, I, 157.

[3]) Repressor, p. 361—67.

[4]) Poggiali, Memorie di Lorenzo Valla. Piacenza 1790,
p. 119. — * Gleichwohl wurde noch 1458 in Straßburg der Hussit
Friedr. Reiser aus Schwaben verbrannt, der namentlich auf Grund der
constantinischen Schenkung polemisirte. Er meinte, der Papst sei nicht

bereits allgemein verbreitet war und großes Aufsehen erregt hatte, von dem P. Nikolaus V. nach Rom gerufen, in päpst= liche Dienste genommen, und empfing von diesem Papste wie von Calixtus III. mancherlei Gunstbezeugungen, ohne daß irgend ein Widerruf ihm zugemuthet worden wäre. Die Juristen indeß ließen sich nicht irre machen, und hielten noch gegen hundert Jahre lang an der Fiktion fest [1]). Antoninus, Erzbischof von Florenz, erinnerte, daß das Stück in Gratian's Dekret in den älteren Handschriften der Sammlung noch nicht stehe, bemerkte aber zugleich: die Le= gisten (Lehrer des weltlichen Rechtes) bestritten die rechtliche Kraft der Schenkung, während die Kanonisten und Theologen sie festhielten. Er selber adoptirt die Idee einer auf gött= licher Anordnung beruhenden päpstlichen Universalherrschaft, und sieht demnach in der Schenkung nur eine Restitution [2]). Auch unter den Legisten fehlte es indeß nicht an Vertheidigern des Rechtsbestandes [3]). Vor Allen gehört Bartolo hieher (um 1350), dem ehemals, wie Tiraboschi sagt, fast göttliche Ehren erwiesen wurden. Aber indem er auf das Gebiet, in welchem er und seine Zuhörer sich befänden, hinwies, ließ er seine wahre Meinung errathen [4]). Dagegen meinte Nico= laus Tudeschi, den seine Zeit für den größten aller

höher, als der geringste Laie, und solle keine weltliche Macht besitzen. Er nannte sich selbst: Fridericus dei gratia episcopus fidelium in ecclesia Romana donationem Constantini spernentium.

[1]) Apud Canonistas nulla ambiguitas est, quin perpetua firmi= tate subnixa sit, sagt Petrus von Andlo, De imperio Rom., p. 42, in den Tractatus varii de R. G. imp. regimine, Norimb. 1657.

[2]) Die Stelle aus seiner Pars historialis steht bei Brown, fascic. I, 159. — * Turrecremata, tract. not. p. 31 ebenso.

[3]) Die Juristen hatten sogar im Corpus juris civilis eine Beleg= stelle für die Schenkung entdeckt. Sie lasen nämlich Cod. 5, 27, in einem Gesetze des Kaisers Zeno, unter dem Vorgange Baldo's: Divi Constantini, qui — Romanum minuit imperium, statt munivit.

[4]) Videte, quia nos sumus in terris Ecclesiae, idcirco dico quod illa donatio valeat. In prooem. ff. n. 14.

Kanonisten hielt: wer die Schenkung läugne, sei der Ketzerei
verdächtig [1]). Das meinten auch der Karbinal P. P. Parisius
und der spanische Bischof Arnold Albertinus. Wenn
man die Schenkung für ungültig erkläre, sagt der letztere,
so komme man der Ketzerei schon nahe; wenn man aber be=
haupte, sie habe gar nicht stattgefunden, so sei das noch
schlimmer [2]). Ihm stimmten Antonius Rosellus [3]) und
Ludwig Gomez [4]) bei; und der Karbinal Hieronymus
Albano meinte wenigstens, das seien doch unverschämte
Menschen, die dem unanimis consensus tot ac tantorum
Patrum bezüglich der Schenkung, oder, nach dem Ausbruck
des Petrus Igneus der „tota academia Canonistarum et
Legistarum", dazu auch der Theologenschaar sich nicht fügen
wollten [5]). Nachdem aber einmal Karbinal Baronius die
Unechtheit eingestanden hatte, verstummten diese, kurz vorher
noch so zahlreichen und lauten Stimmen.

Zum Schlusse nur noch die Bemerkung, daß in Folge der
Einbürgerung bei den Griechen die Schenkung in ihrer ganzen
Ausdehung selbst in Rußland Eingang gefunden hat, denn
sie steht in der Kormczaia Kniga, dem Corpus juris
canonici der griechisch=slavischen Kirche, welches im 13. bis
14. Jahrhundert von einem Serben oder Bulgaren aus dem
Griechischen übersetzt wurde [6]).

* Die Jesuiten der Civiltà cattolica sahen in der vor=
stehenden Ausführung Döllinger's „eine so schwere und schimpf=
liche Anklage gegen die römische Kirche", daß sie 1864
Ser. V. t. x., 303 sqq. in einem ausführlichen, 1866 auch
deutsch in Mainz erschienenen, und von Hergenröther nach=

[1]) Consil. 84 n. 2 in cap. per venerabilem, und sonst noch.
Vgl. Francisci Bursati Consilia, Venet. 1572, I, 359.
[2]) De agnoscendis assert. cath. et haer., quaest. 17, n. 14.
[3]) Tract. de potest. Papae, Lugd. s. a. p. 320.
[4]) Bei Bursatus l. c. 360 b.
[5]) Alle diese und viele Andre hat Bursatus l. c. aufgeführt.
[6]) Wiener Jahrbücher der Literatur, Bd. XXIII, 265.

geschriebenen [1]) Artikel darauf antworteten. Es wurde ihnen
um so leichter, da sie „hie und da nicht wenig jenes sichere
Urtheil und jenen kritischen Takt vermissen, ohne welche die
Gelehrsamkeit zur Aufklärung historischer Fragen, besonders
auf so dunklem Gebiete, wie es die Natur der Erdichtung
mit sich bringt, wenig nützt". Alsbald finden sie auch, „was
hier vorausgesetzt wird, ist in der That ganz und gar un=
richtig und in Widerspruch mit der historischen Wahrheit".
Näher führen sie aber aus, daß Döllinger's Beweisführung,
wenn er auch keinen Papst als Mitschuldigen bezeichne, dahin
führe, „daß der Papst, auf welchen der meiste Verdacht fallen
müßte, gerade der von der Kirche als Heiliger verehrte Paul I.
ist, welcher nämlich von 757 bis 767 regierte, also gerade
mitten in der Epoche, innerhalb welcher Döllinger die Schen=
kung verfertigt glaubt". Allein „aus dessen eigenen Angaben,
verglichen mit den Thatsachen und zuverlässigsten historischen
Dokumenten des 8. Jahrhunderts" glauben sie „bis zur
Evidenz nachweisen" zu können, daß die Zeitbestimmung
Döllinger's über die Entstehung der Urkunde (zwischen 754
bis 774) unmöglich sei. Weder unmittelbar nach 754 könne
sie entstanden sein, noch nach 774, welches letztere Döllinger
selbst behaupte. Müsse die Urkunde aber „gerade von jener
Zeit fern gehalten werden, in welcher Döllinger dieselbe allein
wahrscheinlich und selbst einzig für möglich hält," so entstehe
die Frage: wo und wann ist sie also entstanden? Und nun
entwickeln die Jesuiten ihre eigene Ansicht, daß sie nicht in
Rom, sondern im Frankenreich erdichtet worden sei, und zwar
„in der ersten Hälfte des 9. Jahrhunderts, kurz vor dem
Ursprunge der falschen Dekretalen Isidor's"; denn „im
Frankenreiche begegnen sie uns zuerst. Die colbertinische
Sammlung, die ersten isidorianischen Codices, die ersten
Schriftsteller (Aeneas von Paris, Hincmar von Rheims und
Abo von Vienne, alle drei in der zweiten Hälfte des 9. Jahr=

---

[1]) Kirche und Staat, 1872, S. 360 ff.

hunderts), welche von dieser Schenkung reden, kommen aus
dem Frankenreiche, während man anderswo noch lange Zeit
keine Spur von ihr antrifft." Döllinger antwortete darauf
nicht, obwohl die Jesuiten ihn durch das Argument dazu
zwingen wollten: Wenn Hadrian I. in seinem Schreiben an
Karl den Großen (778) die Urkunde kannte, so mußte er
auch von dem Betruge derselben wissen, „machte er sich hier
als Papst öffentlich der Theilnahme an dem Betruge schuldig
und indem er seine Autorität mißbrauchte, um zuerst außer
Rom das falsche Diplom zu verbreiten, nahm er die Haupt=
schuld dieser Infamie auf sich. Wir überlassen es Döllinger,
eine solche Makel, die er gewiß ohne es zu wollen oder auch
nur zu bemerken, der Stirne eines der berühmtesten und
reinsten Päpste, so je die Kirche gehabt, aufdrückt, wieder zu
tilgen . . ." Doch studirte er die Frage neuerdings und
legte 1869 im „Janus" die neuen Ergebnisse seiner Forschung
dar. Dieselben (S. 142—146) lauten:

„Nach der Mitte des 8. Jahrhunderts wurde zu Rom
die berühmte Schenkung Constantin's verfertigt. Sie ist ge=
baut auf die früher schon im 5. Jahrhundert dort ersonnene
Heilung Constantin's vom Aussatze und seine Taufe durch
Papst Silvester. Das wird hier breit erzählt, worauf der
Kaiser aus Dankbarkeit Rom, Italien und die occidentalischen
Provinzen[1]) dem Papst schenkt, und insbesondere noch sehr viel
über die Ehrenvorrechte und den Kleiderschmuck des römischen
Klerus anordnet. Ueberdies sollte nach dieser Dichtung der
Papst Herr und Gebieter aller Bischöfe sein, und der Stuhl
Petri die Gewalt haben über die vier vornehmen Throne
Antiochien, Alexandrien, Constantinopel und Jerusalem.

„Das Ganze verräth seinen römischen Ursprung in jeder
Zeile; man erkennt selbst, daß ein der Laterankirche zuge=

---

[1]) „Unter diesen occidentalischen Provinzen sind nicht etwa auch
Gallien, Spanien u. s. w. verstanden, sondern nur der nördliche, nicht
zum eigentlichen römischen Italien gerechnete Theil der Halbinsel, also
Lombardien, Venetien, Istrien."

höriger Kleriker der Verfasser ist. Das Dokument war wohl bestimmt, dem Frankenkönige Pipin gezeigt zu werden, und ist also dicht vor dem Jahre 754 verfertigt worden. Constantin berichtet nämlich darin, daß er, um den Papst zu ehren, Reitknechtsdienste bei ihm verrichtet und sein Pferd eine Strecke weit geführt habe. Dieß bewog denn Pipin, diese den Franken so ganz fremde Huldigung dem Papste zu erweisen, und dieser sagte dem König gleich von Anbeginn an, daß es nicht eine Schenkung, sondern eine Restitution sei, welche er von ihm und seinen Franken erwarte [1]). Die erste Bezugnahme auf diese constantinische Schenkung findet sich in dem Briefe Hadrian's an Karl vom Jahre 777, wo er dem erklärt, daß er als ein neuer Constantin durch seine

---

[1]) „Ueber den römischen Ursprung der „Donatio" kann kein vernünftiger Zweifel bestehen. Es hat dieß bereits der Jesuit Cantel in seiner Historia Metropolitanarum urbium, p. 196, richtig gesehen. Er meint, der Verfasser müsse ein römischer Subbiacon Johannes gewesen sein [752]. Die Urkunde sollte wohl nach drei Seiten hin gebraucht werden: gegen die Rom bedrohenden Longobarden, gegen die Griechen, welche kein Imperium des römischen Stuhles über ihre Kirche anerkennen wollten, und bei den Franken. Den Versuch der Jesuiten der Civiltà, einen Franken zum Verfasser zu machen, blos weil Aeneas von Paris und Abo von Vienne im 9. Jahrhundert der Schenkung gedenken, kann man wohl nicht ernsthaft erörtern; er richtet sich von selbst. Zwischen der Donatio und den römischen Dokumenten jener Zeit, namentlich dem Constitutum Pauli I (bei Harduin, Concil. III, 1999 ff.) und der im Jahre 753 oder 754 gleichzeitig mit der Donatio ersonnenen Epistola s. Petri findet die vollständigste Uebereinstimmung in Styl und Gedanken statt. Der Ausdruck „Concinnatio luminarium", der nur in den damaligen Briefen der Päpste, dem Constitutum Pauli und der Donatio vorkommt und sonst nirgends, verräth schon die römische Hand. So auch die Verwünschungsformel und Androhung der Höllenstrafe, gerade wie in dem Constitutum und der Epistola s. Petri. Auch die Satrapae, welche, dem ganzen Occident völlig fremd, nur in der Donatio und den damaligen Briefen der Päpste (bei Cenni, Monumenta dominat. pontif. I, 154; Jaffé, Carol. ep. 17 p. 79) vorkommen, verrathen den Ursprung." — * Der römische Ursprung der Erdichtung ist jetzt auch allgemein zugestanden.

Schenkung der Kirche zwar das Ihrige gegeben, aber noch weit
mehr von den alten kaiserlichen Besitzungen zu restituiren
habe. Doch schon mehrere Jahre vorher, schon seit 752,
pflegten die Päpste nicht vom Schenken, sondern vom Rück=
erstatten in ihren Schreiben zu reden, und zwar sollten die
italienischen Landschaften und Städte bald dem heiligen Petrus,
bald der römischen Respublica restituirt werden [1]). Diese
Forderung erhielt erst ihren verständlichen Sinn, wenn die
constantinische Schenkung hinzugenommen wurde, welche den
Papst als den rechtmäßigen Besitzer und Erben des römischen
Kaiserreichs in Italien erscheinen ließ; denn indem er zugleich
der Nachfolger Constantin's war, wurde, was der römischen
Respublica gegeben wurde, zugleich dem Petrus gegeben und
umgekehrt. Auf solche Weise wurde es dann auch Pipin
einleuchtend gemacht, daß er die Forderungen des griechischen
Kaiserhofes wegen Rückgabe der ihm gehörigen Gebiete ein=
fach als unberechtigt abzulehnen habe.

„In der That wäre es auch unbegreiflich, wie Pipin
darauf verfallen sei, das Exarchat mit 20 Städten dem Papste
zu schenken, der es nie besessen, und sich die Feindschaft des
doch immer mächtigen Kaiserreiches zuzuziehen, blos damit
die Lampen in den römischen Kirchen mit Oel versehen
würden [2]), wenn man ihm nicht in der constantinischen
Schenkung den Rechtstitel der Päpste auf diese Länder vor=
gezeigt und ihn mit der Rache des über Vorenthaltung seines
Eigenthums grollenden Apostelfürsten geschreckt hätte. An dem
kriegerischen Hofe Pipins war nicht zu fürchten, daß solche

---

[1]) „Exarchatum Ravennae et reipublicae iura seu loca reddere,
ist der Ausdruck im Papstbuch. Le Cointe, Ann. eccles. Franc. V, 424.
Auch im Briefe des P. Stephanus heißt es: per Donationis paginam
— civitates et loca — restituenda confirmastis. Und so noch oft,
wenn vom Exarchat und der Pentapolis die Rede ist.“

[2]) „Dieß nämlich wird in den bittenden und begehrenden Schreiben
der Päpste stets als der Hauptgrund für die gewünschten Länder=
schenkungen angegeben.“

Urkunden, wie die Epistel des Petrus und die Schenkung Constantin's, kritisch geprüft und enthüllt würden. Männer, denen man schreiben durfte, daß, wenn sie nicht wider die Feinde der Kirche zögen, ihre Leiber und ihre Seelen ewig in der Hölle zerfleischt und gemartert werden würden, glaubten auch bereitwillig, daß Constantin dem Papste Silvester Italien geschenkt habe. Es waren damals Tage der Finsterniß im Frankenreiche, und bei dem vollständigen Erlöschen aller Studien gab es auch nicht einen Mann in Pipin's Um= gebung, dessen Scharfblick die römischen Agenten zu scheuen gehabt hätten [1]."

Döllinger hat mit seiner Untersuchung in den „Papst= fabeln" — die Ausführung im „Janus" wurde kaum be= achtet — den Anstoß zu einer Reihe von Untersuchungen der constantinischen Schenkung gegeben [2]. Als aber diese theils in die Bahn der Jesuiten der Civiltà einlenkten, theils die Entstehung derselben nach 805, bezw. zwischen dem September des Jahres 813 und dem Oktober des Jahres 816 oder noch später ansetzten, sagte mir Döllinger 1888: „Ich habe keinen Grund, von meiner Auffassung abzugehen."

---

[1] „Vgl. die Benedictiner in ihrer Histoire littéraire de la France. IV, 3."

[2] Hergenröther, Kirche und Staat, 1872, S. 360 ff. — Colombier S. J. in den Etudes relig. 1877 t. XI, 801 sqq. — Martens, Die römische Frage 1881 S. 346 f. — Langen in Histor. Zeitschrift 1883 S. 413 ff. und Gesch. der röm. Kirche II, 725 ff., wo auch andere Literatur angegeben ist. — Grauert im Histor. Jahrbuch III, 3 ff. IV, 45 ff. 525 ff. V, 117 f., dazu Kaufmann in der Allgem. Zeitung 14. und 15. Jan. 1884. — Bayet im Annuaire de la faculté des lettres de Lyon 1884. — Weiland in der Zeitschrift für Kirchenrecht von Dove und Friedberg Bd. XXII. — Brunner=Zeumer, Die constantinische Schenkungsurkunde 1888. — Friedrich, Die constantinische Schenkung 1889. — Martens, Die falsche Generalconcession Constantins 1889. — Scheffer=Boichorst, Mittheilungen des österr. Instituts Bd. X und XI.

6. Liberius und Felix.*[1])

Es ist hier nöthig, die ächte Geschichte der beiden Männer, deren Quellen glücklicherweise in erwünschter Lauterkeit fließen, voranzustellen, damit die Entstehung und Tendenz der Fabel sich um so deutlicher gestalte.

Kaiser Constantius, von seinen Eunuchen und einigen arianischen Bischöfen geleitet, wollte den Kirchen und Bischöfen des Occidents den Arianismus in jener abgeschwächten, halb verschämten Gestalt aufbringen, welche die Eusebianer dem= selben gegeben hatten. Er sowohl als seine Diener bedienten sich dazu aller Mittel der Verführung, der Einschüchterung, der brutalen Gewalt. Der römische Bischof Liberius hatte erst zu Rom, und dann, nach Mailand an den kaiserlichen Hof gerufen, auch hier den Bemühungen des Constantius und seines Eunuchen Eusebius herzhaft widerstanden; er wurde daher im Jahr 354 nach Beröa in Thracien verbannt. Statt seiner ließ Constantius im kaiserlichen Palaste, in Gegenwart dreier Eunuchen den römischen Diacon Felix durch drei ari= anische Bischöfe, unter denen der Anomöer Acacius von

---

*[1]) Gegen Döllinger's Darstellung schrieb 1865 Reinerding, Zur Liberius= und Honoriusfrage, den Hefele² I, 681 ff. widerlegte. Langen I, 468 ff. — Seitdem hat die Liberiusfrage eine seltsame Wendung genommen. de Rossi, Elogio anonimo d'un Papa nella silloge epigrafica del codice di Pietroburgo, Bullett. 1883 p. 5 ff., glaubte eine Inschrift, obwohl sie der Geschichte des Liberius in allen Punkten widerspricht, trotzdem auf diesen Papst beziehen zu sollen. Es gelang ihm nur da= durch, daß er die ganze beglaubigte Geschichte des Liberius leugnete oder über den Haufen stieß. Ihm folgte alsbald Pitra, Analecta noviss. I, 20 ff. Auch Duchesne, l. p. I, 109 f. schloß sich im Ganzen de Rossi an. Gegen dieses Verfahren erhob sich Funk im Histor. Jahr= buch 1888 S. 424. Döllinger selbst hatte für diese Ausbeutung des genannten Elogium nie ein Verständniß und stellte noch 1887 ein Privat= gutachten gegen diese Entstellung der Geschichte aus.

Cäsarea war, weihen. Felix hatte dem nicänischen Bekennt=
nisse nicht förmlich entsagt, aber er hielt kirchliche Gemein=
schaft mit den Arianern, was den Häuptern der Partei da=
mals genügte, da das Uebrige, die Herrschaft ihrer Lehre,
dann allmälig von selbst folgen werde. In Rom, wo Liberius
persönlich sehr beliebt war, weigerte sich das Volk, die Kirchen
zu betreten, in denen Felix erschien; der ganze Klerus hatte
sich öffentlich vor der Gemeinde durch einen Eid verpflichtet,
so lange Liberius lebe, keinen andern anzuerkennen; es kam
selbst zu einem Aufruhr, in welchem einige Personen getödtet
wurden [1]). Als Constantius zwei Jahre später nach Rom
kam, fand er das römische Volk noch immer dem Liberius
treu, die römischen Damen baten ihn bringend um Rückgabe
ihres Bischofs, und er gewährte diese Bitte insoweit, daß er
verordnete, Liberius und Felix, dem inzwischen der größte
Theil des Klerus sich angeschlossen hatte, sollten künftig die
römische Kirche gemeinschaftlich verwalten. Aber das im
Circus versammelte Volk rief: Ein Gott, Ein Christus, Ein
Bischof! Liberius ward indeß nicht zurückgerufen, bis er, im
folgenden Jahre, 357, durch die Leiden und Entbehrungen
des Exils gebrochen, durch Drohungen geängstet und selbst
des Mannes, den man ihm bis dahin als Diener und Gesell=
schafter gelassen hatte, des Diacons Urbicus, beraubt, sich
entschloß, ein ihm vorgelegtes Bekenntniß zu unterzeichnen,
der Gemeinschaft des Athanasius und hiemit aller entschie=
denen Nicäner zu entsagen, und dafür in die der arianischen
Hofpartei zu treten. Er unterschrieb die erste Formel von
Sirmium, welche, im Uebrigen unanstößig, nur das Homousion
vermissen ließ. Er ging weiter: von der Gemeinschaft des
Athanasius sagte er sich los und trat dafür in die der ent=
schiedensten Arianer, eines Ursacius, Valens, Germinius. Er

---

[1]) Athanas. hist. ad monachos. p. 389. Faustini et
Marcellini libell. Praef. Socrat. 2, 37. Rufin. 1, 22. Hie-
ron. vir. illustr. c. 109. Chron. ad a. 354.

buhlte selbst um die Gunst der mächtigen Schützlinge des
Kaisers, der arianischen Bischöfe Epiktet und Aurentius.
Hierauf (im Jahr 358) von Beröa an das kaiserliche Hof=
lager zu Sirmium gerufen, unterzeichnete er auf des Con=
stantius Geheiß eine neue schlimmere Formel, welche die eben
zu einer Synode in Sirmium zusammengetretenen semiariani=
schen und arianischen Bischöfe entworfen hatten. In dieser
hatte man, vorzüglich um eine ausdrückliche Verwerfung des
Homousion zu erreichen, die Beschlüsse der antiochenischen
Synode[1]) gegen Paulus von Samosata, dann die späteren
gegen Photin und Marcellus von Ancyra und eine der antio=
chenischen Formeln von 341 verschmolzen. So wurde Liberius
dahin gebracht, daß er sich den gerade bei Constantius über=
wiegenden Semiarianern gleichstellte. Er bekannte sich zu
ihrer „substantiellen Aehnlichkeit“, gab das Nicänum preis,
und kündigte den orientalischen Arianern den Eintritt in ihre
Gemeinschaft und die Lossagung von Athanasius an. Haupt=
sächlich durch diese zu Sirmium unter dem Doppeleinflusse
des Kaisers und der Bischöfe bewiesene Schwäche, nicht durch
das früher zu Beröa Vorgefallene, zog er sich die Vorwürfe

---

[1]) Nicht blos der Antiochenischen Synode von 341, wie Hefele
meint (Concilien=Geschichte, I, 662; vgl. 2. Aufl. I, 685); denn diese
hatte sich weder mit Paulus von Samosata noch mit Photinus be=
schäftigt, sondern auch der Synode von 269, welche das Homousion in
dem falschen Sinne des Paulus von Samosata verworfen hatte. Man
wollte jetzt nicht mehr eine bloße Verschweigung des verhaßten Wortes,
sondern eine förmliche Verdammung desselben, weil, wie man vorgab,
unter dem Vorwand des Homousion gewisse Personen (Athanasius und
alle festen Anhänger des Nicänums) eine eigne Sekte aufrichten wollten.
Sozomenus 4, 15. Philostorgius (4, 3) sagt auch nicht, wie
Hefele angibt, Liberius habe die zweite sirmische Formel unter=
schrieben; von der zu Beröa unterzeichneten redet er gar nicht, sondern
von der nachher zu Sirmium von Liberius angenommenen, also der
dritten, und von dieser sagt er ganz richtig und mit Sozomenus
übereinstimmend, daß Liberius damit das Homousion und den Athana=
sius verdammt habe.

der Zeitgenossen zu, daß er häretisch und ein Bundesgenosse der Häretiker geworden sei. Und in der That konnte man damals nicht anders urtheilen. Hatte er doch selbst den schlimmsten Arianern, einem Epiktet von Centumcellä und einem Aurentius von Mailand, die Kirchengemeinschaft bewilliget[1]). Es war, wie Hieronymus angibt, der Bischof Fortunatianus von Aquileja, der den Liberius zu solcher Apostasie beredete.

Um diesen Preis erkaufte Liberius die Rückkehr nach Rom, wo das Volk den persönlich geliebten Bischof ungeachtet seines Falles mit Freudenbezeugungen aufnahm. Die ganze Gemeinde war und blieb katholisch; mit den Streitigkeiten über die Homousia des Sohnes hatte das Volk im Abendlande sich bisher noch wenig befaßt; man verstand wohl noch kaum die Streitfrage und ihre Bedeutung. So konnte Liberius, ohne einen Widerruf zu leisten, ruhig seine Amtsführung übernehmen. In Sirmium war beschlossen worden, Liberius und Felix sollten gemeinschaftlich der römischen Kirche vorstehen; denn Felix stand, da er die Kirchengemeinschaft mit den arianischen Bischöfen hielt, noch immer in der Gunst des Hofes. In Rom aber traten lange fortwirkende Zerrüttungen ein. Der Klerus war gespalten, da der größere Theil den dem Liberius bei seiner Verbannung geleisteten Eid der Treue gebrochen und Felix anerkannt hatte. Der letztere mußte, da ihn das Volk nicht länger dulden wollte, aus der Stadt weichen, und wurde bei einem bald darauf gemachten Versuche, sich in dem Stadt-

---

[1]) Hilar. de syn. Opp. II, 464. Fragm. 6. II, 680. So=zom. 4, 15. Die Briefe des Liberius bei Coustant, Epistolae Pontiff. 442 sqq. — * Döllinger nimmt also die drei Briefe als ächt an gegen Hefele[2] I, 686 ff. Letzterem schließt sich Jaffé=Kaltenbrunner nr. 217—219 und Add. II, 691 an, hier noch auf de Rossi und Anastasius I. nr. 281 verweisend. Langen I, 475 ff. bleibt unentschieden; Möller in der Prot. Realencyclop. „Liberius" hält sie für ächt und bezeichnet die Kritik Hefele's als „Tendenzkritik".

theile jenseits der Tiber einer Kirche zu bemächtigen, aber=
mals vertrieben. Von da an lebte er noch acht Jahre, ohne
Rom betreten zu können; Liberius aber verzieh nach dessen
Tode (22. November 365) den Klerikern seines Anhangs und
ließ sie in ihren Graden wieder zu [1]). Von seinem eigenen
Verhalten wird nichts berichtet; die zu Beröa und Sirmium
gethanen Schritte scheint er nicht widerrufen, die Kirchen=
gemeinschaft mit den Arianern nicht aufgehoben zu haben,
sonst würde ihn Constantius wohl nicht lange in Rom ge=
duldet haben. Die Synode von Rimini gab ihm jedoch
gegen Ende des Jahrs 359 und im Jahr 360 Gelegenheit,
seine katholische Gesinnung zu bewähren. Er verwarf die
Synode, verordnete, daß die Theilnehmer nur nach geleistetem
Widerruf zur Gemeinschaft zugelassen werden sollten, und
im Jahr 366 war er es, der den Semiarianern das Bekennt=
niß des von ihm früher verworfenen „Homousion" als Be=
dingung der kirchlichen Anerkennung abforderte. In Sirmium
mochte man ihn dadurch irre geleitet haben, daß man ihn
in dem Mißbrauch, den Paul von Samosata, Marcellus
von Ancyra, Photinus mit dem Homousion getrieben, einen
rechtmäßigen Grund erblicken ließ, sich eines so zweischnei=
digen Schwertes, wie dieses Wort sich erwiesen, zu enthalten,
und den Gebrauch desselben zu untersagen; zudem hatte man
ihm die Autorität der Synode von 269 vorgehalten. Als
er sich zu der Wesensähnlichkeit des Sohnes bekannte, mochte
er, wie andere sonst gut katholische Männer jener Zeit, über=
zeugt sein, daß in der Gottheit Wesensgleichheit und Wesens=
ähnlichkeit nothwendig zusammenfallen. Dieß etwa läßt sich
zur Milderung seiner Verirrung sagen. Aber freilich gibt
es keine Entschuldigung für seine Ausstoßung des Athanasius
und für den Eintritt in die Kirchengemeinschaft der ariani=
schen Häupter. Er muß indeß diesen schweren Fehltritt noch

---

[1]) Marcellini et Faustin. ad libell. prec. praef. Beide
römische Presbyter waren Augenzeugen, und Hieronymus bestätigt
ihre Angaben.

vor der Synode von Rimini (359) wieder gut gemacht haben.
Ohne Zweifel hatten ihn die Ereignisse seit 358 belehrt, daß
jenes dogmatische Wort in der Kirche doch wirklich unent=
behrlich, daß es, wie er in seinem Schreiben an die orien=
talischen Bischöfe vom Jahr 366 sagt, „das feste und un=
überwindliche Bollwerk sei, an welchem alle Angriffe und
Kriegslisten des Arianismus zerschellten" [1]).

Liberius war also in keinem Momente seines Lebens
eigentlich häretisch, aber die Begierde, sich von den Leiden
eines einsamen Exils erlöst und wieder in der Mitte seines
Volkes zu sehen, das ihn liebte und ihm huldigte, verblen=
dete ihn: er gab die Kirche den Arianern preis, er verwirrte
das kirchliche Bewußtsein des Volkes, und man begreift sehr
wohl, daß ihm Hilarius ein Anathema nachrief. Rechtmäßiger
römischer Bischof blieb er immer, sein Gegner Felix war
und blieb ein illegitimer Eindringling, hinsichtlich der aria=
nischen Wirren schuldiger noch als Liberius. Denn nur in=
dem Felix, dem Niemand Gewalt anthat, sich von Arianern
ordiniren ließ und ihnen, besonders den Hofbischöfen und
der Umgebung des Kaisers, die Kirchengemeinschaft gewährte,
erlangte und behauptete er seine Stellung, während Liberius
nach mehrjähriger Standhaftigkeit erst den an ihm geübten
Mißhandlungen erlag.

Beim Tode des Liberius im Jahr 366 kam die alte
Zwietracht, welche das Eindrängen des Felix und der Ueber=
tritt vieler Geistlichen zu ihm hervorgerufen hatte, zu neuem,
blutigem Ausbruche*[2]). Eine zahlreiche Volkspartei, von
einigen Klerikern berathen, wollte verhindern, daß keiner der
Männer, welche vor zehn Jahren mit Verletzung ihres Eides
den Felix anerkannt hatten, zur bischöflichen Würde gelänge.
Darum wurde Ursinus dem von der Mehrzahl des Klerus

---

[1]) Ap. Coustant, Epp. Rom. Pontiff. p. 460.
*[2]) Langen, Gesch. der röm. K. I, 495 ff. Wilh. Meyer, epi-
stulae imperator. rom. ex coll. can. Avellana (I), Gött. Lections=
catal. 1888.

erkorenen Damasus entgegengestellt. Ein förmlicher Bürger=
krieg war die Folge. In den Straßen, in den Kirchen wurde
gekämpft, mit solcher Erbitterung, daß einmal in der sici=
nischen Basilika 137 Erschlagene, meist von der Faktion des
Ursinus, gefunden wurden [1]). Damasus selbst vermochte seine
Partei nicht zu zügeln, und nur durch die Verbannung des
Ursinus und sieben Anderer von dieser Faktion und durch
die kräftigen Maßregeln des Präfekten Juvencus ward end=
lich einige Ordnung in der Stadt hergestellt. Die Ursinianer
setzten jedoch ihre Absonderung und ihre Versammlungen auf
den Cömeterien der Märtyrer fort, was zu neuem Blutver=
gießen, zu neuen Verbannungen von Geistlichen dieser Faktion
führte. So vergingen einige Jahre in steter Unruhe, und
aus jener Gewaltthat des Constantius erwuchs noch in so
später Zeit die bittere Frucht einer kirchlichen Zerrüttung,
welche erst mit dem Aussterben einer Generation vollständig
geheilt ward.

Merkwürdig ist nun, daß die spätere Sage oder absicht=
liche Dichtung seit dem 6. und 7. Jahrhundert diese Ge=
schichte ganz zum Nachtheil des Liberius und zu Gunsten des
Felix, der zu einem kirchlichen Helden und Märtyrer ge=
stempelt wurde, verunstaltet hat. Sie hat es dahin gebracht,
daß dieser meineidige, von fanatischen Arianern ordinirte, nur
durch weltliche Gewalt den Römern aufgedrungene Gegen=
papst als Heiliger geehrt und als Papst Felix II. in der
Reihe der Päpste mitgezählt wurde, während Liberius, und
zwar in Rom selbst, als ein blutbefleckter Tyrann, als ein
Ketzer und Verfolger der Rechtgläubigen dargestellt wurde *[2]).

Es ist nicht zu verkennen, daß diese Dinge in der Ab=
sicht ersonnen worden sind, die Sache jenes zahlreichen Theils
der römischen Geistlichkeit, der mit Verletzung seines Eides dem

---

[1]) Ammian. Marcell. l. 27, 3, 12.
*[2]) Zu dem Folgenden vgl. Langen I, 480. 496. Duchesne, l. p.
I. p. CXXIII sqq. 207 ff.

Felix anhing, in ein günstiges Licht zu stellen, sie als die legi=
time Partei, welche sich der Ketzerei und dem ketzerischen Papste
widersetzt habe, und deshalb verfolgt worden sei, darzustellen.
Doch fallen diese Dichtungen erst in eine späte Zeit, in das
6. oder 7. Jahrhundert, wie es scheint, als in Rom nur
noch dunkle Erinnerungen an die Ereignisse des 4. vorhanden
waren und die römische Taufe Constantin's mit ihren My=
then bereits alles historische Bewußtsein dort getrübt und
die geschichtliche Continuität und Ordnung der Ereignisse ver=
wirrt hatte. Drei Dokumente sind es, in denen die ersonnene
Geschichte verkörpert wurde und aus denen dann alle Spä=
teren geschöpft haben: die Biographien des Liberius und
des Felix im Liber Pontificalis, die von Mombritius zuerst
herausgegebenen Akten= des Felix und die Akten des heiligen
Eusebius [1]).

Diese Akten besonders sind offenbar in der Absicht ge=
dichtet worden, das Andenken des Liberius zu brandmarken
und ihn in grellster Weise als einen abtrünnigen Häretiker
und Verfolger der katholischen Bekenner darzustellen, damit
die Partei des Felix als die unterdrückte, rechtgläubige er=
scheine. Daher läßt der Erzähler auch den Papst Damasus
gleich nach dessen Tode auf einer Synode von 28 Bischöfen
und 25 Presbytern den Liberius verdammen. Zugleich wird
auch diese Gelegenheit benützt, die Lieblingsthatsache derer,
von welchen und für welche gedichtet wurde, die römische
Taufe Constantin's neuerdings gegen die widrigen Zeugnisse
des Alterthums sicher zu stellen. Deshalb beginnt die Biographie
des Felix mit dem in affektirter Präcision gefaßten Berichte:
Er habe den Kaiser Constantius, den Sohn Constantin's, für
einen Häretiker erklärt, der zum zweiten Male sich habe taufen

---

[1]) Sie stehen in der Sammlung von Baluze=Mansi, I, 33,
und sind im ganzen Mittelalter fleißig benützt und ausgeschrieben
worden.

laffen von dem Bischofe Eusebius von Nikomedien¹) in der
Villa Aquilon (Achyron) nahe bei Nikomedien.

Hier wird also, was der Vater gethan, auf den Sohn
übertragen, und die Absicht, für Constantin Rom an die Stelle
von Nikomedien und Silvester an die Stelle des Eusebius
treten zu laffen, ist unverkennbar.

Folgende Geschichte ist nun in den beiden bezeichneten,
zusammenhängenden Dokumenten an die Stelle der wahren
gesetzt worden. Als Constantius den Liberius wegen seiner
Vertheidigung des katholischen Glaubens verbannt, wählt und
ordinirt der römische Klerus auf den Rath und mit Zu=
stimmung des Liberius den Presbyter Felix²) zum Bischof³).
Dieser hält sofort ein Concilium von 48 Bischöfen, findet
hier, daß zwei Presbyter, Ursacius und Valens⁴), dem Con=
stantius zustimmen, und verdammt sie. Die beiden gehen
mit Zustimmung des von ihnen beredeten Constantius zu
Liberius und bieten ihm die Rückkehr an unter der Be=
bingung: daß zwischen Arianern und Katholischen Kirchen=
gemeinschaft stattfinde, den letzteren aber nicht zugemuthet

----

¹) Ap. Vignoli I, 119. Duch. I, 211.
²) Felix war blos Diakon. Rufin. 2, 22. Marcellin. libell.
prec. praef.
³) Dieß wäre nur möglich gewesen, wenn Liberius zugleich ab=
gedankt hätte, was er nicht gethan hat. Daß ein Bischof noch einen
andern neben sich gestellt oder sich durch einen andern in seiner Ab=
wesenheit habe vertreten lassen, war gegen die Kirchengesetze, besonders
gegen einen nicänischen Kanon. Als es endlich Valerius B. von Hippo
that, fand Augustinus selbst, den er mit Erlaubniß des Primas von
Carthago ordiniren ließ, es sei contra morem ecclesiae, und verord=
nete nachher, daß bei jeder Ordination die Kanonen vorgelesen werden
sollten, damit eine solche Uebertretung sich nicht wieder ereigne. Possid.
vit. Aug. c. 8.
⁴) Beide waren Bischöfe, Ursacius von Singidon in Mysien, Va=
lens von Mursa in Pannonien, und standen zur römischen Kirche in
keiner Beziehung. Die Hauptstütze des Arianismus im römischen Ge=
biete war Epiktet, Bischof von Centumcellä.

werde, sich wieder taufen zu lassen [1]). Liberius geht darauf
ein, kommt zurück und wohnt im Cömeterium der heil. Agnes
bei des Kaisers Schwester Constantia [2]). Sie soll ihm durch
ihre Fürbitte bei ihrem Bruder die Zulassung in Rom aus=
wirken, weigert sich aber dessen als treue Katholikin. Con=
stantius ruft indeß, auch ohne schwesterliche Verwendung, auf
den Rath der Arianer den Liberius nach Rom, veranstaltet
ein Concilium von Häretikern und entsetzt mit demselben
den katholischen Felix seines bischöflichen Amtes [3]). An dem=
selben Tage beginnt eine blutige, von Constantius und Li=
berius gemeinschaftlich geleitete Verfolgung. Der Presbyter
Eusebius, der sich durch seinen Muth und katholischen Eifer
auszeichnet und das Volk in seinem Hause versammelt, hält
dem Kaiser und dem Liberius ihre Frevel vor, erklärt dem
letzteren, daß er keineswegs mehr der rechtmäßige Nachfolger
des Julius sei, da er vom Glauben abgefallen, und beiden,
daß sie in satanischer Verblendung den katholischen, unbe=
scholtenen Bischof Felix vertrieben hätten. Da läßt ihn
Constantius auf den Rath des Liberius in ein nur vier Fuß
breites niedriges Loch einschließen, in welchem er nach sieben
Monaten todt gefunden wird. Die Presbyter Gregorius und
Orosius, seine Verwandte, begraben ihn, und dafür befiehlt
der Kaiser, den Gregorius lebendig in derselben Krypta, in
der sie den Leichnam des Eusebius beigesetzt, einzusperren.
Orosius zieht ihn Nachts halbtodt aus der Krypta heraus, er
stirbt aber unter seinen Händen, worauf jener, Orosius, die
ganze Geschichte aufzeichnet. Felix, der dem Kaiser seine
Wiedertaufe vorgeworfen hatte, wird auf dessen Befehl ent=

---

[1]) Von Wiedertaufe war damals und noch lange überhaupt nicht
die Rede. Die Arianer betrachteten vor Eunomius die kathol. Taufe
als giltig.

[2]) Verwechselung mit der Schwester Constantin's d. Gr.

[3]) Constantius ist in dieser ganzen Zeit, und so lange Liberius
dort waltete, nicht in Rom gewesen. Die Erzählung aber setzt voraus,
daß er dort regelmäßig residirt habe.

hauptet. In Rom wüthet die Verfolgung bis zum Tode des
Liberius. Constantius läßt verkünden, daß jeder, der sich
nicht an Liberius anschließe, ohne gerichtliche Formen hin=
gerichtet werden solle. Geistliche und Laien werden nun in
den Kirchen, in den Straßen gemordet. Endlich stirbt Li=
berius und Damasus brandmarkt mit einer Synode sein
Andenken.

Die Schilderung in den Akten des Eusebius ist be=
deutend greller, als die Darstellung im Papstbuche, wo die
Dinge gemildert sind, aber die Absicht, den Liberius herab=
zudrücken und als Mitschuldigen des Constantius erscheinen
zu lassen, noch immer durchschimmert. Daß die Akten des
Eusebius im Interesse des Gegenpapstes Felix erdichtet seien,
hat bereits Cavalcanti bemerkt[1]. Mir scheint, daß auch die
Absicht mitwirkte, die blutigen Scenen, welche in Folge der
zwiespältigen Wahl des Ursinus und Damasus vorgefallen
und die auch nach ein paar Jahrhunderten noch ein düsteres
Andenken in Rom hinterlassen haben mochten, dadurch in
ein für den damaligen Klerus günstigeres Licht zu stellen,
daß man sie um ein paar Jahre vordatirte und als Ver-
folgungen der standhaft katholischen Kleriker durch die beiden
Arianer, den Papst und den Kaiser, schilderte. Ist man doch
in der Abneigung gegen Liberius und dem Streben, den
Felix an seine Stelle zu bringen, so weit gegangen, daß man
in den chronologischen Notizen der doch von jenem gebauten
liberianischen Basilica den Liberius in der Papstreihe ganz
übergangen und den Felix allein zwischen Julius und Da=
masus gesetzt hat.

So ist denn Felix als rechtmäßiger Papst und heiliger
Märtyrer allmälig in die Papstverzeichnisse, die Liturgien
und die Martyrologien eingedrungen; doch erst spät, und,
was die Martyrologien betrifft, nur langsam. Optatus und
Augustinus hatten ihn in ihren Verzeichnissen der römischen

---

[1] Vindiciae Rom. Pontiff.

Bischöfe übergangen. Der 29. Juli ist der Tag, den man seinem Andenken gewidmet hat. Aber hier eben tritt nun, wenn man die Kalendarien und Martyrologien prüfend und vergleichend befragt, die Täuschung handgreiflich zu Tage, und zeigt sich, daß der gefeierte Felix ein ganz anderer war, und daß man erst im 8. Jahrhundert, nachdem einmal die falschen Legenden des Felix und des Eusebius geschmiedet waren, darauf verfiel, diesen Felix für den Nebenbuhler des Libe=rius zu erklären. Das älteste bis jetzt bekannte Dokument ist nämlich das römische Kalendarium, welches Martene im fünften Bande seines Thesaurus herausgegeben hat; er setzt es in den Anfang des 5. Jahrhunderts, mit Recht, da es mit einer einzigen Ausnahme (Silvester) nur Märtyrerfeste enthält, und da eben Silvester der jüngste der darin ge=nannten Heiligen ist, also selbst Damasus, der doch schon frühe gefeiert ward, fehlt. Hier wird denn am 28. Juli[1]) natalis s. Felicis, Simplicii. Faustini et Beatricis angezeigt. Bei allen Päpsten in diesem Kalendar ist sonst die Bezeich=nung papa beigesetzt. Hiemit stimmen einige Martyrologien überein, welche den Namen des h. Hieronymus tragen und ihrem Hauptinhalt nach doch aus dem fünften Jahrhunderte (der Zeit vor Cassiodor) stammen[2]). Desgleichen das des Beda, ohne Rom zu nennen. Dann das Martyrologium Ottobonianum aus dem 10. und das Kalendarium Laures-hamense vom Ende des 9. Jahrhunderts[3]). Dagegen trennt das hieronymianische bei D'Achery den Felix von den drei andern, die offenbar Rom angehören, und versetzt ihn nach Afrika[4]). Damit stimmt selbst noch das vatica=nische Kalendar vom Anfang des 11. Jahrhunderts[5]) überein.

---

[1]) So auch das Sacramentarium Gregorianum. Sonst ist es immer der 29ste.

[2]) Bei Martene, Thes. III, 1558.

[3]) Beide in Giorgi's Ausgabe des Ado. p. 683. 692.

[4]) Spicil. II, 15. nov. ed.

[5]) Bei Giorgi p. 699.

Wie aber Felix aus Afrika nach Rom gekommen sei, darüber gibt ein Martyrologium von Auxerre Aufschluß, das
wohl in's Ende des 9. Jahrhunderts fällt (der jüngste der zahlreichen darin genannten Päpste ist Zacharias), und besonders
für Rom reichhaltig und in lokalen Notizen sorgfältig ist, so
daß an einer römischen Grundlage nicht zu zweifeln ist.
Hier heißt es am 29. Juli: Romae via Aurelia translatio corporis beati Felicis episcopi et martyris qui IV
idus Novembris martyrio coronatus est. Eodem die ss.
mm. Simplicii, Faustini et s. Beatricis m. sororis eorum [1]).
Es scheint also, daß die Gebeine des afrikanischen Märtyrers
Felix nach Rom gebracht wurden, und daß nur in Folge
dieser am 29. Juli vorgenommenen Translation Felix mit
römischen Märtyrern, Simplicius, Faustinus und Beatrix,
denen sonst dieser Tag gewidmet war, sich zusammen fand.
Daher gibt es auch Martyrologien und Missalien, in denen
Felix nicht steht, sondern nur die drei andern. In dem sogenannten gelasianischen Sacramentarium fehlt er noch,
während Simplicius, Faustinus und Viatrix (oder Beatrix)
gefeiert werden [2]). In den späteren gregorianischen dagegen
ist der Tag als Natale der vier Heiligen genannt, doch so,
daß in der Oratio nur Felix allein, und zwar als Martyr
et Pontifex gefeiert wird. Auch in dem zu Corbie gefun-
benen Martyrologium vom Jahr 826 [3]), sowie in dem Martyrologium Morbacense und im Calendarium Anglicanum
sind blos Simplicius, Faustinus und Beatrix genant [4]). Die
meisten nennen Felix ohne nähere Bezeichnung einfach zusammen mit den drei andern, oder setzen, wie das nea-
politanische aus dem 9. Jahrhundert [5]), Felicis et Sim-

---

[1]) Bei Martene, Coll. ampl. VI, 712.
[2]) Bei Muratori, Liturgia Romana Vetus I, 658. II, 106.
[3]) D'Achery, Spicil. II, 66.
[4]) Das Calend. Angl. (v. J. 1000) bei Martene, Coll. ampl.
VI, 655. Das Morbacense bei Martene, Thesaur. III, 1570.
[5]) In Mai, Coll. V, 63.

plicii, oder: in Africa Felicis ꝛc. wie das Kalendar von
Stablo.

Andererseits beginnt aber auch bereits mit dem 8. Jahr=
hunderte die Reihe derjenigen Kalendarien und Martyrolo=
gien, welche Felix zum Papst machen, und natürlich den
Gegenpapst von 356 verstanden wissen wollen. Das erste
ist das von Fronto herausgegebene römische Kalendar aus
der Mitte des 8. Jahrhunderts¹). Diesem schließt sich an
das Martyrologium, das Rosweyde zuerst gedruckt hat, das
aber kein römisches ist, wie der Herausgeber und die Bollan=
disten gemeint haben²). Das letztere hat bereits auch die
Fabel von dem Martyrertode des Felix unter Constantius.
Aus dieser Quelle und aus den erdichteten Legenden, oder
aus dem Papstbuche, hat Abo geschöpft, den die folgenden
Martyrologen meist abgeschrieben haben. Usuard, Notker,
Rabanus, Wandelbert wandeln daher denselben Pfad.

Der heilige Eusebius des 14. August findet sich fast
in allen Kalendarien und Martyrologien mit Ausnahme des
ältesten, dem 5. Jahrhundert angehörigen. Wohl aber er=
wähnt dieses bereits die Kirche des heiligen Eusebius in
Rom, weil hier am Freitag der vierten Quadragesimalwoche
„statio" war. In den hieronymianischen Martyrologien und
in dem des Beda heißt es am 14. August: Eusebii tituli
conditoris. Daraus ergibt sich, daß sein Fest zuerst blos
in der von ihm erbauten Kirche gefeiert wurde, und so in
die römischen Kalendarien, aus diesen in die auswärtigen
überging. Nähere Notizen über ihn sind nicht vorhanden,
waren auch wohl schon im 6. Jahrhundert und weiterhin
nicht zu finden. Um so leichter konnte die absichtliche Fiktion,
welche es auf die Entstellung der Geschichte des Liberius und

____

¹) Epistolae et Dissertt. eccl. ed. Veron. 1733, p. 185. Ex-
aratum intra tempora Gregorii II et III. nach Borgia, de Cruce
Vaticana.

²) S. darüber den Nachweis von Fronto l. c. p. 137.

Felix abgesehen hatte, seines Namens sich bemächtigen und ihn
zum Helden einer Leidensgeschichte machen, welche den Arianis=
mus und die Hartherzigkeit des Liberius in grelles Licht
stellen sollte.

Wie in anderen Fällen, ist es denn auch hier der Liber
Pontificalis gewesen, der die neue Ueberlieferung gemacht,
die Chronisten des Mittelalters und die päpstlichen Biographen
beherrscht hat. Die groben Widersprüche des Papstbuches,
die durch eine spätere gedankenlose Interpolation entstanden,
wurden damals nicht beachtet. In der Biographie des
Liberius, die zurecht gemacht wurde, ehe man noch dem Felix
einen besonderen biographischen Artikel einzuräumen beschlossen
hatte, stirbt Felix ruhig (requievit in pace) auf seinem
Landgut am 1. August; dagegen wird er wenige Zeilen
weiter in dem ihn betreffenden Artikel mit vielen Geistlichen
und Laien enthauptet am 11. November. Der Verfasser
dieses Artikels wollte den Felix, damit ihm nichts an seiner
päpstlichen Ehre mangle, auch als Erbauer einer Kirche er=
scheinen lassen, und so läßt er ihn dieselbe „Basilica in via
Aurelia", die schon in dem Artikel über den ersten Felix
(269—275) als dessen Werk angegeben war, noch einmal
erbauen. Alle folgenden Beschreiber der Papstgeschichte sind
denn natürlich diesen Angaben gefolgt: Pseudo=Luitprand,
Abbo von Fleury, der anonyme Chronograph bei Pez [1]),
Martinus Polonus, Leo von Orvieto, Bernard
Guidonis, Amalricus Augerii. Felix wird als recht=
mäßiger 39. Papst aufgeführt, die Veröffentlichung des Ge=
heimnisses, daß Constantius sich durch Eusebius von Niko=
medien habe wiedertaufen lassen, kostet ihn das Leben, und
Liberius hat als Arianer fünf Jahre lang regiert und durch
seinen Arianismus den Märtyrertod vieler Priester und Laien
verursacht. Doch wird Alles, was er gethan und angeordnet,
nach seinem Tode durch Damasus für nichtig erklärt. Bernard

---

[1]) Thes. Anecd. I, p. 3, p. 343.

Guidonis schaltet auch das Martyrium ein, das Eusebius dafür, daß er den Liberius für einen Häretiker erklärte, erbulden mußte [1]).

Auch die Theologen bequemten sich seitdem der herrschenden Ansicht, vor Allem in Rom selbst. Wer weiß es nicht, sagt der römische Presbyter Aurilius, der Vertheidiger des Formosus, daß Liberius der arianischen Häresie beigepflichtet hat, und daß durch sein Vorgehen die abscheulichsten Schandthaten verübt worden sind [2]). Und gegen die Mitte des 12. Jahrhunderts hält der Bischof Anselm von Havelberg den Griechen vor, daß Constantius den Felix, weil er dessen zweite Taufe verkündet, habe hinrichten lassen; den Liberius entschuldigt er; er hat freilich vieles Häretische gebulbet, aber er hat sich doch standhaft geweigert, sich noch einmal taufen zu lassen [3]).

Der Abt Hugo von Flavigny (1090—1102) geht in seiner Chronik einen Schritt weiter; er läßt den Liberius als völligen Arianer auch die zweite Taufe empfangen [4]). Ekkehard in seiner so einflußreichen Chronik [5]), Romuald von Salerno, der päpstliche Geschichtschreiber Tolmeo von Lucca, das Eulogium des Mönches von Malmesbury, alle folgen der einmal herkömmlichen fabelhaften Tradition, Liberius bleibt bis zu seinem Tode, sechs oder (nach Tolmeo) acht Jahre [6]), beharrlich häretisch, und Felix ist der katholische Märtyrer. Doch ist bei Marianus Scotus, Gottfried von Viterbo und Robert Abolant die Autorität des Hieronymus noch so stark, daß sie die gewaltsame Einbrängung des Felix durch die Arianer berichten.

---

[1]) In Mai, Spicileg. VI, 60.
[2]) De ordin. 1, 25.
[3]) Dialog. III, 21, bei D'Achery, Specil. I, 207.
[4]) Bei Pertz X, 301.
[5]) Pertz VIII, 113.
[6]) Vixit in hoc errore annis octo. Muratori, SS. It. XI. p. 833. — * Auch hier wurde Martinus von Troppau sehr maßgebend, Turrecremata, Tract. not., folgt ihm überall.

Als endlich die Zeit der historischen Kritik und der
theologischen Prüfung mit dem 16. Jahrhundert eintrat, da
zeigte sich nicht geringe Rathlosigkeit. Bisher hatte man Felix
als rechtmäßigen Papst betrachtet und seine Regierungszeit
auf ein Jahr und darüber berechnet. Hienach wäre Liberius
durch seinen Abfall zum Arianismus des Pontifikates vor
dem kirchlichen Forum verlustig geworden, und Felix nun als
rechtmäßiger Papst eingetreten, bis er nach einem Jahre den
Märtyrertod erlitt. Nun sollte ihn aber Liberius um mehrere
Jahre überlebt haben und bis zu seinem Tode Arianer geblieben sein. Er konnte also doch nicht durch den Tod des
Felix wieder legitimer Papst werden; auch eine mehrjährige
Sedisvacanz konnte und wollte man nicht annehmen; vielmehr meldete das Papstbuch nach dem Tode des Felix eine
Unterbrechung von nur 38 Tagen. Für die Theologen war
dieß eine Verlegenheit, die man, wenn Felix als Papst und
Heiliger beibehalten werden sollte, kaum zu beseitigen wußte,
und die Historiker konnten den unversöhnlichen Widerspruch
mit allen gleichzeitigen Nachrichten nicht läugnen. Der Kar-
dinal Baronius hatte schon eine Schrift verfaßt, um zu
zeigen, daß Felix weder heilig noch Papst gewesen sei;
Gregor XIII. hatte eine eigene Congregation zur Entscheidung der Frage niedergesetzt; da fand man (1582) beim
Nachgraben unter einem Altar der heiligen Cosmas und
Damian einen Körper mit einer Steininschrift: Corpus s.
Felicis Papae et Martyris qui condemnavit Constantium.
Der Stein mit der Inschrift verschwand jedoch bald wieder,
und Schelstrate[1]) beklagt, vergeblich nach ihm geforscht
zu haben. Die Worte der Inschrift an sich hätten nun schon
völlig genügt, sie sofort als ein unächtes Machwerk aus später
Zeit erkennen zu lassen. Aber Baronius und die Congregation waren anderer Ansicht, und so erhielt Felix als Papst
und Märtyrer seine Stelle im corrigirten römischen Mar-

---

[1]) Antiquit. illustr. I.

tyrologium. Indeß hatte man doch die Stelle aus dem
älteren römischen Brevier, in welcher das Märtyrerthum des
Eusebius, blos weil er den Arianismus des Liberius gerügt
habe, mit den Worten Abo's erzählt war, aus den folgenden
Ausgaben vertilgt [1]). Auch wurde in der Oration des Bre=
viers die Bezeichnung des Felix als „Papst" beseitigt. Aber
selbst ein Mann wie Bossuet konnte sich's noch gestatten, auf
Grund so handgreiflich erdichteter Dokumente den Liberius als
einen beharrlichen Häretiker und blutigen Verfolger der treuen
Katholiken zu schildern [2]). Freilich streitet er gegen Baronius,
der die große Verfolgung und Abschlachtung der römischen
Katholiken unter Liberius wirklich als Thatsache hingenommen
hatte.

Endlich hat es im Jahr 1790 ein römischer Kleriker,
Paul Anton Paoli, unternommen, in einem ausführlichen
Werke [3]) die Legitimität des Felix und die Authenticität seiner
Leiden und Thaten nachzuweisen. Ihm sei, wähnt er, das
bis dahin für unmöglich gehaltene Kunststück gelungen, beide
Nebenbuhler, den Liberius und den Felix, als völlig rein
und schuldlos, beide neben einander als legitime Päpste er=
scheinen zu lassen. Alles beruht nach ihm auf Mißverständ=
nissen und unwahren Gerüchten. Athanasius, Hilarius, Hie=
ronymus, alle ihre Zeitgenossen haben sich über Liberius und
Felix in einem unfreiwilligen und unvermeidlichen Irrtum
befunden; in Rom mußte man glauben, daß der päpstliche
Stuhl durch die Schuld des Liberius vacant geworden sei,
was doch in Wahrheit nicht der Fall war, und so wurde
Felix gewählt. Die Akten des Eusebius sind ächt und gleich=
zeitig; was sie Unbequemes enthalten, wird mit dem be=
quemen und nie versagenden Auskunftsmittel der Annahme
späterer Interpolation beseitigt. Auch das hat der Verfasser

---

[1]) Darüber Launoi, Epist. 5, p. 41.
[2]) Defens. decl. Gall. p. 3. l. 9. c. 33.
[3]) Di san Felice Secondo Papa e Martire Dissertazione. Roma
1790. Mit den Beilagen über 400 SS. in 4to.

glücklich entdeckt, daß Felix von seiner Vertreibung aus Rom
an noch 34 Jahre lang verborgen in der Nähe von Rom
gelebt hat, obgleich ihn gleichzeitige Berichte schon im Jahr 365
sterben lassen, und für ihn nach dem Tode des Constantius
ein Grund zur Verbergung nicht mehr denkbar ist.

Das Ganze ist ein Bau von schlecht ersonnenen Hypo=
thesen und Vermuthungen, der beim ersten Anhauch nüchterner
historischer Prüfung in Staub zerfällt.

Daß Felix nie rechtmäßiger römischer Bischof gewesen,
sondern ein Werkzeug der Arianer und ein von dem Volke
zurückgestoßener Eindringling, haben alle besseren Kirchen=
historiker erkannt: Panvinius, Lupus, Hermant,
Tillemont, Natalis Alexander, Fleury, Baillet,
Coustant, Ceillier. In Rom selbst hat der Kardinal
Orsi seine mit diesen übereinstimmende Ansicht theils durch
ein bedeutsames Schweigen, theils durch die Bezeichnung
„Gegenpapst", welche er dem nur einmal im Vorübergehen
erwähnten Manne gegeben, durchblicken lassen [1]). Ganz ent=
schieden und mit richtigem Urtheil hat Saccarelli die
historische Nothwendigkeit, den Felix aus der Reihe der römi=
schen Bischöfe auszustoßen, erwiesen [2]). Sein Zeitgenosse, der
Augustiner Berti, hat in einer seiner kirchenhistorischen
Abhandlungen die für und wider den Platz des Felix in der
Papstreihe gebrauchten Gründe aufgeführt, so daß er die
Schwäche der ersteren fühlen läßt, und dann, wie zum Scherz,
beigefügt: er wage nicht zu entscheiden [3]). Später noch haben

---

[1]) Istoria eccl. VI, 201, ed. in 12⁰.

[2]) Hist. eccl. V, 334. Rom. 1777.

[3]) Haeret, ut ajunt, aqua: neque enim tarditate ingenioli
mei percipere possum, quomodo, sedente Liberio, Felix verus Pontifex sit habendus etc. Historia eccl. s. Dissertt. hist. III, 466.
Aug. 1761. Diese Zaghaftigkeit, seine Meinung offen zu sagen, kam
wohl daher, daß der Kardinal Lambertini (nachher Papst Benedict XIV.)
eben erst in seinem Werke: De Canoniz. Sanctorum, l. 4, p. 2, c. 27,
14, zu nicht geringer Verwunderung aller Kenner des kirchlichen Alter=

drei andere römische Autoren, Novaes, Sangallo und Palma, jene in ihren Biographien der Päpste, dieser in seiner Kirchengeschichte[1]), den Felix aufgegeben*[2]).

---

thums behauptet hatte: De s. Felicis II. sanctitate et martyrio nullam amplius superesse dubitationem, sed disputari ab eruditis duntaxat de qualitate rationeque martyrii. — Wenn dann der Kardinal Borgia in seiner Apologia del Pontificato di Benedetto X. meint: passa quasi per dimostrata la legittimità del pontificato di S. Felice per quelli che suppongono la caduta di Liberio, so ist dieß offenbar unrichtig.'

[1]) Novaes, Elementi della Storia de' Sommi Pontefici, Roma 1821, I, 128. Sangallo, Gest. de' Pontef. III, 496. Palma, Praelectiones hist. eccl. II, 129.

*[2]) Wie Rom jetzt die Geschichte des Liberius dargestellt wissen will, zeigt die 3. Aufl. von Kraus' KG. S. 138. Wenn er früher schrieb: L. unterschrieb in Sirmium das ihm vorgelegte Glaubens= bekenntniß, so liest man jetzt: er „unterschrieb es angeblich, was nicht allgemein zugegeben wird". Der frühere Satz, den auch Hefele[2] I, 685 hat: „Er erklärte zugleich, ‚wer nicht zugebe, daß der Sohn dem Vater dem Wesen nach und in Allem ähnlich sei, solle aus= geschlossen sein'" — ist nunmehr gestrichen. Auch S. 141 in dem früheren Satze: „Klerus und Volk blieben Liberius größtentheils treu, doch fiel ersterer nach dem Falle des Liberius 358 zum Theil dem Felix zu" — fehlen jetzt die Worte: „dem Falle des Liberius". Dagegen ist jetzt hinzugefügt: „Nach dem Martyrol. Rom. z. 29. Juni fiel dann Felix als Opfer von Constantius' Haß gegen die Orthodoxie, so daß derselbe in der römischen Kirche als Martyrer verehrt wird", während der richtige Sachverhalt, wie er in der 2. Aufl. S. 144 steht, gestrichen ist: „Die spätere Sage des 6. und 7. Jahrh., erhalten in den Biographien des Liberius und Felix im Lib. Pont., in den Acten des Felix und den Acten des h. Eusebius, hat diese ganze Geschichte zu Gunsten des Felix umgestempelt; dieser den Römern von dem arianischen Hofe aufgebrängte Gegenpapst wird hier zum Heiligen und Martyrer gemacht, Liberius dagegen als ein blutbefleckter Tyrann und Ketzer dargestellt." — Noch merkwürdiger ist die freiwillige Leistung Knöpfler's über Felix im Wetzer und Welte'schen KLex.[2] „Felix II.". Ihm scheint auch wieder der 1582 aufgefundene angebliche Sarg des Felix beweiskräftig zu sein und ohne Bedenken schreibt er dem Lib. Pont. nach, daß Damasus Presbyter war.

---

7. Anaſtaſius II. — Honorius I.

Dante ſieht in der Hölle, in dem Kreiſe der Irrlehrer
und ihrer Anhänger einen großen Grabdeckel, deſſen Inſchrift
ſagt: dieſes Grab verwahre den Papſt Anaſtaſius,
„den einſt Photin dom graben Weg gezogen" [1].
Nun iſt es immerhin auffallend, daß der große Dichter,
wenn es ihm darauf ankam, einen Papſt als dem Schickſale
der Häretiker verfallen darzuſtellen, ſich gerade dieſen aus=
erkor, einen der wenigſt genannten in der römiſchen Reihen=
folge; wären ihm doch, ſollte man meinen, Liberius oder
Honorius zu dieſem Zwecke viel näher geſtanden, der erſtere
beſonders, der nach der im Mittelalter allgemein verbreiteten
Vorſtellung mehrere Jahre bis zu ſeinem Tode als offener
Arianer in Rom waltete, ſo daß, wie man meinte, eifrige
Katholiken um ſeinetwillen als Märtyrer ſtarben.

Gratian's Decret iſt es, welches, unmittelbar oder mittel=
bar, den florentiniſchen Dichter bei ſeiner Wahl beſtimmt
hat. Gratian hat nämlich nach dem Vorgange des ivoniſchen
Dekrets eine Stelle des Papſtbuches aufgenommen [2], in der
es heißt: Viele hätten ſich in Rom von der Gemeinſchaft
des Papſtes Anaſtaſius getrennt, weil er mit dem Diacon
Photin von Theſſalonika in kirchliche Communion getreten
und den Acacius wieder zu kirchlicher Ehre zu bringen ins=
geheim beabſichtigt habe. Dafür habe Gott ihn mit plötz=
lichem Tode beſtraft. Gratian's Dekret galt im ganzen
Mittelalter als entſcheidende Autorität, an den darin be=
richteten Thatſachen und Doctrinen zu zweifeln fiel nicht
leicht Jemandem ein, und ſo iſt denn das Andenken des
Papſtes Anaſtaſius II. auf die Nachwelt gekommen als das

[1] Inf. 11, 9.
[2] Decr. I, dist. 19, 9.

eines der Häresie sich zuneigenden Mannes, aus dessen kirch=
licher Gemeinschaft man, obgleich er Papst gewesen, recht=
mäßig ausgetreten sei; und dessen plötzlicher Tod allein noch
größeres Unheil von der Kirche abgewendet habe. Welche
Berechtigung hatte diese Ansicht?

Die byzantinischen Kaiser sahen sich schon durch die
politische Lage des Reiches immer wieder dazu gedrängt,
die mächtige Partei der Monophysiten mit der Kirche zu ver=
söhnen, und damit nicht nur eine kirchliche, sondern
auch eine politische Wunde zu heilen, eine ernste, dem Staate
drohende Gefahr abzuwehren. Zu diesem Zwecke hatte der
von dem Patriarchen Acacius zu Constantinopel berathene
Kaiser Zeno das Henotikon (482) erlassen, welches die bin=
dende Autorität und die dogmatische Entscheidung des den
Monophysiten verhaßten Conciliums von Chalcedon für eine
offene Frage erklärte. Papst Felix II. hatte endlich den
Acacius auf einer Synode mit dem Anathema belegt. Dieser
nämlich blieb zwar in der Lehre selbst fortwährend katholisch,
gab aber die chalcedonische Synode um des Friedens willen
preis, und trat mit allen Monophysiten, welche das Heno=
tikon angenommen, in Kirchengemeinschaft. Acacius hatte
fast den ganzen Orient auf seiner Seite, und da man in
Rom mit Jedem brach, der in der Gemeinschaft des Acacius
blieb, so war eine 35jährige kirchliche Spaltung zwischen
Orient und Occident die Folge. Die Nachfolger des Acacius
sollten den Namen desselben als eines im Banne Gestorbenen
aus den Kirchenbüchern tilgen, das forderten die Päpste
Felix und Gelasius als Bedingung der Kirchengemeinschaft;
jene aber wagten das nicht, weil sie einen Volksaufruhr
fürchteten, und Rom wollte nicht nachgeben, obgleich Gelasius
selbst gestand, daß man sich in der Erwartung, die Orientalen
würden die Gemeinschaft des römischen Stuhles jeder andern
Rücksicht vorziehen, getäuscht habe [1].

---

[1] Concilia, ed. Labbé, IV, 1173.

Die Trennung hatte schon 11 Jahre gewährt, als Papst
Anastasius den päpstlichen Stuhl bestieg. Ihm lag der
Friede mit den orientalischen Kirchen mehr am Herzen, als
seinen beiden Vorgängern; er that also, was Gelasius, selbst
auf die Bitte des Patriarchen Euphemius, verweigert hatte;
er sandte zwei Bischöfe als seine Legaten nach Constantinopel,
freilich noch immer darauf bestehend, daß der Name des
Acacius nicht mehr am Altare genannt werden dürfe. In
einem gleichzeitigen römischen Fragmente heißt es von dem
Schreiben, das der Papst damals an den Kaiser richtete:
der Leser werde daraus erkennen, auf welch nichtigen Gründen
das noch immer fortdauernde Schisma zwischen den Kirchen
des Orients und Italiens beruhe [1]). Damals kam Photinus
nach Rom, ein Mann, der in kirchlichen Unterhandlungen
thätig gewesen zu sein scheint, und der wohl von Orientalen
den Auftrag hatte, den Papst für die Sache der Einigung
zu gewinnen. Anastasius ließ ihn, obgleich er nach römischer
Anschauung der schismatischen Partei angehörte, das heißt,
mit denen, die das Andenken des Acacius ehrten, in Verbindung blieb, zur kirchlichen Gemeinschaft zu, und zeigte
sich bereit, in der Frage der Namenserwähnung nachzugeben,
also der schroffen, den Orient abstoßenden Haltung, deren
Beispiel seine Vorgänger gegeben, zu entsagen [2]). In Rom

---

[1]) Bei Blanchini, Notae varior. ad Anastas. III, 209.

[2]) Der Ausdruck des Biographen im Papstbuche: occulte voluit
revocare Acacium, ist von der Wiedereinrückung seines Namens in die
Kirchenbücher zu verstehen. Id nonnisi de illius nomine sacris di-
ptychis restituendo intelligi potest, sagt Bignoli (Liber Pontif. I
171) richtig. [Ebenso Duchesne, l. p. I. p. XLIII und 258. Langen
II, 215.] Der Kardinal Mai sagt nach dem Vorgange vieler Andern
(Baronius', Bellarmin's, Sommier's u. s. w.) in seinen Noten
zum Bernardus Guidonis (Spicil. VI, 98): Die Nachricht im Papstbuche
könne nicht wahr sein, Anastasius könne nicht die Absicht gehegt haben,
dem Namen des Acacius die kirchliche Erwähnung zu gewähren, weil
auch er gleich seinen Vorgängern in seinem unmittelbar nach seiner Erhebung an den Kaiser gerichteten Schreiben die Verschweigung dieses

aber, wo man es für Pflicht und Ehrensache hielt, daß von
der Bahn des Felix und Gelasius nicht abgewichen werde,
erregte dieß großes Mißfallen, es kam zu einer förmlichen
Trennung von Anastasius, der die gerechte Sache des römi=
schen Stuhls, das Ansehen seiner Vorgänger, die Autorität
der chalcedonischen Synode einem unsicheren Frieden auf=
opfern wolle, und der frühe, unerwartete Tod des Papstes
in dieser Lage der Dinge wurde von den Getrennten als
providentielle Errettung aus einer großen kirchlichen Gefahr
angesehen.

Die neueren Erklärer Dante's: Poggiali, Lom=
bardi, Tommaseo, meinen: Dante habe, durch Martinus
Polonus getäuscht, den Papst Anastasius mit dem gleich=
zeitigen und gleichnamigen Kaiser verwechselt. Dieß ist, wie
man sieht, nicht der Fall [1]. Auch Philalethes glaubt,
daß, da Acacius schon längst gestorben war, die ganze Er=
zählung auf einem Irrthum beruhe. Er meint nämlich, der
Verfasser des Papstbuches wolle, da er den (in der Note
erklärten) Ausdruck: „Zurückrufen" gebraucht habe, von dem

Namens begehrt habe. Man sollte es doch kaum für möglich halten,
daß in geschichtlichen Dingen auf so schwache Argumente gebaut werde.
Allerdings hat Anastasius in den ersten Wochen seines Pontifikats, indem
er die Erbschaft seiner Vorgänger antrat, dieß gethan. Aber was ist
natürlicher, als daß ein friedliebender Papst, wenn er von der Unerreich=
barkeit seiner harten und dem Gefühl von Millionen widerstrebenden
Forderung sich überzeugt hat, Neigung zeige, einem Begehren zu ent=
sagen, mit dessen Aufgebung kein einziges wesentliches Prinzip kirchlicher
Ordnung aufgegeben wurde? Konnte man einen Mann, der nach seinem
Tode hundert und dreißig Jahre lang im Besitz der kirchlichen Gemein=
schaft und Fürbitte geblieben war (Theodor von Mopsvestia), endlich
doch noch, weil man sich von der gründlichen Heterodoxie seiner Schriften
überzeugt hatte, ausstoßen, so konnte man gewiß auch einen Bischof, der
stets sich zum katholischen Dogma bekannt, und nur in formeller Be=
ziehung und unter sehr mildernden Umständen gefehlt hatte, des über
ihn verhängten Anathems nach seinem Tode wieder entlasten, wenn an
dieser Nachsicht das Wohl und der Friede der ganzen Kirche hing.
[1] Dante's göttliche Komödie. Dresden 1839, I, 67.

noch lebenden Acacius verstanden sein. Zu dieser Annahme eines groben Anachronismus liegt aber keine Nöthigung vor.

Es ist freilich ein verunzierender Flecken an Dante's erhabener Schöpfung, daß er einen unschuldigen und dogmatisch tadellosen Papst, dem in einer anderen Zeit seine Friedensliebe zu hohem Verdienste angerechnet worden wäre, in die Hölle zu den ewig verlorenen Ketzern gesetzt hat, aber der Irrthum, den der größte der christlichen Dichter dabei beging, lag nicht in der geschichtlichen Thatsache, sondern in dem Urtheil über die Thatsache, und dieses irrige Urtheil theilte Dante mit seinen Zeitgenossen und mit dem gesammten Mittelalter.

Im Papstbuche hieß es: Anastasius habe, da ihn der Tod als göttliches Strafgericht erreicht, seine Absicht mit Acacius nicht zu verwirklichen vermocht [1]. Diese Worte genügten den Chronisten des 13. und 14. Jahrhunderts noch nicht; die Katastrophe mußte näher bezeichnet werden, das Schicksal, das den ketzerischen Papst erfaßte, mußte schreckhaft und abscheuerregend sein; sie trugen also die Erzählung von dem plötzlichen Tode des Arius auf Anastasius über: man hatte ihn, als er zur Befriedigung eines Bedürfnisses bei Seite gegangen, mit ausgeschütteten Eingeweiden gefunden. So Martinus Polonus, Amalrich Augerii, Bernard

---

[1] Auch der Kardinal Mai behauptet nach dem Vorgang von Bellarmin, Baronius, Novaes: der Verfasser des Liber Pontif. habe sagen wollen, der Papst sei vom Blitz erschlagen worden, und dieß sei eine Verwechslung mit dem Kaiser Anastasius, welchem diese Todesart widerfahren sei. Alles grundlos. Das Papstbuch sagt kein Wort von einem Blitz, sondern nur bieß liegt in den Worten: der Papst sei durch seinen rechtzeitigen und wie durch göttliche Schickung verhängten Tod an der Ausführung seines verderblichen Vorhabens verhindert worden. Und daß der gleichnamige Kaiser durch einen Blitzstrahl getödtet worden sei, ist eine späte, den Zeitgenossen und der nächsten Generation unbekannte Fabel, die zu der Zeit, wo die Biographie des Papstes Anastasius geschrieben wurde, noch nicht ersonnen war. Vgl. Tillemont hist. des Empereurs, VI, 585.

Guidonis[1]). Dante's Commentatoren im 14. Jahrhundert
ſind ihnen gefolgt. Bei ihnen iſt Acacius der Gefährte
(compagno) des Photin und Kanonikus von Theſſalonika;
Photin aber hat den Papſt zur Läugnung der Gottheit
Chriſti verführt. Eine große Disputation des Papſtes mit
den Karbinälen, Biſchöfen und Prälaten, die ihn ſeiner
Irrlehre wegen tadelten, geht der Kataſtrophe vorher[2]). Die
Gloſſe zum Decret ließ den Papſt mit dem Ausſatz ge=
ſchlagen werden.

Gratian alſo war es hauptſächlich, der das Urtheil des
Mittelalters über Anaſtaſius fixirt hat. Dieſer Papſt, ſagt
er, wird von der römiſchen Kirche verworfen[3]). So ſagt
denn auch der Anonymus von Zwetl in ſeiner Papſtgeſchichte:
„die Kirche verwirft ihn und Gott hat ihn geſchlagen"[4]).
Die Gloſſe fügt noch bei, zwei Päpſte, Gelaſius und Ormis=
das, hätten ihn excommunicirt. Man überſah dabei, daß
Gelaſius des Anaſtaſius Vorgänger geweſen. Damit ſtand
nun aber die Thatſache feſt, daß Anaſtaſius ein häretiſcher
Papſt geweſen ſei, und ſo wurde er denn auch gewöhnlich
neben Liberius als ein zweites Beiſpiel päpſtlicher Häreſie
aufgeführt. Seit Gratian pflegten die Theologen ſich auf
das Kapitel „Anaſtaſius" im Decret und auf die Gloſſe
dazu zu berufen, wenn ſie die Frage von der häretiſchen

---

[1]) Dagegen begnügt ſich der Biograph der Päpſte, Du Peyrat,
zu ſagen: Anastasius damnatus est et reprobatus. Notices et Extraits VI.

[2]) So der „falſche Boccaccio", oder die 1375 verfaßten Chiose
sopra Dante, Firenze 1846, p. 87, und der von Nannucci unter
dem Namen des Petrus Allegherius herausgeg. lateiniſche Com=
mentar, Florenz 1845, p. 137, dann der Ottimo Commento, p. 199,
der den Photin mit dem irrgläubigen Biſchof des 4. Jahrh. verwechſelt.
Ebenſo Francesco da Buti, Commento, I, 301. Wo Graul,
Dante's Hölle, S. 116, die Sage gefunden hat, Anaſtaſius habe Chriſto
die göttliche Natur abgeſprochen, weiß ich nicht.

[3]) Ideo ab Ecclesia Romana repudiatur. Dist. 19, c. 8.

[4]) Ap. Pez, thesaur. Anecd. I, p. 3, 351.

Verirrung eines Papſtes und dem Verfahren der Kirche in
ſolcher Lage erörterten. Freilich hatte der Scholaſtikus
Alger zu Lüttich (um 1150) noch andere Quellen als Gratian
vor ſich, als er behauptete [1]): Papſt Anaſtaſius ſei zuſammt
ſeinem Decret verdammt, weil er darin erklärt habe, daß
die von Acacius nach dem zu Rom über ihn gefällten Urtheil
ertheilte Taufe und Ordination in Kraft beſtehe. Damit
habe er den Entſcheidungen ſeiner Vorgänger widerſprochen [2]).
Alger trifft übrigens hier mit ſeinem Zeitgenoſſen Gratian
zuſammen. Dieſer hat die Erklärung des Anaſtaſius, wo=
nach die Wirkſamkeit der Sakramente nicht von der Be=
ſchaffenheit des Ausſpenders abhängt, alſo auch die von
einem häretiſch gewordenen Biſchofe verwalteten Sakramente
gültig und nach Umſtänden wirkſam ſind, als Beiſpiel einer
von einem Papſte ausgegangenen falſchen Glaubensentſchei=
dung beigebracht, worüber ihm ſchon die römiſchen Correc=
toren widerſprochen haben [3]).

Dagegen verwechſelte Wilhelm von Saint=Amour
(um 1245) Anaſtaſius mit Liberius; er weiß nur, daß zur
Zeit des Hilarius ein Papſt häretiſch geweſen ſei, von dem
geſchrieben ſtehe: nutu divino fuit percussus, und vermuthet

---

[1]) Liber de misericordia et justitia. c. 59. Bei Martene.
thes. Anecd. V, 1127.

[2]) Alger meint ſelber nicht, wie er ſich nachher erklärt, daß die
von Acacius geſpendeten Sakramente geradezu nichtig geweſen ſeien;
er unterſcheidet: Quod vera, quamvis non rata possint esse sacramenta cujuslibet mali sacerdotis, vel haeretici, vel damnati. c. 83.
Aber er wähnt, Anaſtaſius habe irriger Weiſe die sacramenta des
Acacius auch für rata erklärt. Er geht nämlich von dem Satze aus,
den bereits einige kurzſichtige Vertheidiger der päpſtlichen Suprematie
aufgeſtellt hatten: daß ein Papſt, der häretiſch werde, ſofort, und ehe
er noch ſeine häretiſche Geſinnung irgendwie kundgegeben, aufhöre, Papſt
zu ſein, und alſo Alles, was er dann noch thue, nichtig ſei. In welchem
Falle dann die Kirche, die doch nicht umhin könnte, ihn fortwährend
anzuerkennen, ſich in einem unvermeidlichen Irrthum befände.

[3]) Decr. dist. 19. c. 7. 8.

nun, das möchte der bei Gratian erwähnte Anastasius II. gewesen sein [1]).

Alvaro Pelayo, der, nebst Augustin von Ancona, die Erhebung der päpstlichen Macht über alles frühere Maß und über fast jede Schranke mit dem größten Nachdruck in seinem großen Werke über den Zustand der Kirche empfohlen hat, erwähnt, zur Belegung seines Satzes, daß ein häretischer Papst einem weit schwereren Gerichte, als jeder andere, ver= fallen müsse, des Strafgerichts, welches den Anastasius ge= troffen habe [2]). Auch Occam bedient sich des „häretischen" Anastasius, um an diesem Beispiele zu zeigen, worauf es ihm ankam, daß nämlich die Kirche durch dessen Anerkennung geirrt habe [3]). Die Basler Kirchenversammlung verfehlte gleichfalls nicht, sich zur Bestätigung der nothwendigen Suprematie eines ökumenischen Concils über den Papst auf die Thatsache zu berufen, daß Päpste, welche die Kirche nicht gehört, von ihr als Heiden und Zöllner behandelt worden seien, wie man von Liberius und Anastasius lese [4]).

Der Papst, sagt etwas später der Bischof Dominicus bei Domenici von Torcello in einer an den Papst Calixtus III. (1455—58) gerichteten Schrift, ist für sich allein nicht unfehlbare Glaubensregel, da einige Päpste im Glauben geirrt haben, wie Liberius und Anastasius II., der deshalb von Gott gestraft worden ist [5]). Nach ihm meint auch der Belgier Johann Le Maire (um 1515): Liberius und Anastasius seien die zwei Päpste der älteren Zeit, die nach Constantin's Schenkung als Häretiker einen schlimmen Ruf in der Kirche hätten [6]).

---

[1]) Opera, ed. Cordes. Constantiae (Parisiis) 1632, p. 96.

[2]) Divino judicio percussus fuit, nam dum assellaret, intestina emisit. De planctu ecclesiae 2, 10. Venetiis 1560, II, 38.

[3]) Opus nonaginta dierum. Lugd. 1495. f. 124.

[4]) Ap. Harduin. VIII, 1327.

[5]) De Cardinalium legit. creat. tract., steht bei M. A. de Do-minis, De Republ. eccl. Londini 1617, I, 767 ss.

[6]) In haeresin prolapsus est, et reputatur pro secundo Papa

Während Anaſtaſius unverdienter Weiſe als ein Häre=
tiker galt, wurde dagegen das Andenken des Honorius*[1])
in Ehren gehalten, und die Thatſache, daß ein allgemeines
Concilium dieſen Papſt wegen häretiſcher Geſinnung und
Begünſtigung der Irrlehre mit dem Banne belegt hatte,
pflegte man im Mittelalter zu ignoriren. Die Sache ver=
hielt ſich folgendermaßen: die monotheletiſche Irrlehre war
ein gefährlicher und unglücklicher Verſuch, die Monophyſiten
durch ein weitgreifendes Zugeſtändniß mit der Kirche wieder
zu vereinigen, erſonnen und eingeführt in die Kirche von
einigen orientaliſchen Prälaten, die wahrſcheinlich dabei im
Einverſtändniſſe mit dem Kaiſer Heraklius und nach ſeinem
Wunſche handelten. Der Streitpunkt war dieſer: Nach den
Erklärungen des chalcedoniſchen Conciliums, daß die beiden
Naturen in Chriſtus ohne ein Zuſammenfließen und ohne Ver=
wandlung der einen in die andere verbunden ſeien, mußte
folgerichtig auch eine Zweiheit des Willens, ein menſchlicher
und ein göttlicher Wille in Chriſtus unterſchieden werden,
während die Monophyſiten, ihrerſeits conſequent, den menſch=
lichen Willen vor dem göttlichen verſchwinden, den Logos
allein in Chriſtus die Thätigkeit des Wollens vollziehen
ließen. In dieſem Punkte ſtimmten die Monotheleten, die
ſich als eine die Verſöhnung der Monophyſiten anſtrebende
Mittelpartei gebildet hatten, mit den letzteren überein, und
ſo brachte Cyrus in Alexandrien die Vereinigung der dortigen
Severianer mit den Katholiſchen zu Stande. Der mit ihm
einverſtandene Sergius, Patriarch zu Conſtantinopel, ſuchte
und erlangte gegen den von Sophronius erhobenen Wider=
ſpruch die Zuſtimmung des Papſtes Honorius. Auf dieſe
Weiſe waren der Papſt und die beiden Patriarchen von

---

infami post donationem Constantini. De Schismatum et Concil.
differ. Argentor. 1609, p. 594.

*[1]) Vgl. die eingehenden Unterſuchungen Hefele's CG.[2] III, 141—177
und 287—313, wo auch die ältere und neuere Literatur angegeben und
berückſichtigt iſt; Langen II, 509 ff. 550 ff. 561 ff.

Conſtantinopel und Alexandrien im Weſentlichen gleicher An=
ſicht. Honorius hatte, ganz im Sinne beider, die zwei ent=
ſcheidenden Schriftſtellen, in welchen der menſchliche, krea=
türliche Wille von dem göttlichen des Logos am deutlichſten
unterſchieden und dieſem gegenübergeſtellt war, für eine bloße
„Oekonomie" in der Sprechweiſe Chriſti erklärt, d. h. für
eine nur im uneigentlichen Sinne zu nehmende Akkommo=
dation, wobei Chriſtus blos beabſichtigt habe, uns damit zur
Unterordnung des eigenen Willens unter den göttlichen zu
ermahnen. Er mußte alſo, gleich den beiden Orientalen,
einen einzigen Willen in Chriſtus, den göttlichen oder gott=
menſchlichen, d. h. einen vom Logos aus= und durch die
menſchliche Natur gleichſam nur hindurchſtrömenden Willen
annehmen, einen Willen, in welchem nur der Logos der
Wollende, der aktiv ſich Verhaltende, die menſchliche Natur
aber rein paſſiv iſt, ſo daß ihre Willenskraft entweder nicht
vorhanden iſt, oder doch quiescirt. Und dieß hat er denn
auch ausgeſprochen: „Wir bekennen," ſagt er, dem Sergius
Recht gebend, aber noch beſtimmter als dieſer ſich ausdrückend,
„Einen Willen in Chriſtus". Dabei quälte ſich Honorius,
gleich den Monotheleten des Orients, mit der Vorſtellung:
ein menſchlicher Wille müßte nothwendig, als der ſündigen
menſchlichen Natur angehörig, dem göttlichen ſtets wider=
ſtreben, während doch der Gedanke ſo nahe lag, daß der der
ſündloſen Natur Chriſti entſtammende menſchliche Wille ſich
dem göttlichen conformire, alſo moraliſche Willenseinigung
bei phyſiſcher Willenszweiheit beſtehe.

Dagegen wollte Honorius, indem er das von den
Orientalen gebrauchte Wort „Energie" (Wirkungsweiſe) in
einem andern Sinne nahm: weder von Einer noch von zwei
Energien ſolle geredet werden, da Chriſtus vermöge ſeines
Einen gottmenſchlichen Willens in vielfacher Weiſe wirke oder
thätig ſei. Alſo Einheit des Willens, meint Honorius, denn
es iſt die Perſon, welche will, und nicht die Naturen, und
Vielfältigkeit (nicht Einheit und nicht Zweiheit) der Wirkungs=

weifen ober Energien. In biefem Sinne nun, baß es nämlich
verfehrt fei, über eine ober zwei Energien Chrifti zu ftreiten,
weil weber das eine noch das anbre vernünftiger Weife ge=
fagt werben könne, wollte Honorius ben Streit niederge=
fchlagen wiffen. Dabei warb jeboch vorausgefetzt, baß Alle
in ber Annahme einer einzigen Willenskraft einig feien.
Der Kaifer Conftantin meinte fpäter in feinem Ebifte:
Honorius habe nicht nur irrig gelehrt, fonbern widerfpreche
fich auch felber — wohl nur barum, weil er, an bie orien=
talifche Terminologie gewöhnt, ben Sinn, in welchem Hono=
rius bas Wort „Energie" nahm, nicht verftanb. Honorius
meinte bamit: Thätigkeitsäußerungen ber Perfon, beren viele
unb verfchiebenartige finb. Der Kaifer aber verftanb barunter
Wirfungsweifen ber Naturen, beren Zwei, ober (monothe=
letifch) wegen Einheit bes Willens nur Eine fein müffen.

Diefe, bem Sergius unb ben übrigen Gönnern unb
Anhängern bes Monotheletismus willkommne Lehre bes Hono=
rius führte zu ben beiben kaiferlichen Ebiften, ber Efthefis
unb bem Typus. Sie führte bazu, infofern Heraflius baburch
anzunehmen berechtigt war, baß ber römifche Stuhl fich einer
folchen Lehrvorfchrift nicht widerfetzen werbe, ber Typus bes
Conftans aber nur ber fchwächere Nachhall ber Efthefis war.
Es kam aber anbers, als man in Conftantinopel gehofft
hatte: ber ganze Occibent erhob fich gegen bie neue Doctrin,
unb es ergab fich alsbalb, baß Honorius mit feiner Auffaffung
ber Sache in Rom unb bem Abenblanbe allein geftanben war.
Eine Zeit lang verfuchte man, Honorius zu entfchulbigen.
Papft Johann IV. (640—42) meinte in feiner Schutzfchrift[1]:
fein Vorgänger habe nur ben Wahn von zwei fich wiber=
fprechenben Willen, als ob nämlich Chriftus auch einen von
ber Sünbe inficirten Willen gehabt hätte, verworfen. Aller=

---

[1] Bei Manfi X, 683. — * Ueber bie Vertheibiger bes Honorius,
üb. P. Johann IV., Maximus, f. Hefele III, 169 ff.; auch Grifar S. J.
im KLex.² „Honorius" muß ihm barin Recht geben.

dings hatte die Furcht, daß man mit der Anerkennung der
Willens=Duplicität auch sofort unaufhaltsam zur Annahme
zweier sich widersprechenden Willen fortgetrieben werde,
großen Antheil an der Erklärung des Honorius, nur bleibt
es räthselhaft, wie ein Mann, der doch sicher nicht mono=
physitisch gesinnt war, sich durch eine so grundlose Besorgniß
bestimmen lassen konnte. Die Entschuldigung, welche Maxi=
mus mit Berufung auf die Aussage des päpstlichen Sekretärs
für Honorius vorbrachte, war noch gezwungener und unhalt=
barer: Honorius, meinte er, habe sich nur gegen die An=
nahme zweier m e n s c h l i c h e n sich widersprechenden Willen
wehren wollen[1]). An eine solche Absurdität hatte der Papst
augenscheinlich nicht gedacht; vielmehr war sein Schluß und
die Ursache seines Irrthums kurz ausgedrückt diese: Ein
Wollender, also auch Ein Wille; denn der Wille ist Sache
der Person und nicht der Naturen.

Honorius hatte im gleichen Sinne noch einmal an
Sergius, sowie an Cyrus und Sophronius geschrieben, und
so war es denn natürlich, daß man ihn als eine der Stützen
des Monotheletismus betrachtete; der Patriarch Pyrrhus
hatte sich demgemäß auf ihn berufen, und auf der late=
ranischen Synode des Jahres 649 wurden die Schriften der
Monotheleten, welche die Autorität des Honorius für sich
geltend machten, vorgelesen*[2]). Niemand sprach hier ein

---

[1]) Bei M a n s i X, 687. 691. 739.

*[2]) Grisar, KLex.² Heft 57, 242, behauptet: „In Rom und Italien
liegt bis zur Zeit Leo's II. auf dem Andenken des Papstes (Honorius)
keine Trübung, sondern vielmehr Auszeichnung und Glanz." Diese
Behauptung geht zu weit. Man hatte schon vor der römischen Synode
649 Honorius dadurch für schuldig erklärt, daß man die zu consecrirenden
Bischöfe in dem von ihnen abzulegenden Glaubensbekenntnisse schwören
ließ: profitemur etiam cuncta decreta pontificum ap. sedis, id est
s. r. Severini, Johannis, Theodori atque Martini, custodire quae
adversus novas quaestiones in urbe regia exorte sunt, et per proprias
doctrinas cuncta zizaniorum scandala amputasse noscuntur. Sickel.
lib. diurn. form. 73 p. 72. Von den genannten Päpsten wußte man,

Wort zur Vertheidigung des Honorius, man beobachtete über
ihn völliges Schweigen, obgleich die fünf Prälaten, die als
die Urheber und Hauptſtützen der Irrlehre galten: Theodor
von Pharan, Cyrus von Alexandrien, Sergius, Pyrrhus und
Paulus, Patriarchen von Konſtantinopel, von dem Papſt
Martin und der Synode verdammt wurden.

Endlich kam die entſcheidende Synode von 680, und
hier geſchah, was nach dem Vorausgegangenen zu erwarten war: Honorius wurde als Theilnehmer an der monotheletiſchen Ketzerei den andern ſchon zu Rom verdammten
Prälaten gleichgeſtellt, mit ihnen dem Anathem unterworfen,
und die Synode ließ es ſich nicht nehmen, den „Häretiker
Honorius" namentlich zu verwünſchen. Er habe, hieß es in
dem Decret, ſich in allen Punkten dem Sergius angeſchloſſen;
er habe unter dem katholiſchen Volke die Häreſie des Einen
Willens verbreitet; er habe es verdient, mit Sergius dem
gleichen Anathem unterworfen zu werden; denn ſeine dogmatiſchen Schreiben ſeien den apoſtoliſchen Dogmen und den
Entſcheidungen der Synoden völlig zuwider, und zielten auf
dieſelbe Gottloſigkeit wie die Schriften der erklärteſten Monotheleten. So drückte ſich beſonders Kaiſer Conſtantin, der
an der Synode ſehr thätigen Antheil genommen, in dem
Schreiben an den Papſt aus, und in dem Edikte, das an
der großen Kirche der Hauptſtadt angeheftet ward, hieß es
von Honorius: er ſei in Allem als „Mitketzer, Mitläufer und
Beſtätiger der Ketzereien" dem Sergius und dem Theodor
gleich zu ſetzen geweſen[1]). Die Synode ſelber hatte noch,
nachdem ſie die Schreiben des Sergius und des Honorius
einer ſorgfältigen Prüfung unterzogen, bezüglich beider Männer
erklärt: „Die, deren gottloſe Lehren wir verabſcheuen, deren

daß ſie die Skandale abgeſchnitten hatten, von Honorius konnte man
Gleiches nicht anführen. Friedrich, Zur Entſtehung des lib. diurn..
Akad. Sitzungsber. 1890 S. 68 f.
[1]) Bei Manſi XI, 697—712.

Namen haben wir auch aus der Kirche hinauszuwerfen für nöthig erachtet." Ueber die Absicht des Concils, den Honorius wegen wirk= licher Häresie, und nicht blos wegen Schwäche oder Nach= lässigkeit und Unvorsichtigkeit in Bekämpfung der Häresie zu verurtheilen, kann also kein Zweifel bestehen. Und dennoch ist es gewiß, daß er nicht häretisch im eigentlichen Sinne war, freilich aber auch eben so klar, daß Cyrus, Sergius, Pyrrhus, Paulus es nicht mehr und nicht weniger waren als Honorius. Es handelte sich um eine Frage, die, früher nicht aufgeworfen und nicht erörtert, eben erst die Geister beschäftigte, um eine Frage, bei welcher die Besorgniß des Einlenkens in entgegengesetzte Irrthümer (Nestorianismus oder Monophysitismus) sehr nahe lag. In solchen Fällen gehört immer einige Zeit und einige Controverse dazu, daß das kirchliche Bewußtsein sich orientire und feststelle. In der älteren Kirche hatte man irrige Kundgebungen einzelner Bi= schöfe in einer noch nicht kirchlich entschiedenen und formu= lirten Frage milde und schonend behandelt, besonders wenn solche Männer in der Gemeinschaft und dem Frieden der Kirche gestorben waren. Aber seitdem die fünfte große Syn= ode 553 das Beispiel mit der Verdammung des Theodor von Mopsvestia, nicht etwa blos seiner Schriften, sondern seiner Person, gegeben, und die Päpste dieß nach einigem Widerstand angenommen und im ganzen Occident endlich durchgesetzt hatten, war es anders geworden. In Rom hatte man auf der Synode des Jahres 649 fünf Prälaten, dar= unter drei bereits verstorbene, als Monotheleten verdammt; einer von ihnen war der Patriarch Paul II. von Constanti= nopel, der dem Papste Theodor geschrieben hatte, er folge der Lehre des Honorius, und der hierauf den Typus des Kaisers Constans angenommen hatte. Der Typus ging aber nicht so weit, als das Schreiben des Honorius, denn während dieses sich ausdrücklich für die Lehre von Einem Willen er= klärte, gebot der Typus blos Schweigen über die ganze

Frage. Daß nun die zur ſechſten Synode verſammelten Orien=
talen den Vorwurf und Schimpf der Häreſie nicht ausſchließ=
lich auf die Häupter ihrer Patriarchen fallen laſſen wollten,
daß ſie die Gelegenheit, auch einmal den Patriarchen von
Altrom, wie man dort ſagte, als Mitſchuldigen erſcheinen
zu laſſen, nicht eben ungern ergriffen, das war natürlich
und menſchlich, und die päpſtlichen Legaten, welche eben erſt
bezüglich einer dem Papſt Vigilius angedichteten Verirrung
proteſtirt hatten, konnten, als die Sache des Honorius zur
Verhandlung kam, weder formell noch materiell gegen das
völlig regelrechte Verfahren etwas einwenden, mußten daher
der Verurtheilung zuſtimmen. Hatten doch auch eben erſt die
beharrlichen Monotheleten auf der Synode, der Patriarch
Makarius von Antiochien, der Mönch Stephan und die zwei
Biſchöfe von Nikomedien und Klaneos erklärt, ſie hätten
keine Neuerung, ſondern nur die von Honorius und den
Patriarchen erlernte Lehre vorgetragen. Den verſammelten
Vätern lag nur die Wahl vor, entweder die ſechs verſtor=
benen Urheber und Gönner des Monotheletismus alle zu
ſchonen oder alle zu verdammen. Das erſtere hatte die
lateraniſche Synode unmöglich gemacht, und die römiſchen
Legaten würden wahrſcheinlich gegen einen Beſchluß proteſtirt
haben, der die occidentaliſche Kirche genöthigt hätte, ein von
ihr auf einer großen Synode gefälltes Urtheil außer Kraft
zu ſetzen. So blieb denn nur das zweite übrig.

Mit Spannung mochte man in der Kaiſerſtadt der
Aufnahme entgegenſehen, die das Decret in Altrom finden
würde. Etwas Neues, bisher Unerhörtes war geſchehen: ein
Papſt war als häretiſch verurtheilt von einem ökumeniſchen
Concilium, und die Römer ſollten ſein Andenken, welches
Niemand unter ihnen bisher angetaſtet hatte, aus der kirch=
lichen Fürbitte tilgen. Agatho hatte einen Verſuch gemacht,
den drohenden Schlag abzuwehren, er hatte, ohne den Namen
ſeines Vorfahrers zu nennen, in ſeinem Schreiben die allge=
meine Verſicherung einfließen laſſen, daß der römiſche Stuhl

nie von dem Pfade apoſtoliſcher Tradition abgewichen, nie
von häretiſchen Neuerungen ſich habe anſtecken laſſen*[1]).
Die Synode erwiderte dieß mit der Rückäußerung: ſie habe
ihr Urtheil über die Verurtheilten, Honorius mit einbegriffen,
gemäß der von Agatho zuerſt gefällten Sentenz erlaſſen.
Gerade dieſen hatte aber Agatho in ſeinem Schreiben über=
gangen.

---

*[1]) Agatho fühlte das Unzureichende ſeiner Behauptung ſelbſt und
ſagte deßhalb auch: Unde et ap. m. meae parvitatis praedecessores,
dominicis doctrinis instructi, ex quo novitatem haereticam in Christi
immaculatam ecclesiam Constantinopolitanae ecclesiae praesules
introducere conabantur, nunquam neglexerunt eos hortari,
atque obsecrando commonere, ut a pravi dogmatis haeretico errore,
saltem tacendo desisterent. Mansi XI, 243. Da von praedecessores die Rede iſt und auch die andere damit verbundene Phraſe
über die Biſchöfe von Conſtantinopel an form. 73 des Lib. Diurn.
erinnert, könnte man an Severin, Johann IV., Theodor und Martin I.
denken; allein von ihnen gilt „saltem tacendo desisterent“ nicht. Es
muß alſo Honorius gemeint ſein. Das VI. Concil kümmerte ſich
nicht um Agatho’s Behauptung, und merkwürdigerweiſe ſagt Leo II.
von Honorius gerade das Gegentheil von Agatho aus: cum Honorio,
qui ... negligendo confovit (Jaffé 2119). Uebrigens weiß Leo II.
in ſeinem Beſtätigungsſchreiben an Kaiſer Conſtantin auch nichts mehr
von der ruhmredigen Weiſe Agatho’s, „daß der römiſche Stuhl nie
von dem Pfade apoſtoliſcher Tradition abgewichen, nie von häretiſchen
Neuerungen ſich habe anſtecken laſſen“. Vielmehr ſchreibt er kleinlaut:
Hanc igitur rectae atque apostolicae traditionis normam praede-
cessor meus Agatho, ap. mem. papa, cum sua synodo praedicavit:
hanc scriptis percurrentibus suae suggestionis pagina vestrae pie-
tati per suos legatos emisit, approbans et confirmans testimoniis
sanctorum et probabilium ecclesiae doctorum, quam sancta nunc
et magna synodus, domini et vestro favore celebrata, suscepit, et
in omnibus nobiscum amplexa est, utpote b. Petri apostolorum
principis sinceram doctrinam in ea agnoscens, et immutilatae
pietatis in hac signa contrectans. Sancta igitur universalis et
magna sexta synodus, quam nutu Dei vestra clementia sedule con-
vocavit et cui pro Dei ministerio praefuit, apostolicam in omnibus
et probabilium patrum doctrinam secuta est ... Mansi XI, 730.

Agatho war indeß in Rom geſtorben, und die Aufgabe,
ſich über die Verdammung des Honorius auszuſprechen, fiel
ſeinem Nachfolger Leo II. zu, der die Akten des Concils aus
dem Griechiſchen überſetzt hatte. Leo ſah, daß Klugheit und Ge=
rechtigkeit die Anerkennung des ſynobalen Urtheils erheiſchten,
daß ein Verſuch, auch jetzt noch zwiſchen Honorius und den
orientaliſchen Prälaten zu unterſcheiden, keine Ausſicht auf
Erfolg mehr habe. Er ſandte alſo dem Kaiſer ein Be=
kenntniß, welches die namentliche Verdammung des Honorius
enthielt, weil er „die römiſche Kirche nicht mit apoſtoliſcher
Lehre erleuchtet, ſondern zugelaſſen habe, daß ſie, die früher
rein geweſen, durch eine gottloſe Irrlehre (profana perfidia)
befleckt wurde". Damit war faſt noch mehr geſagt, als dem
geſchichtlichen Hergange entſprach; denn Honorius war doch
thatſächlich der einzige in Rom, der jene in ſeinem Schreiben
niedergelegte Doctrin hegte, von einem andern Anhänger,
den die monotheletiſche Lehre in Rom gehabt hätte, iſt nichts
bekannt geworden. Doch bezeichnete Leo das Vergehen ſeines
Vorgängers in dem Schreiben an die ſpaniſchen Biſchöfe
und den König Erwig in gemilderten Wendungen. Honorius
hat es hienach nur geſchehen laſſen (consensit), daß die
reine Lehre gefälſcht oder befleckt wurde; er iſt nur nicht
wachſam oder vorſichtig genug geweſen. Damit widerſprach
er aber immer noch der Behauptung Agatho's, daß alle Päpſte
bezüglich der Irrlehre ihre Pflicht erfüllt hätten.

Daß man in Rom den Byzantinern gegenüber das Er=
eigniß als eine Kränkung und Demüthigung empfand, war
natürlich. Gleichwohl wurde nach der Entſcheidung der Syn=
ode kein Verſuch mehr gemacht, die Thatſache den Augen
der Menſchen, auch nur der Occidentalen, zu entrücken. Im
Gegentheil: ſie wurde, als ob man ihr die größte Publicität
hätte geben wollen, in das Glaubensbekenntniß, welches jeder
neugewählte Papſt unterzeichnen mußte, eingerückt. So ſteht
dieſelbe in dem Liber Diurnus, dem officiellen, zum Ge=
brauche der päpſtlichen Kanzlei beſtimmten Formelnbuche der

römischen Kirche in jener Zeit [1]). Mit besonderer Ausführ=
lichkeit wird hier der sechsten ökumenischen Synode, auf
welcher Papst Agatho durch seine Legaten den Vorsitz ge=
führt habe, gedacht; darauf folgt, nach einer Exposition der
dyotheletischen Lehre, die Verdammung der Gegner: Sergius,
Pyrrhus, Paulus und Petrus, die vier Patriarchen von
Constantinopel, werden zugleich mit Honorius, welcher ihren
falschen Lehren zugestimmt und sie befördert habe (fomen-
tum impendit), nebst Theodor und Cyrus mit dem Anathem
belegt.

Um so auffallender ist es, daß das andere officielle
Werk der römischen Kirche jener Zeiten, das Papstbuch,
alles auf die Theilnahme des Honorius an dem monothele=
tischen Streite und dessen Verurtheilung Bezügliche mit nicht
zu verkennender, ängstlicher Sorgfalt verschweigt. Und doch
hat es sonst für diese Periode gute und gleichzeitige Nach=
richten. Erst unter den Päpsten Theodor und Martin wird
das Erscheinen des Pyrrhus in Rom, der Haber mit Paulus
wegen des Typus, die lateranische Synode von 649 und
das Schicksal des Papstes Martin erwähnt. Der Biograph
Agatho's in dieser Sammlung hat augenscheinlich das Tage=
buch vor sich gehabt, welches die päpstlichen zur Synode von
680 abgeordneten Legaten führten. Diese Legaten, unter
denen sich drei Bischöfe befanden, erzählen: sie selbst seien
es gewesen, welche die Monotheleten auf der Synode auf=
gefordert hätten, die Autorität des apostolischen Stuhles, auf
welche jene sich beriefen, vorzuzeigen [2]). Darauf hätten die
erfreuten Monotheleten das Schreiben des Papstes Vigilius

---

[1]) Ed. Garnerii. Paris. 1680, p. 41. Sickel, Lib. Diurn.. form.
84 p. 100. — * Wohl auch form. 85 p. 109 3—8 bezieht sich auf
Honorius; das consensit Leo's II. (Jaffé 2120) findet sich auch hier
(consensum praebere); Friedrich, Zur Entstehung des Lib. Diurn.
S. 129.

[2]) Lib. Pontif. I. 279, ed. Vignoli. Duch. I. 351.

an Mennas vorgelegt; die Unterſuchung habe jedoch gezeigt,
daß die betreffende Stelle darin interpolirt ſei. Kein Wort
davon, daß die Monotheleten ſich vor Allem auf Honorius
beriefen, daß die zwei Schreiben des Honorius in beiden
Sprachen vorgelegt, geprüft und als häretiſch verworfen
worden ſeien. Entweder haben die Legaten alles dieſes ver-
ſchwiegen, weil ſie ganz andere Inſtructionen von Agatho
empfangen, dieſen aber auf der Synode nachzukommen unmöglich gefunden hatten, oder der Compilator dieſes Theils
des Papſtbuches hat, indem er das Tagebuch abſchrieb, alles
auf Honorius Bezügliche weggelaſſen. Da die Legaten die
Akten der Synode und die Kanonen, die ſie (mit der Verdammung des Honorius) ſelber unterzeichnet hatten, vor-
legten, ſo iſt eher anzunehmen, daß das letztere ſtattfand,
um ſo mehr, als bei der Compilation oder doch der letzten Re-
daction dieſes Theiles wahrſcheinlich der Bibliothekar Anaſtaſius thätig war, der ſich noch zwei Jahrhunderte nach dem
Ereigniſſe in ſeinem Schreiben an den römiſchen Diaconus
Johannes[1]) große Mühe gab, den Honorius zu entſchul-
bigen. Den Inhalt der Schreiben des Honorius wagte er
zwar nicht, wie neuere Apologeten dieſes Papſtes gethan,
zu rechtfertigen; aber, meint er, man könne doch nicht wiſſen,
ob nicht etwa der Sekretär den diktirenden Papſt mißver-
ſtanden, oder gar aus Haß oder Willkür die Worte eigenmächtig geändert habe. Doch beſinnt er ſich, daß dieſer
Sekretär ein ſehr heiliger Mann, der Abt Johann, geweſen,
und kehrt nun ſeinen Unwillen gegen das ſechſte Concil ſelbſt,
welches gegen die bibliſchen Vorſchriften einen ſtummen,
ſchutzloſen Todten verurtheilt habe, ganz vergeſſend, daß die
römiſche Synode von 649 ebenſo mit fünf Prälaten verfahren war. Die dogmatiſchen Beſchlüſſe dieſes Concils
ſeien freilich Glaubensregel; aber gleichwie der römiſche
Stuhl den 28. Kanon der chalcedoniſchen Synode un-

---

[1]) Biblioth. PP. Lugd. XII, 833.

beschadet der dogmatischen Autorität dieser Versammlung
verworfen habe, so, meint er, könne man auch das Urtheil
über Honorius verwerfen. Wußte Anastasius nicht, was
Leo II. gethan, was im Glaubensbekenntnisse der Päpste
stand? Das einzige Treffende, was er vorbringt, ist die Be=
merkung, daß das Concil zwar allerdings den Honorius als
Häretiker verdammt habe, daß aber doch nur der im eigent=
lichen Sinne ein Häretiker heißen möge, der zu dem Irr=
thum die streitsüchtige Hartnäckigkeit (contentiosa pertinacia)
hinzufüge.

Das Schweigen in der Biographie des Agatho hat indeß
den Biographen Leo's II. in demselben Papstbuche nicht ab=
gehalten, den Namen des Honorius unter denen, die von
der sechsten Synode als Monotheleten verdammt worden,
mit aufzuführen, und da die Lectionen für den Tag des
heiligen Leo aus dieser Biographie wörtlich entlehnt wurden,
so ist denn auch die Verdammung des Honorius in das
ältere römische Brevier übergegangen, und bis zum 17. Jahr=
hundert darin stehen geblieben, freilich ohne beachtet zu
werden, was sich gleich erklären wird.

Im Orient kam man natürlich mehrmals auf die Ver=
dammung des Honorius zurück, doch ohne sie gerade als
etwas Besonderes und Auffallendes hervorzuheben. Die
Patriarchen Tarasius von Constantinopel und Theodor von
Jerusalem nannten ihn zur Zeit der siebenten Synode (787)
mit unter den des Monotheletismus wegen Verurtheilten;
so auch der Diacon Epiphanius [1]). An einen Unterschied,
der zwischen ihm und den übrigen wegen Häresie verurtheilten
Häuptern der Monotheleten zu machen wäre, dachte man
nicht. Papst Hadrian II. bemerkte noch besonders in seinem
den Akten der achten Synode beigefügten Schreiben: der
Häresie wegen sei Honorius angeklagt und verurtheilt worden,

---

[1]) Concilia, ed. Labbé. VII. 166; 182; 422.

und auch da sei die Verdammung nur in Folge der vom römischen Stuhle ertheilten Zustimmung geschehen [1]).

Zum letzten Male im Occident gedenkt Hincmar von Rheims des Ereignisses mit Honorius mit der Bemerkung: er müsse das Anathem wohl im Leben verdient haben, sonst würden die, welche über ihn zu Gericht gesessen, mehr sich als ihm geschadet haben [2]). Nach ihm erlischt die Erinnerung an die Thatsache in den abendländischen Kirchen. Man las wohl noch in den das sechste Concil betreffenden Notizen, wie sie in einzelnen Chroniken und im römischen Brevier sich fanden, den Namen des Honorius ohne nähere Angabe mitten unter den übrigen, die dieses Concilium verdammt hatte. Da dieß aber sonst durchaus Orientalen waren, da die monotheletische Streitigkeit keine Spuren im Occidente zurückgelassen hatte, da keines der im Mittelalter allgemein gebrauchten Geschichtsbücher Näheres über die monotheletische Angelegenheit enthielt, so dachte Niemand mehr daran, daß unter diesem aus der kirchlichen Gemeinschaft ausgestoßenen Honorius ein Papst gemeint sei. Vor Allem war das Schweigen des Papstbuches dafür entscheidend. So ist es gekommen, daß keiner der zahlreichen Verfasser von Papstgeschichten und Katalogen auch nur die geringste Andeutung von einem so bedeutsamen Ereignisse, dem einzigen in seiner Art, gegeben hat. Pseudo-Luitprand, Abbo, Martinus Polonus, Leo von Orvieto, Bernard Guidonis, Gervasius, Riccobald von Ferrara, Amalrich Augerii, alle diese Historiker der Päpste schweigen. Sie wissen zum Theil ziemlich Unbedeutendes, kleine liturgische Anordnungen von ihm zu berichten, sie erwähnen, daß Leo II., der Griechisch verstanden, die Akten der sechsten Synode in's Lateinische übersetzt habe; aber ein Ereigniß, welches doch

---

[1]) Vgl. die Note von Garnier zum Lib. Diurn. p. 41.
[2]) In der Schrift: De una et non trina Deitate. Cf. Chmel, Vindiciae Concil. VI. Prag. 1777, p. 137.

in Rom selbst so bedeutsam erschienen war, daß man es eigens in das päpstliche Glaubensbekenntniß aufgenommen hatte, lassen sie Alle unerwähnt, nicht etwa absichtlich — nur von dem Compilator des Papstbuches läßt sich sagen, daß er den Vorgang absichtlich verschwiegen habe — sondern offenbar, weil sie nichts davon wußten, obgleich drei ökumenische Synoden, die sechste, siebente und achte, jenes Anathem über Honorius gefällt und bestätigt hatten.

Und dieß war allgemein der Fall bei den Lateinern vom 10. bis in's 15. Jahrhundert. Zwar nennt die Chronik Ekkeharb's[1]), nennen Abo und Marianus Scotus Honorius unter den von der sechsten Synode Verdammten, aber diese Namen ohne jede nähere Bezeichnung waren für jene Zeiten leere Klänge, bei denen Niemand sich etwas dachte. Wenn daher der Kardinal Humbert in seiner Schrift gegen den Griechen Nicetas[2]) einen Bericht über die sechste Synode einschaltet, und in diesem auch den Honorius als einen der Verurtheilten nennt, so ist sicher anzunehmen, daß er von der Würde des Mannes keine Ahnung gehabt habe; sonst würde er gerade den Byzantinern gegenüber eine solche Erinnerung zu wecken vermieden haben. Besonders auffallend ist diese Vergessenheit, in welche das Schicksal des Honorius gerathen war, in dem Schreiben des Papstes Leo IX. an Michael Cerularius, den Patriarchen von Constantinopel, und an Leo von Achrida[3]), in welchem diesen Prälaten alle früheren Aergernisse und häretischen Verirrungen der dortigen Kirche und ihrer Bischöfe vorgehalten werden. Der Papst stellt die stete Orthodoxie der römischen Bischöfe den zahlreichen Fällen von Häresie, welche sich in Constantinopel ereignet hätten, zuversichtlich entgegen, erinnert, wie die Päpste stets ihr richterliches Amt, besonders

---

[1]) Bei Pertz. VIII, 155.

[2]) Ap. Baron. Append. ad tom. XI. Annal., p. 1005 ed. Colon.

[3]) Bei Harduin VI, 932.

während der monotheletiſchen Controverſen, an den dortigen
Patriarchen geübt und ſie verdammt hätten, und hatte offen=
bar keine Ahnung davon, daß Michael und Leo mit der
Anführung der in Conſtantinopel erfolgten, in Rom an=
genommenen Verdammung des Honorius ſeine ganze Argu=
mentation niederſchlagen konnten. Vielmehr hält er ihnen,
durch die römiſchen Apokryphen getäuſcht, entgegen: Sil=
veſter habe entſchieden, daß der erſte Stuhl (der römiſche)
von Niemanden gerichtet werden ſolle, und dieß habe Con=
ſtantin nebſt der ganzen nicäniſchen Synode gebilligt.

Auch Anſelm von Lucca würde nicht mit ſolcher Zu=
verſicht behauptet haben: auf den bisher gehaltenen acht
ökumeniſchen Synoden habe ſich gezeigt, daß der römiſche
Patriarch der einzige ſei, deſſen Glaube nie wanke [1]), wenn
er gewußt hätte, daß gerade auf den drei letzten dieſer acht
Synoden Honorius wegen Häreſie anathematiſirt worden ſei.
Desgleichen würde Rupert von Deutz nicht, wie er gethan,
die ſtete Orthodoxie der Päpſte den häretiſchen Verirrungen
der Patriarchen von Conſtantinopel entgegengeſtellt haben,
wenn er nicht an der allgemeinen Unkenntniß bezüglich der
ſechſten Synode Theil genommen hätte [2]).

So oft demnach im Occident Fälle anzuführen waren,
in denen Päpſte geirrt hätten oder häretiſch geworden ſeien,
berief man ſich auf Liberius und Anaſtaſius, mitunter auch
auf Marcellinus, nie aber auf Honorius. Dieſes Nicht=
wiſſen tritt beſonders unter Clemens V. auffallend hervor.
Damals begehrte man von franzöſiſcher Seite dringend ein
förmliches Anathem über den verſtorbenen Bonifaz VIII.;
die Vertheidiger dieſes Papſtes machten geltend, daß er als
ein Verſtorbener, der ſich nicht mehr verantworten könne,
jedem irdiſchen Gerichte, alſo auch ſelbſt dem des römiſchen

---

[1]) Contra Guibertum Antipapam. Bibl. Patrum Lugd. XVIII.
609.

[2]) De divinis Offic. 2, 22.

Stuhles, entrückt sei. Den Anwälten des französischen Hofes wäre nun das Beispiel des Honorius sehr willkommen ge= wesen, denn damit hätten sie auf das Schlagendste nachweisen können, daß die Kirche allerdings auch über einen todten Papst zu Gericht gesessen sei und ihn verurtheilt habe. Die Sache war aber längst dem Gedächtnisse der Juristen wie der Theologen entschwunden, und so wurde der Name des Honorius in dem langen Streite und Proceßverfahren nie erwähnt.

So ist es denn gekommen, daß Platina den Honorius sogar zu einem entschiedenen Gegner der Monotheleten ge= macht hat, und den Heraklius auf seine Mahnung hin den Pyrrhus und Cyrus verbannen läßt. Daß aber noch gegen Ende des 16. Jahrhunderts der gelehrte Panvinio, dem dann Ciaconi wieder nachschrieb, dieß billigen konnte, ist schwer begreiflich.

Erst durch einen in Constantinopel lebenden Griechen, Manuel Kalekas, der um das Jahr 1390 ein Werk gegen die vom Occident getrennten Byzantiner schrieb, wurde die Thatsache, daß Honorius vom sechsten Concil verurtheilt worden sei, wieder zur Kenntniß der Occidentalen gebracht. Der päpstliche Nuncius Anton Massanus, Minorit, brachte das Buch im Jahre 1421 aus Constantinopel an den päpst= lichen Hof, worauf es Martin V. durch den berühmten Camaldulenserabt Ambrosius Traversari übersetzen ließ. Aus ihm erst erfuhr Kardinal Torquemada, der seine „Summa" um das Jahr 1450 schrieb [1]), die Verdammung des Honorius, die ihn nun, da sie durchaus nicht in sein System passen wollte, sehr quälte [2]). Kalekas hatte sich im Streite mit den Griechen die Sache leicht gemacht; er hatte

---

[1]) Quetif et Echard Scriptores O. P., I. 718.
[2]) Summa de Ecclesia, 2. 93. Ed. Venet. 1560, f. 228. Dieß ist das bedeutendste Werk des Mittelalters über die Fragen von dem Umfange der Papstgewalt.

sich begnügt, auf die Entschuldigung, welche Maximus für
Honorius vorgebracht, zu verweisen, ohne sich weiter darum
zu bekümmern, daß das Urtheil eines ökumenischen Conci=
liums doch ein ganz anderes Gewicht haben müsse, als die
ausweichende Antwort eines Theologen, der sich nur dadurch
zu helfen wußte, daß er den Sekretär für die in den päpst=
lichen Schreiben enthaltenen Irrthümer verantwortlich machte[1]).
Torquemada kannte nun auch noch die Aeußerung Hadrian's II.
aus den Akten des achten Concils, daß Honorius der Häresie
wegen anathematisirt worden sei. Gleichwohl meint er, es
sei anzunehmen, daß die Orientalen über Honorius falsch
berichtet worden, und ihn so irrthümlich verdammt hätten[2]).
Sein einziger Grund dafür ist, daß Papst Agatho bei der
Aufzählung der Monotheleten=Häupter den Honorius nicht
mit genannt habe.

Dieser Versuch, lieber einem ökumenischen Concilium
eine grobe Verirrung aufzubürden, um nur die Ehre eines
Papstes zu retten, blieb indeß ziemlich unbeachtet und stand
in jener Zeit vereinzelt. Denn damals herrschte noch, wie
das ganze Mittelalter hindurch, die Ansicht, daß ein Papst
allerdings vom Glauben abfallen und häretisch werden könne,
und dann abgesetzt werden könne und müsse.

Erst nach der Mitte des 16. Jahrhunderts beschäftigte
man sich wieder angelegentlich mit der Frage des Honorius.
Die Thatsache der Verurtheilung war mit dem jetzt von
Baronius, Bellarmin und einigen Andern entwickelten
Systeme nicht vereinbar. Man suchte sie daher zu beseitigen;
man gab nämlich vor, die Akten der sechsten Synode seien
von den späteren Griechen verfälscht worden, und Alles, was
auf Honorius darin sich beziehe, sei von ihnen interpolirt,
damit die Unehre so vieler als häretisch verurtheilter orien=

[1]) Contra Graecorum errores. Ingolst. 1608, p. 381.
[2]) Creditur quod hoc fecerint Orientales ex mala et falsa et
sinistra informatione de praefato Honorio decepti.

talischer Patriarchen durch die Schmach eines in der gleichen
Kategorie befindlichen Papstes gemildert erschiene. Dann
mußten auch die Schreiben Leo's II. für untergeschoben
erklärt werden. Hiezu entschlossen sich Baronius, Bellar=
min, Hosius, Binius, Duval, die Jesuiten Tanner und
Gretser. Schon das Bekanntwerden des Liber Diurnus
mußte die Nichtigkeit dieser Versuche aufdecken. Noch un=
haltbarer erwies sich das andere Auskunftsmittel, die Ver=
dammung des Honorius der sechsten Synode abzusprechen,
und einer späteren rein griechischen (man meinte, scheint es,
die quinisexta von 692) zu übertragen, deren Akten dann
in die der sechsten eingeschoben worden seien. Damit halfen
sich Sylvius, Lupus, und der römische Oratorianer
Marchese, der diesen Gedanken in einem eignen Buche aus=
geführt hat [1]).

Eher war es noch denkbar, daß die Schreiben des
Honorius erdichtet worden, oder daß man sie interpolirt
habe, dazu bedurfte es doch keines so großartigen und um=
ständlichen Apparats von Verfälschungen, wie sie Baronius
und Bellarmin sich oder wenigstens ihren Lesern vorstellten.
Diesen Ausweg erwählten daher Gravina, Coster, auch
Stapleton und Wiggers neigten dazu hin [2]).

---

[1]) Clypeus fortium, sive Vindiciae Honorii Papae. Romae 1680.

[2]) Gegen solche Bemühungen, wie Bellarmin's, Baronius' und
Andrer nach ihnen, historische, reichlich bezeugte Thatsachen durch Ver=
dächtigung der Zeugen und der Urkunden zu beseitigen, weil sie zu dem
System einer Schule oder Partei nicht passen wollen, hat sich in dieser
Frage des Honorius der Kardinal Sfondrati kräftig ausgesprochen.
Quid hoc aliud est, quam contra torrentem navigare, omnemque
historiam ecclesiasticam in dubium vocare? — Sublata vero historia et consequenter traditione usuque ecclesiae, quae tu arma
contra haereticos satis valida habebis? Male ergo, ut nobis quidem videtur, Ecclesiae illi consulunt, qui ut Honorii causam tue-
antur, historiam ecclesiamque exarmant. — Ergo si testibus agenda
res est, Honorius Papa haereticus fuit. Eugenii Lombardi
Regale Sacerdotium. p. 721 sq.

Da indeß die Schreiben des Honorius in Gegenwart
der päpſtlichen Legaten, die doch ihren Inhalt kennen mußten,
vorgelegt, geprüft und verdammt worden waren, ſo ſah man
ſich genöthigt, auch dieſem Auskunftsmittel zu entſagen.
Mehrere zogen daher vor, zu behaupten, daß Honorius an
ſich richtig gelehrt habe, und nur, weil er die Häreſie aus
unzeitiger Friedensliebe geſchont und durch die Zurückweiſung
eines nothwendig gewordenen dogmatiſchen Ausdruckes be-
günſtigt habe, von dem Concilium verurtheilt worden ſei.
So De Marca, Natalis Alexander, Garnier, Du
Hamel, Lupus, Tamagnini, Pagi, und viele Andere.

Dieſe Methode, den Honorius zu vertheidigen, wurde
ſehr beliebt ſeit dem Ausbruch der janſeniſtiſchen Bewegungen.
Durch die Janſeniſten hauptſächlich iſt die Frage des Honorius zu einer quaestio vexata geworden, in der man Alles
aufbot, die Thatſachen zu verwirren und zu entſtellen, und
mit der ſeit 1650 faſt jeder namhafte Theologe ſich befaßte,
ſo daß binnen etwa 130 Jahren über dieſe eine kirchenge-
ſchichtliche Frage mehr geſchrieben worden iſt, als wohl über
irgend eine andere in 1500 Jahren. Die Janſeniſten nämlich,
denen Alles daran lag, das von der Kirche über das Werk
des Janſenius gefällte Urtheil zu entkräften, ſtellten die
Theorie auf, daß die Kirche zwar nicht in der direkten Auf-
ſtellung der Lehre, wohl aber in den „dogmatiſchen Thatſachen", d. h. in der Beurtheilung einer Schrift, in der
Deutung eines dogmatiſchen Textes, irren könne und geirrt
habe. Sie ſtellten ſich alſo auf Seite des Honorius gegen
das Concilium, betraten gerne den von den Kardinälen
Torquemada, Baronius, Bellarmin, De Laurea,
Aguirre bereits gebahnten Weg[1]), und behaupteten, dem

---

[1]) Dieſe hatten nämlich in der Vorausſicht, daß die angebliche Ver-
fälſchung der Akten ſich nicht halten laſſe, bereits die andere Alter-
native, daß das Concil ſich in der Beurtheilung der Decretalen des
Honorius getäuſcht habe, ergriffen. Bennettis (Privil. Pontif. Vin-

Honorius und seinen Schreiben sei durch das Urtheil der
Synode schweres Unrecht geschehen; die Synode habe sich
troß der angewandten Sorgfalt, und obgleich die fragliche
Materie damals jedem geläufig war, in ihrer Entscheidung
getäuscht. Die Gegner der Janseniften, die nicht zugeben
wollten, daß die Kirche einen Papst als häretisch verdammt
und aus der Kirchengemeinschaft gestoßen habe, thaten nun
lieber den klaren Worten des Concils Gewalt an, um sagen
zu können, Honorius sei nicht wegen positiver, sondern nur
wegen „negativer" Häresie, d. h. blos weil er andern
Häretikern zugestimmt und ihre Irrlehre begünstigt habe,
dem Anathem des Concils verfallen[1]). Aber Fenelon hat
bereits erinnert, mit allen diesen Kunstgriffen und Deutungen,
durch welche die Orthodoxie des Honorius gerettet werden
solle, erreiche man doch nichts. Denn die Hauptfrage sei
doch immer die: hat die auf einem vollständigen ökumenischen
Concilium repräsentirte Kirche die dogmatischen Schreiben
eines Papstes für häretisch erklärt, und damit die Fehlbar=
keit der Päpste anerkannt? Wenn diese Frage zu bejahen
sei, dann komme für das Interesse des römischen Stuhls
wenig darauf an, ob die Synode in der Anwendung des
Prinzips auf einen einzelnen Fall (den Sinn der Schreiben
des Honorius) sich geirrt habe oder nicht[2]).

---

diciae, Rom. 1759, P. II, T. V, p. 389) gibt zu: Turrecrematae,
Baronio, Bellarmino ac Spondano locutiones excidisse minus accu-
ratas ac paulo asperiores. Sie haben einfach das Ansehen eines öku=
menischen Concils und seines von dem päpstlichen Stuhle selbst accep=
tirten Urtheils dem Interesse ihrer Theorie aufgeopfert.

[1]) Es ist besonders der Jesuit Garnier, der sich in seinen Noten
zum Liber Diurnus große Mühe damit gegeben hat. Ihm ist dann
eine ganze Schaar von Theologen gefolgt. Zuletzt Palma (Praelectiones hist. eccl. II, 127), dessen Bemühungen in die Spiße auslaufen:
das Concil habe zwar dem Häretiker Honorius Anathema gerufen, habe
es aber mit dem Ausdruck nicht so ernstlich gemeint.

[2]) Troisième instr. pastor. sur le Cas de Consciense. Oeuvres.
éd. de Versailles, XI, 483. — *Polemik als zu meiner Aufgabe nicht

Einige Italiäner des vorigen Jahrhunderts, wie der
Bischof Bartoli und der Bibliothekar Ughi, haben wieder
ihre Zuflucht zu der beliebten und so bequemen Fälschungs=

---

gehörend hielt ich bis jetzt fern. Hier muß ich indessen einen Angriff
kennzeichnen, den der Jesuit Schneemann, Studien über die Honorius=
Frage, 1864, S. 31 f. auf Döllinger's Ausführung über Fenelon macht.
Zunächst habe dieser, sagt er, darin Unrecht, daß er Fenelon's Kritik
auf die Behauptung der Jansenisten und ihrer Gegner zu beziehen
scheine, denn Fenelon bezeichne an der citirten Stelle nirgends die Unter=
scheidung zwischen positiver und negativer Häresie als einen Kunstgriff
oder eitle Deutung. Döllinger müßte denn die Worte bei Fenelon
S. 481: En vain pour parer als Worte Fenelon's statt der Jansenisten
angesehen haben. Unbegreiflich! S. 482, also unmittelbar vor der
von Döllinger benützten Stelle, heißt es doch unzweideutig: Ce n'est
pas ainsi que parlent Bellarmin et tous les autres ultramontains
défenseurs du siège apostolique. Ils soutiennent au contraire que
le pape Honorius ne fut condamné que comme un particulier pour
avoir fomenté l'hérésie par un excès de ménagement: Ut privatum ho-
minem... Quod privatis litteris haeresim foverit, und das ist die „nega=
tive" Häresie, wie sie oben Döllinger erläutert. Weiterhin behauptet Schnee=
mann: hätte Döllinger die von ihm citirte Stelle „nicht ganz ungenau über=
setzt", so würde sich gezeigt haben, daß Fenelon die Distinction zwischen
Häresie und Begünstigung der Häresie der ultramontanen Vertheidiger kei=
neswegs als einen Kunstgriff verworfen habe. Fenelon habe vielmehr durch
seinen hypothetischen Satz: Supposé que le sixième concile .... (den
übrigens Schneemann verstümmelt hat), zu verstehen gegeben, daß die
dort gemachte Supposition nicht wirklich geschehen, sondern nur fingirt
sei, daß mithin die Kirche Honorius nicht als Häretiker verurtheilt habe.
Das Gegentheil habe aber Döllinger dem Fenelon zugeschrieben und zu
dem Zweck das Tempus geändert. Ich verliere darüber kein Wort, son=
dern bemerke nur, daß Döllinger überhaupt keine Uebersetzung, sondern
nur den Sinn der Worte Fenelon's gab, und führe, damit sich der Leser
selbst ein Urtheil bilden kann, die Worte Fenelon's, in denen er noch=
mals auf die „negative" Häresie hinweist, selbst an: Cet écrivain (jan-
seniste) soutient que le sixième concile a déclaré Honorius autant
hérétique dans ses lettres, que Sergius dans les siennes .... En
vain dira-t-il que Rome demeure libre de répondre que le sixième
concile s'est trompé sur le texte d'Honorius, pourvu qu'on n'attri-
bue point au concile l'infaillibilité sur les textes. Cet écrivain ne

theorie genommen, die über jede halsstarrige Thatsache rasch hinweghilft. Nach Bartoli[1]) sind die Schreiben des Ho= norius verfälscht. Zugleich aber eignete sich Bartoli auch die schon von dem Augustiner Desirant gemachte Ent= deckung an, daß die Griechen überdieß noch die Schreiben des Sergius verfälscht hätten, so daß die doppelt betrogene Synode auch das Schreiben des Honorius, das dem des Sergius beipflichte, für häretisch angesehen habe. Ughi gab zu, die Synode habe ganz offenbar den Honorius wegen Ketzerei verdammt[2]), meint aber, sie sei dabei leichtfertig und unbesonnen verfahren, da sie sich durch die dem Hono= rius untergeschobenen Schreiben habe täuschen lassen; und um nicht auf halbem Wege stehen zu bleiben, erklärt er auch noch die Briefe des Papstes Leo II. für unächt. Auch der französische Theologe Corgne griff zu diesem traurigen Auskunftsmittel[3]).

---

donnera point le change aux docteurs ultramontains. C'est l'infaillibilité des papes en général, et non pas ce qui n'est que per-
sonnel à Honorius comme simple particulier, qu'ils veulent sou-
tenir. Il ne s'agit point du texte d'Honorius, mais de ce que
l'Eglise a cru sur ce texte. Il ne s'agit point de savoir si le sixième concile a bien ou mal jugé du texte Honorius. Quand même
le sixième concile auroit mal jugé de ce texte, son erreur sur ce
texte suffiroit pour prouver la faillibilité des papes. Supposé que
le sixième concile, suivi en ce point par deux autres conciles oecu-
méniques et par plusieurs papes, eût cru que le texte d'Honorius
étoit hérétique, il faudroit nécessairement avouer que l'Eglise entière auroit cru que les papes pouvoient errer contre la foi.

[1]) Apologia pro Honorio I. Rom. Pontif. 1750.

[2]) Quae omnia, sagt er nach Anführung der klarsten Stellen aus
den Synodalakten, nullo unquam temperamento emollita — — mani-
feste demonstrant, fuisse Honorium non solummodo tanquam desi-
dem, sed — tanquam verum haereticum a synodo VI. proscrip-
tum. De Honorio I. Pontif. Max. Liber. Bononiae 1784, p. 94. cf.
p. 98.

[3]) Dissertation critique et théologique sur le Monothélisme.
Paris 1741, p. 56 sq.

Arsbekin und Cavalcanti erdachten ſich ein anderes
Pförtchen, durch das man den unwillkommenen Conſequenzen
entſchlüpfen könne: Nur die Griechen ſeien es geweſen,
welche auf dem ſechſten Concil das ungerechte Urtheil über
Honorius gefällt hätten, die Lateiner daſelbſt hätten an dieſer
Verirrung keinen Theil genommen.

Dagegen behauptete zu derſelben Zeit der Biſchof
Dupleſſis d'Argentré: Als Häretiker habe das Concil
den Papſt verurtheilt, und zwar mit Recht, denn Gott habe
zugelaſſen, daß er in ſeinen Schreiben an Sergius in ſolche
Irrthümer gefallen ſei, damit die Päpſte an ſeinem Beiſpiele lernen möchten, daß ihnen Irrthumsloſigkeit in Dar-
legung der Lehre nur unter der Bedingung der gehörigen
Berathung, die bei ihm nicht ſtattgefunden, gewährt ſei [1]).
Auch der Kardinal Orſi hat die Unhaltbarkeit der Bemühungen, die Orthodoxie des Honorius zu retten, und die
von kurzſichtigen Theologen dabei gegebene Blöße wohl erkannt, und zieht ſich daher auf den Standpunkt zurück, daß
Honorius nur als Privatlehrer, nicht als Papſt, nicht im
Namen der römiſchen Kirche und durch eine feierliche, mit
der erforderlichen Berathung ertheilte Entſcheidung (ex
cathedra) geſprochen habe. Der Kardinal La Luzerne
hat dieſe Behauptungen einer ſcharfen Kritik unterworfen [2]).
Man könne, bemerkt er richtig, nicht ſagen, daß Honorius
nicht als Papſt, nur als Privatlehrer über die monotheletiſche Frage ſich ausgeſprochen habe; als Papſt ſei er gefragt worden, und als ſolcher habe er geantwortet, in dem-
ſelben Ton und Styl, in welchem ſeine Vorgänger, Cöleſtin
und Leo auf dogmatiſche Anfragen geantwortet hatten. Dieß
muß jedem einleuchten. Orſi hat aber ſeinerſeits ganz Recht,

---

[1]) Collectio judiciorum de novis erroribus, Paris 1724, T. I,
praef. p. 4. Und in ſeinen Variae Disputationes theol. ad opera
M. Grandin. Paris 1712, II, 220.

[2]) Sur la déclaration du clergé. Oeuvres, Paris 1855, II, 42
und 190 sq.

wenn er hervorhebt, daß Honorius ohne Concilium und
eigenmächtig entschieden habe, ohne sich um die Lehre der
abendländischen Kirchen, die alle von Anfang an byothe=
letisch gesinnt waren, zu bekümmern, sogar ohne nur der
römischen Kirche selbst Gelegenheit zur Kundgebung ihres
Glaubens in dieser Frage darzubieten. Wenn der Begriff
einer Entscheidung ex cathedra gehörig erweitert, und nur
diejenige dogmatische Erklärung dahin gerechnet wird, welche
ein Papst nicht in seinem Namen und für sich, sondern im
Namen der Kirche, mit dem sichern Bewußtsein der in der
Kirche herrschenden Lehre, also nach vorausgegangener Um=
frage oder conciliarischer Erörterung erläßt, dann — aber
auch nur dann läßt sich sagen, daß Honorius nicht ex
cathedra geurtheilt habe. Weder die römische Kirche, noch
die abendländische, noch der größere Theil der orientalischen
Kirche ist jemals monotheletisch gewesen, aber Honorius hat
an die orientalischen Kirchen Schreiben erlassen, über deren
monotheletischen Inhalt wohl nie ein Zweifel erhoben worden
wäre, wenn der Verfasser nicht gerade Papst gewesen wäre.
Daher hat ihn auch das ältere römische Brevier einfach als
Monotheleten bezeichnet [1]).

8. Gregorius II. und Kaiser Leo der Isaurier.

Gregorius II. — so berichten spätere Historiker, und so
haben viele Theologen begierig angenommen — hat dem
bilderstürmenden Kaiser Leo, als er seine Edikte gegen den

---

[1]) Mit wissenschaftlicher Ruhe und besonnener Gründlichkeit hat
Hefele in seiner Conciliengeschichte und in der Abhandlung in der
Tübinger Quartalschrift, Jahrg. 1857, die Sache des Honorius be=
handelt. — *Selbstverständlich mußte der Fall Honorius', wenn man
im Jahre 1870 zu einer Definition der päpstlichen Unfehlbarkeit ge=

Bildergebrauch auch in Italien durchzusetzen unternommen, den Besitz Italiens abgesprochen und die Italiener bewogen, sich von ihm loszusagen. Baronius, Bellarmin und

---

langen wollte und sie wirklich vollzog, vielfach erörtert werden. Die umfangreiche Literatur, meist sehr geringwerthig, braucht indessen nicht weiter berücksichtigt zu werden. Es genügt, einige Hauptwortführer zu hören. Noch 1870 erschien in Rom, von Pennacchi, De Honorii causa in concilio sexto. Der Verfasser gesteht, daß Honorius seine Schreiben auctoritate apostolica, also ex cathedra, erlassen habe und daß er von der VI. allgemeinen Synode, allerdings aus Mißverständniß der orthodoxen Schreiben, als „formeller" Häretiker verurtheilt worden sei. Das Gleiche im Wesentlichen behauptet noch 1877 Hefele, CG². III, 177. 291. Natürlich entsteht dann die Frage: wie können demnach die Päpste unfehlbar sein? Pennacchi sucht dieser Schwierigkeit dadurch zu entkommen, daß er Leo II. die Sentenz der VI. Synode über Honorius nicht bestätigen, sondern „abrogiren" läßt. Darüber spricht sich aber Hefele, nachdem er Alles, was Leo II. über den Fall gethan und geschrieben, angeführt hat, dahin aus: „Wie man auf Grund dieser Aktenstücke sagen kann, P. Leo II. habe die VI. allgemeine Synode nicht (in allweg) bestätigt, im Gegentheil ihre Sentenz über Honorius abrogirt, ist mir nicht erfindlich." Er glaubt einen anderen Ausweg zeigen zu können. Es sei zuzugeben, Honorius habe „den monotheletischen Terminus ἓν θέλημα buchstäblich nude crude ausgesprochen und den orthodoxen Terminus δύο ἐνέργειαι mißbilligt" (ex cathedra), aber er habe zugleich gezeigt, „daß H. nur im Ausdruck sich vergriff, während er orthodox dachte. Das Concil dagegen hat sich einfach an die incriminirten unglücklichen Ausdrücke gehalten, welche von den Monotheleten mißbraucht wurden, und hat auf diese hin, auf ihren Wortlaut hin, auf das Factum hin, daß H. so geschrieben hatte, seine Sentenz ausgesprochen" (S. 293). Darauf habe Leo II., obwohl er das VI. Concil in allweg bestätigte, auch die Sentenz über H. weder abrogirte noch nur unter Vorbehalt bestätigte, „die Verschuldung des Honorius genauer präcisirt und so den Sinn angegeben, in welchem die gegen ihn erlassene Concilssentenz aufzufassen sei", eine Behauptung, welche auch insofern kaum richtig, als Leo II. bei der formellen Bestätigung des Concils von Honorius gar nicht spricht (Mansi XI, 730). Begreiflich konnte man mit diesem Ausweg Hefele's nicht zufrieden sein. Der Jesuit Grisar versuchte daher im Kirchenlex.² einen neuen. Nach ihm sind die Schreiben des H. orthodox, ist der monotheletische Ausdruck: „Wir bekennen Einen Willen" nicht häretisch und der Befehl des

Andere haben diese angebliche Thatsache zu einer Hauptstütze ihres Systems bezüglich der päpstlichen Autorität über die weltlichen Gewalten gemacht.

_____

Papstes, über die Termini „Eine oder zwei Wirkungsweisen" zu schwei= gen, kein Spruch ex cathedra.   Indem also H. gerade über das nicht entscheidet, was ihm Sergius vorgelegt hatte, um es zu prüfen und „das etwa mangelhaft Gesagte durch die von Gott ihm verliehene Gnade zu ergänzen", so habe er, meint Grisar, eine andere Entscheidung ex cathedra über die zwei Naturen getroffen. Doch dürfe man die Schrei= ben des Papstes auch nicht einfach als a privato homine verfaßte hin= stellen. Das VI. Concil aber habe, als es über H. sprach, keine gülti= gen Handlungen eines ökumenischen Concils vollzogen, weil die Väter sich nicht im Einklange, sondern in offenkundiger Dissonanz mit den Päpsten zur Zeit des Concils, Agatho und Leo II., befanden. Der letztere habe zwar die Synode angenommen und als ökumenische be= zeichnet, aber die Beschlüsse gegen Honorius durchaus nicht im Sinne der Concilsbischöfe bestätigt. Alle diese Versuche, alte geschichtliche That= sachen mit neuen dogmatischen Ansichten auszugleichen, sind mehr oder weniger unwissenschaftlich. Thatsache ist, daß man in Rom, und zwar nach der Bestätigung des VI. Concils durch Leo II., von einer Milde= rung des über Honorius verhängten Anathems nichts wußte, diesen vielmehr auf ganz gleiche Linie mit den übrigen Irrlehrern stellte: in qua (synodo) et condemnati sunt Cyrus, Sergius, Honorius, Pyr- rus, Paulus et Petrus . . ., qui unam voluntatem et operationem in domino Jesu Christo dixerunt vel praedicaverunt (vita Leonis II., Duchesne, l. p. I, 359). Wie durfte man das über Honorius in Rom und in dem Leben Leo's II., der eine ganz andere Auffassung des Ho= noriusfalles vorgeschrieben haben soll, schreiben? Nein, hier im Leben Leo's II. haben wir einen authentischen Commentar zu der Auffassung, welcher die Verdammung des Honorius durch das VI. Concil in Rom begegnet ist. Gehen wir aber von dieser Darstellung im Leben Leo's II. aus, so ist m. E. die Stelle Leo's II. in seinem Bestätigungsschreiben nicht nur keine Milderung, sondern eine Verschärfung des Anathems über Honorius. Leo's Bemerkung über Honorius steht nicht in Parallele mit den Ketzern als solchen, sondern wie er zu den Ketzern aus Con= stantinopel die Bemerkung fügte: subsessores magis quam praesules. so bei dem Ketzer Honorius, qui hanc ap. ecclesiam . . . Honorius soll demnach noch verbrecherischer erscheinen: jene waren nur Bischöfe, Ho= norius der Inhaber des Stuhls Petri, von dem weit mehr, als von jenen, gefordert werden mußte.

Unter den päpstlichen Biographen des Mittelalters ist
es nur Martinus Polonus, der, indem er durch eine
Verwechselung die Sache auf den dritten Gregor überträgt,
berichtet: Der Papst habe, als er in dem Kaiser Leo einen
unverbesserlichen Ikonoklasten erkannt, Rom, Italien, Spanien
und „ganz Hesperien" bewogen, sich von dem Kaiser loszu=
sagen und habe die Entrichtung der Steuern an ihn unter=
sagt. Es ist nur wieder ein Beweis von Martinus' unglaub=
licher Unwissenheit, daß er auch Spanien, das gothische und
nun saracenische Spanien sich lossagen läßt. Was nebstdem
unter „ganz Hesperien" zu denken sei, hätte er wohl selber
nicht anzugeben vermocht. Die anderen päpstlichen Bio=
graphen: Amalrich, Guibonis, Leo von Orvieto u. a. wissen
nichts von der Losreißung Italiens. Aber vor Martin
hatten Sigebert, Otto von Freysingen, Gottfried
von Viterbo, Albert von Stabe und der sogenannte
Landulf, der späte Compilator der historia miscella, be=
reits die Notiz, daß Papst Gregor die Italiener zum Abfall
von Leo bewogen, aufgenommen. Sie ist bei allen diesen,
auch bei den Byzantinern Zonaras, Cedrenus und Glykas,
aus einer einzigen Quelle geflossen. Diese Quelle ist der
Chronist Theophanes, welcher 80 Jahre später die Ge=
schichte dieser Zeit schrieb (er starb nach 818), und dessen
Werk in der abgekürzten lateinischen Uebertragung des Ana=
stasius Bibliothecarius von den genannten lateinischen
Chronisten mittelbar oder unmittelbar benützt wurde.

Es ist also ganz vergeblich, in der Weise, wie es z. B.
von Bianchi[1]) geschehen ist, die Namen der Zeugen für die
angebliche Thatsache zu häufen, diesen auch noch Nauclerus
und Platina beizufügen. Alle diese Zeugen lösen sich in
einen einzigen auf, und der Forscher hat blos zu constatiren,
daß Theophanes ein später und in italienischen Dingen

---

[1]) Della Potestà e della Polizia della chiesa. Rom. 1745.
I, 382.

wenig bewanderter Berichterstatter sei, daß die beiden gleich=
zeitigen italienischen Zeugen: Paulus Diaconus und der
ungenannte Biograph Gregor's im Papstbuche, das Gegen=
theil von dem, was Theophanes sagt, erzählen, und daß
Zonaras im 12. Jahrhundert und gar Cebrenus, die
dem Theophanes blos nachgeschrieben, hier ganz bedeutungs=
los seien. Zonaras verfolgt noch besonders die Absicht,
dem päpstlichen Stuhl den Verlust der italischen Besitzungen
für das griechische Kaiserthum aufzubürden, und fügt daher
zu der irrigen Angabe des Theophanes noch die weitere
Ausschmückung hinzu: Gregor habe ein Bündniß mit den
Franken geschlossen, die sich hierauf Roms bemächtigt hätten,
was er dreimal wiederholt. Er versetzt also Ereignisse, die
erst unter Pipin und Karl dem Großen stattgefunden, in die
Zeit Gregor's II. und Karl Martell's.

Die Wahrheit ist demnach, daß, nach den Angaben der
beiden italienischen Zeitgenossen und den eigenen Aeußerungen
Gregor's in seinen beiden Schreiben an Leo, dieser Papst,
weit entfernt, den Sturz der byzantinischen Herrschaft in
Italien zu wollen und zu bewirken, vielmehr die einzige oder
doch die hauptsächliche Ursache ihrer Erhaltung war. Aller=
dings wollten die Römer und die Bewohner des westlichen
Italiens von Venedig bis Osimo, als Leo die Zerstörung der
Bilder und die Beraubung der Kirchen gebot, das griechische
Joch abwerfen, wollten sogar einen eigenen Kaiser erwählen,
aber Gregor bot Alles auf, dieß zu verhindern, und mahnte
unablässig, dem oströmischen Reiche die Treue zu bewahren [1]).
Der päpstliche Biograph, den man an der Fülle, Anschau=
lichkeit und Lebhaftigkeit seiner Erzählung leicht als Zeit=
genossen und Augenzeugen erkennt, gibt nur Einen Umstand
an, der die sonst von Gregor streng eingehaltene Linie des
Unterthanengehorsams zu überschreiten scheint und der dem

---

[1]) Paul. Diacon. de gestis Longob. 6, 49. Liber Pontif.
ed. Vignoli. II, 27—36. Duch., l. p. I, 403 ff.

Theophanes den Anlaß zu seiner unrichtigen Darstellung
gegeben hat: der Patricier Paulus, gewesener Exarch, strebte,
erzählt er, dem Papste nach dem Leben, weil er die Auf=
legung eines Census in der Provinz zu verhindern suchte
und die Plünderung der Kirchen (nämlich die Wegnahme
der Bilder und der bildlich geschmückten heiligen Gefäße)
nicht zugeben wollte. Hier handelte es sich darum, die Er=
hebung einer neuen Abgabe zu verhindern [1]), wobei der Papst
wohl zunächst nur das, von Andern dann nachgeahmte Bei=
spiel gab, daß er sie von den großen und zahlreichen Patri=
monien der Römischen Kirche nicht entrichten ließ. Theo=
phanes aber und die Griechen nach ihm stellen dieß als eine
an die Italiener gerichtete Aufforderung dar, überhaupt keine
Abgaben mehr zu zahlen.

Hefele hat, nach dem Vorgange von Bossuet und
Muratori, die Ereignisse, die sich damals in Italien zu=
trugen, in das richtige Licht gestellt und die Grundlosigkeit
der Griechischen Angaben dargethan [2]). Es würde genügen,
einfach darauf zu verweisen, wenn nicht jüngst Gregorovius
die alte Ansicht Bellarmin's wieder erneuert und den Papst
als in offener Empörung wider den Kaiser begriffen geschil=
dert hätte. „Gregor, heißt es bei ihm [3]), faßte jetzt den
Entschluß offenen Widerstandes; — — er bewaffnete sich,
wie das Buch der Päpste sagt, gegen den Kaiser als gegen
einen Feind. — — Der Akt offener Rebellion, an deren
Spitze sich kühn der Papst stellte, ward sogar durch die Ver=
weigerung des Tributs aus dem Ducat von Rom entschieden
erklärt" u. s. w. Im offenbaren Widerspruch mit dieser
Auffassung heißt es dann aber weiterhin: „Gregor konnte
von der Tradition des römischen Reiches, dessen Sitz Byzanz

---

[1]) Eo quod censum in provincia poni praepediebat. l. c. p. 28.
[2]) Conciliengeschichte, III, 355 ff.
[3]) Geschichte der Stadt Rom. II, 255. — * Gregorovius hat dieß
zurückgenommen, 3. Aufl. II, 317 ff.

war, noch nicht absehen; er hielt die empörten Italiener mit
kluger Mäßigung zurück und berief sich auf die legitimen
Rechte des Kaisers, den er nicht mehr viel zu fürchten
brauchte." S. 257.

Ist es denkbar, daß ein so kluger Mann, wie dieser
Papst, auch nach Gregorovius, war, sich zuerst an die Spitze
einer offenen Rebellion gestellt, gleich darauf aber, ohne alle
äußere Nöthigung, die Rebellion wieder gedämpft und die
Rechte des Kaisers vertreten habe? Gregorovius hat den
Schein, als ob der Papst die Empörung der Italiener an=
gestiftet und geleitet habe, nur dadurch erzeugt, daß er die
Worte des Papstbuches anführt: „er bewaffnete sich gegen
den Kaiser wie einen Feind"; aber die unmittelbar folgenden,
den Sinn dieser „Waffnung" erklärenden Worte wegläßt,
die Worte nämlich: „indem er dessen Häresie verwarf, und
überallhin schrieb, die Christen sollten gegen die neu ent=
standene Impietät auf der Hut sein". Gregor hielt sich also
streng innerhalb der kirchlichen Sphäre, er erklärte sich gegen
die ikonoklastischen Dekrete des Kaisers, und forderte die
Katholiken auf, die Bilder nicht zu zerstören, aber er mahnte
dabei zum bürgerlichen Gehorsam gegen das Reich[1]), so
zwar, daß er seinen Einfluß aufbot, um Ravenna, welches
die Longobarden zu bewältigen im Begriffe standen, dem
Kaiserreich zu erhalten, und dem kaiserlichen Statthalter
Eutychius die Streitkräfte zur Verfügung stellte, mit denen
dieser den Aufruhr des Tiberius Petasius in Tuscien zu
ersticken vermochte.

Ein Blick auf die Lage der Dinge zeigt, daß Gregorius,
so schmal auch die Linie war, auf der er sich unter den
schwierigsten Umständen bewegte, doch die natürliche, durch
Klugheit und Pflicht gebotene Haltung zu bewahren verstand.
Die größte Gefahr, das unheilvollste und drohendste Loos
war damals in den Augen der Römer und der Päpste be=

---

[1]) Ne desisterent ab amore vel fide Romani imperii. l. c.

sonders: verschlungen zu werden von den Longobarden. Gregor theilte das allgemeine Gefühl, auch er redete von der „gens nefanda Longobardorum". Und dieses Loos, die Beute der verhaßten Fremdlinge zu werden, traf Rom und das übrige byzantinische Italien unvermeidlich, sobald die oströmische Herrschaft gebrochen war. Daß diese Provinzen sich selbst überlassen gegen die longobardische Uebermacht sich auf die Dauer nicht zu halten vermochten, wußte Gregor sehr gut. Es hätte vor Allem einer Schutzmacht für den römischen Stuhl bedurft, und das hätte damals nur das Frankenreich unter seinem Fürsten Karl Martell sein können. Dieser aber war in steten Kriegen mit Sachsen, Friesen, Arabern, Aquitaniern vollauf beschäftigt, zudem mit dem Longobardenkönige befreundet, und ebenso unfähig als un= geneigt, in die italienischen Angelegenheiten ernstlich einzu= greifen. Dazu kam, daß Unteritalien, wo der päpstliche Stuhl seine reichsten Patrimonien hatte, dem oströmischen Kaiser jetzt und noch lange treu blieb. Hier ward auch nicht einmal ein Versuch der Losreißung gemacht, und hätte jeden= falls der Einfluß des Papstes, wenn er auch daran gearbeitet hätte, dazu nicht ausgereicht. Gregor würde also, wenn er nach der Darstellung von Gregorovius sich an die Spitze einer Rebellion gestellt hätte, damit in ein hoffnungsloses, mit den schwersten Verlusten für den römischen Stuhl ver= knüpftes Unternehmen sich eingelassen haben.

---

9. Silvester II.

Ein Papst, den die Zeitgenossen hoch geehrt und als den größten Gelehrten und erleuchtetsten Geist seiner Zeit gefeiert hatten, dessen Andenken noch hundert Jahre lang nach seinem Tode unbefleckt geblieben ist, wird allmälig ver= dächtigt, die Lüge nimmt immer größere Dimensionen an,

und endlich stellen die päpstlichen Biographen des späteren
Mittelalters sein ganzes Leben und Pontifikat als eine Kette
der ärgsten Gräuel dar: Silvester II. ist nach ihnen ein
Verbündeter des Teufels gewesen und hat in dessen Dienste
und nach dessen Willen sein päpstliches Amt verwaltet.

Zuerst begnügt man sich mit dem schüchternen Tadel:
Gerbert sei den weltlichen Wissenschaften allzusehr ergeben
gewesen und deshalb in der Gunst des wißbegierigen Kaisers
(Otto III.) so hoch gestanden. So die Chronisten Hermann
von Reichenau (st. 1054) und Bernold. Hugo von
Fleury (im J. 1109) weiß noch nichts Nachtheiliges von
Gerbert: er ist nach ihm nur durch seine Wissenschaft so hoch
gestiegen. Aber sein Zeitgenosse Hugo von Flavigny,
dessen Chronik mit dem Jahr 1102 endet, gibt bereits an:
Durch gewisse Gaukelkünste (quibusdam praestigiis) habe
sich Gerbert zum Erzbischof von Ravenna erwählen lassen [1]).
Der Chronist scheint hiebei noch nicht an die Dazwischenkunft
dämonischer Mächte gedacht zu haben, da würde er wohl
derbere Worte gebraucht haben; er mag Hofkünste gemeint
haben, durch welche der Franzose die Gunst der Kaiserin
Adelheid, der damaligen Besitzerin Ravenna's, und des Kaisers
Otto gewonnen habe, so daß der letztere ihn mit Umgehung
der freien Wahl einfach ernannte.

Wenige Jahre später weiß Siegebert von Gemblours
(st. 1113) bereits, daß Gerbert von Einigen gar nicht als
Papst mitgezählt werde, so daß man an seine Stelle einen
(erdichteten) Papst Agapitus gesetzt habe, da er der schwarzen
Kunst ergeben gewesen und vom Teufel erschlagen worden
sein solle [2]).

Siegebert mag bereits die Schrift des Kardinals Beno
vor Augen gehabt haben. Bei diesem schmähsüchtigen Feinde
Gregor's VII. findet sich die Fabel in ihren Hauptzügen zu-

---

[1]) Bei Pertz X, 367.
[2]) Ap. Bouquet X, 217. MG. SS. IV, 353.

erst. Beno, dessen Schrift um das Jahr 1000 geschrieben sein muß, behauptet, in Rom habe während des ganzen eilften Jahrhunderts gewissermaßen eine Schule der schwarzen Magie, eine Succession von Abepten dieser Kunst bestanden, und er zählt sie der Reihe nach auf. Die Hauptperson ist der Erz= bischof Laurentius von Amalfi, der zuweilen Künftiges vor= aussagte, auch das Zwitschern der Vögel zu deuten wußte[1]). Von ihm hatten Theophylaktus (Benedict IX.) und der Erz= priester Johann Gratianus (Gregor VI.), von diesem Hilde= brand die böse Kunst erlernt. Laurentius selbst aber war der Schüler Gerbert's gewesen, der sie zuerst nach Rom ge= bracht hatte. Und nun erzählt Beno die nachher so oft wiederholte und beliebt gewordene Geschichte: der Satan hatte seinem Jünger Gerbert verheißen, er werde nicht eher sterben, als bis er in Jerusalem Messe gelesen. Gerbert fühlte sich also ganz sicher, denn er dachte nur an die Stadt, nicht an die Jerusalemskirche in Rom. Da überfallen ihn, während er in dieser Kirche Messe liest, die Vorboten des Todes, und er läßt sich nun noch zur Sühne die Hand und die Zunge abschneiden.

Gewiß hat Beno diese Fabel nicht ersonnen[2]), er hat sie schon in Rom vorgefunden. Vor ihm wird sie nirgends erwähnt[3]), ist auch sichtlich nirgends anders als in Rom entstanden, eben wie auch die Fabel von der Päpstin. Der Fremdling mit seiner in jener Zeit unerhörten und unver= standenen Gelehrsamkeit, der sich bei den Glaubensfeinden, den Muhammedanern, in Spanien verdächtiges Wissen ge=

---

[1]) Vita et gesta Hildebrandi, in Brown Fascicul. I, 83.

[2]) Wiewohl Dav. Koeler: (Gerbertus — injuriis tam veterum quam recentiorum scriptorum — liberatur. Altorf. 1720, p. 33) dieß annimmt, und Hock (Gerbert und sein Jahrhundert, S. 161) dieß für das Wahrscheinlichste hält.

[3]) Die Benediktiner in der Bouquet'schen Sammlung, X, 244, sagen zwar: Antesignanos Benno habuit. ich kann aber diese Vor= gänger nicht entdecken.

holt hatte, mag wohl für die Römer eine unheimliche Ge=
stalt gewesen sein; in einer Zeit, in welcher in Rom wissen=
schaftliche Studien so gut wie erloschen waren, in welcher
Abelsfaktionen über den römischen Stuhl verfügten, und
ein Papst ohne mächtige Verwandte sich kaum zu halten
vermochte, konnte das Volk nicht begreifen, daß ein Mann
wie Gerbert, von ganz niedriger Herkunft, blos durch die
Ueberlegenheit seiner wissenschaftlichen Bildung zur höchsten
Würde der Christenheit sich emporgeschwungen habe. Das
konnte nicht auf natürlichem Wege so gekommen sein.

Auch hier, wie in der Fabel von der Päpstin Johanna,
spielt ein Vers eine wichtige Rolle; es ist der bekannte:

Scandit ab R. Gerbertus in R., fit postea Papa vigens R.

Bekanntlich ist nämlich Gerbert zuerst Erzbischof von
Rheims, dann von Ravenna und endlich Papst zu Rom ge=
worden. Anfänglich ist er es selber, der „heiteren Muthes"
diesen Vers nach erlangter höchster Würde gedichtet hat[1]).
Hierauf wird ihm der Vers als eine, nachher in Erfüllung
gegangene Prophetie über sein künftiges Schicksal zuge=
schrieben. Und damit war der nächste Schritt angebahnt,
den Vers zu einer teuflischen Weissagung oder Verheißung
zu machen. Hiemit war nun Gerbert in Satans Gewalt
geliefert, und seine wunderbare, in jenen Zeiten so beispiel=
lose Laufbahn mußte das Werk des Teufels, das Ergebniß
eines mit demselben geschlossenen Bundes sein. Denn seit=
dem die im 9. Jahrhundert im Orient entstandene Sage vom
Theophilus auch im Abendlande sich verbreitet und die,
früher der christlichen Welt fremde Vorstellung von Bünd=
nissen mit dem Erzfeinde eingebürgert hatte, hinderte nichts
mehr, auch einen Papst mittels eines solchen Bündnisses zu
seiner Würde gelangen zu lassen.

So heißt es denn bei Ordericus Vitalis, der um
das Jahr 1141 seine Chronik schrieb: Gerbert solle als

---

[1]) So Helgald, in Bouquet X, 99.

Scholasticus mit einem Dämon geredet haben, der ihm den
bekannten Vers gesagt habe. Bald darauf aber, bei Wilhelm
Gobell, der etwa 20 Jahre später schrieb, hat Gerbert
schon dem Satan förmlich gehuldigt, um durch dessen Macht
die Gewährung seiner Wünsche zu erlangen[1]). Wilhelm
von Malmesbury erzählt bereits die breit ausgesponnene
Fabel. Und nun bemächtigen sich die Dominikaner derselben:
Vincenz von Beauvais, Martinus Polonus, Leo von
Orvieto, Bernard Guidonis; dazu Amalrich Augerii.
Petrarca schließt sich treu ihnen an. Unter ihren Händen
wird Silvester II. ein Nachfolger Petri, der sich frühe schon
dem Teufel ergeben hat, durch dessen Hilfe den römischen
Stuhl besteigt, der nun als Papst täglich mit dem Satan
vertraulich verkehrt und ihn um Rath fragt, der aber endlich, als ihn die Ankunft der Dämonen in der Kirche an
die Nähe seines Endes mahnt, öffentlich vor dem Volke seine
Sünde bekennt und sich darauf ein Glied nach dem andern
abhauen läßt, um durch so schmerzlichen Tod seinen Frevel
zu büßen. Seitdem pflegt das Rasseln seiner Gebeine im
Grabe den nahen Tod eines Papstes anzuzeigen. Dagegen
war Dietrich von Niem (um 1390) nicht weit von der
Wahrheit, wenn er meinte, die Römer hätten diesen Papst
wegen seiner ausgezeichneten Gelehrsamkeit gehaßt und darum
ihm nachgesagt, daß er magische Künste übe[2]).

---

[1]) Ut hosti antiquo homagium faceret, ap. Bouquet
X, 260.
[2]) Privilegia et jura imperii, in Schardii Sylloge p. 832.

Zeitfracht Medien GmbH
Ferdinand-Jühlke-Straße 7
99095 Erfurt, Deutschland
produktsicherheit@kolibri360.de